一場與最美古詩詞的相遇

詩詞就是一幕幕的故事，一起在時間流轉中，領略詩詞的動人風情

漫漫古典情3

ROMANTIC CLASSICAL LITERATURE

【唐至民國】

樸月——著

詩與人的邂逅

好讀出版

自序

超越時代、細水長流的「漫漫古典情」

我的《漫漫古典情》第一版，是在一九九一年，由「晨星出版社」出版的。

那時，我已累積了近二十年的寫作經歷，也出過好幾本書了；包括以散文詮釋古詞的「詞演示」、散文、歷史小說、傳記等。這些書，都是先發表，再結集出版的。當時，我也還繼續在給報章雜誌寫專欄，寫單篇的散文、論文發表，也寫「長篇歷史小說」連載。這些作品中，有一部份為兒童寫的「歷史故事」，是台中《台灣日報・兒童版》的專欄。因為這個緣故，我與當時《台灣日報》的副刊主編陳篤弘先生，和負責兒童版的郁馥馨女士，都成為相當友好親切的朋友。

郁馥馨長得嬌小玲瓏，個性開朗可愛。她的姓名，好像每個字都帶著香味，所以，我們都喊她「香香」而不名。

有一次，香香打電話給我，邀我去台中。說：有一家「晨星出版社」年輕的社長陳銘民先生，想跟我談一個出版計劃。

對當時漸入中年的我而言，感覺這位陳銘民先生還眞是「年輕」！很有理想，也很有創意。他知道我的寫作題材，與當代的作家很「不一樣」：因爲我從小喜歡的是古典詩詞和文史，所以寫作的路線很不「現代」；作品大多與詩詞、文史相關。就想把他頗富創意的構想，託付我來「完成」。

他的構想是：選三百六十五則的「詩詞名句」，附詩詞原文，再搭配我依據這些「詩詞名句」，隨興寫的思感情懷小品文字出一本書。讀者一天讀一則，費不了幾分鐘。若能用一年（三百六十五天）的時間，就能輕鬆的進入「古典詩詞」的文學天地。

我當時有點詫異；因爲當時出版界，正轟轟烈烈的在打一場驚動了文壇的版權官司；有一家出版社，控告另一家出版社「抄襲」了他們出版「詩詞名句」的書。當然，這些「詩詞名句」本身，都出於古人，誰都可以選用，已沒有「版權」問題了。官司的重點，在於名句後面附的「賞析」文字有雷同之處。就在這「時機敏感」的當口，「晨星」這位年輕出版家，竟想出一本「詩詞名句」的書，加入「戰線」湊熱鬧？

我提出我的疑問。他笑了：

「雖然同樣是選『詩詞名句』。但以你對詩詞、文史的修養，和你清雅的文字風格，這本書一定跟他們的都不一樣！」

我也笑了；既感謝他對我的信任，也覺得：遇到這樣有主見和魄力的年輕出版家，跟他合作，共同完成這一理想，應該也是一件愉快的事，當下也就「一言爲定」了。我還開玩笑的「保證」：絕不讓他陷入「抄襲官司」的危機！

當時，使用「電腦」，還是屬於「極小眾」。所以，這些文字，都是一字一句用原子筆寫在稿紙上，以「純手工」完成的！而且，也跟我其他的書不同；其他書，大都是文章先發表，再結集。《漫漫古典情》則是專門爲了給「晨星」出版而寫的。

在交稿的時候，這位年輕有爲的出版家，誠懇的對我說：

「像這樣『古典』的書，大概不太可能『暢銷』。但我相信，她將會是一本『長銷書』。我們就這樣給她『定位』；希望《漫漫古典情》能『細水長流』！」

我也不認爲這會是一本「暢銷書」。卻頗意外的，出版後，被許多學校的國文老師們認同、喜愛，並推薦給他們的學生們閱讀；還曾在當時的「北一女」造成「人手一冊」的盛況。也被不知什麼學校或機構推薦，成爲包括「古今中外」書籍的「好書一百本」之一。被列入「古典詞章類」的九本中；而且還是九本中唯一屬於「現代人」的作品！

忽忽近三十年了！當年創業不久的「晨星」，早非昔日的「吳下阿蒙」，而成爲一個龐大的「出版事業群」；《漫漫古典情》歸屬於他們旗下的「好讀」，繼續出版。

而我，也在繼續我的「讀寫生涯」。二十幾年間，又出版了不少書。在網路興起之後，這些書也陸續因合約到期而絕版。只有《漫漫古典情》的「壽命」超長，不但一直「存活」著，甚至還因爲「晨星」（好讀）的持續經營，蓬勃成長。

不知道對「出版社」而言，算是優點還是缺點？我這個人是既宅又被動的；若沒有什麼特別情事，幾乎從不主動跟出版社聯絡；避免騷擾他們的工作，或帶給他們壓力。但他們也並沒有因爲作者的「不聞不問」，而冷落了這本書。除了按時給我傳出版資訊、銷售報表，並付「版稅」之外，每每在合約將到期之前，就把新的合約寄來續約了。也不時的主動改版「促銷」；甚至，在今年初，還又改過版；算來，是這本書的第五個版本了。他們不僅改了版面，還請了名家設計封面，讓這本「老書」又有了「新風貌」。

在月前，負責這本書編務的莊銘桓先生來信，問：不知道我是否有其他的作品，可以給「好讀」出版？

今年初，「好讀」爲《漫漫古典情》改版之後，一位與我相交二十餘年的朋友，應邀主持「聯合文學出版社」。一上任就來電表示：她希望能爲我重新出版那些早已絕版的「長篇歷史小說」。在這網路時代，這樣的「舊書」有人青睞，更何況還是由我的好友主持其事！當然二話不說的，就同意把我那些「長篇歷史小說」交給她；今年也已出版了「文學家系列」的兩本書《西風獨自涼．納蘭容若》和《來如春夢去似雲．蘇東坡與朝雲》了。其他的，她則預訂在明年陸續出版。

因彼此已有了承諾，「長篇歷史小說」就此有了歸屬。不論「人情」或「義理」，都不能也不該「三心兩意」了。就如這些年來，也曾有出版社想跟我要《漫漫古典情》，我都當即婉謝拒絕；「晨星」一直對我尊重友好，善意相待，並沒有虧負我！我也非常珍惜彼此間這「不落言詮」的信任與情誼；同樣，不論「人情」或「義理」，都不能「辜負」老朋友！

因此，我跟銘桓說：他們來遲了一步！我的「長篇歷史小說」，都已「名花有主」了。但我有些以不同體裁寫的「歷史短篇」，已貼上了我的「部落格」。他可以上網去找找看；如果有他們覺得合適的，就可以給他們。

後來，銘桓給我來信：他已經搜索、閱讀過我「部落格」裡的文章了。他們決定先要「詩詞故事」系列。而且覺得：可以還是用《漫漫古典情》爲書名。這想法好像也頗合情入理；實際上，不僅是「詩詞故事」，甚至連同我寫的其他歷史短篇人物或故事，沿用《漫漫古典情》這個「總題」，也都全無扞格、牽強之感；因爲內容本來就都屬於「漫漫『古典』情」呀！換言之，此後，《漫漫古典情》對我來說，將不僅是「一本書」的書名，而是專屬於我的「書系」了。

這些故事的篇數，雖然比《漫漫古典情》少得多！但總字數是有過之的；因爲那些「名句」所附的小品文，大約都只有一、兩百字。而這些連敘述、帶議論的作品，少則千餘字，多則數千字；否則無法完整的容納「故事情節」，及我對這些人與事的見解與論述。因字數較多，「好讀」站在讀者的立場考量；一本書若是字太小、太密集、太厚重，對讀者會造成傷眼，或閱讀上的不便。因此決定將「詩詞故事」分爲兩冊出版；《漫漫古典情2》由「遠古」到「隋」；《漫漫古典情3》則由「唐」到「民國」。

其中有十二篇，出於文天祥的〈正氣歌〉中的詩句；加上他自己，總共是十三篇。這一部份，是因爲相交近三十年，我看著「誕生」的「心韻合唱團」，去年的演唱曲目中有〈正氣歌〉。向例，他們在演唱相關「古典詩詞」的曲目之前，都會邀請我去為他們解說這些「古典詩詞」作品。在給他們解說〈正氣歌〉中列舉的人物和故事之前，我還眞費了不少的時間和心力去準備！既然時間、心力都已經投入了，把這些故事寫出來，也就成了「順理成章」的事。而其中的人物，和其他「詩詞故事」中的人物也不大相同；這些人物故事所呈現的，不是兒女柔情，也不是個人經歷、感懷，而是國家民族大義！恐怕，這種從對「國家民族」的「忠愛」出發，不惜濺血捐身的「忠肝義膽」，也正是現代人最欠缺，而有「振聾發聵」醒世意義的！而其中有些人物，像「三國」時代的嚴顏、諸葛亮，長久以來，一般人都被《三國演義》誤導，也應該還原其「眞相」了！這些作品，也按著故事主角的朝代，列入書中。

緊接著要做的是：爲這些當初就沒有按照時代順序，隨興寫成的作品，編纂「目錄」；這件事，由我自己來做，恐怕比編輯容易得多！於是我按著「朝代」排序；由遠古「帝堯」時代單純質樸的〈擊壤歌〉開端，一直到民國初年，詩僧蘇曼殊清婉深秀的〈憶西湖〉：「春雨樓頭尺八簫」結束。

對這些陸續寫的「舊稿」，我也一一重新校讀，整理、修訂。然後，像當年一樣：我鄭重的把這些作品，懇切的交託在如今已然成爲「出版重鎭」的「晨星．好讀」編輯手中。

我是十分愉快的；在這不但「家家有電腦」，更「人人滑手機」的網路時代，出版業所受的衝擊，是人所共知的。還能有一套兩本的「新書」出版，是何等的幸運！自己想想：或者，竟也因爲這些都是「不合時宜」的「古典文學」吧？在「時間巨輪」的推動下，那些曾經屬於「現代」，甚至曾經在當時算是「前衛」的作品，已漸爲飛逝的時光，和改變得太快的思想觀念、生活模式與電子科技「浪淘盡」之際，「古典文學」卻因爲超越了「時代」，已進入了「歷史」，不爲「時代」局限，反而得以繼續流傳了。

愉快的同時，把這些作品，交託給已經合作了近三十年，彼此信任的「老朋友」來經營、管理，我也眞是「放心」的！

我自己也不知道緣由；今年，已「高齡」七十有一的我，似乎走了一步「老運」；在自己早已不再「期待」的情況下，竟連續已有三本改版或重出新版的書問世了！現在，整理完這兩本多年來陸續寫成，還不曾出版，眞正的「新書」，我只能滿懷喜悅的說：

「感謝天主。」

一位相交數十年的老朋友則笑：

「我覺得，那些生前就非常疼愛你的長輩們，也都在天上聯合保佑你呢！」

好像是眞的！人生至此，除了感謝，夫復何憾？

目次

◇唐

◇五代

◇宋

◇元

◇明

◇清

◇民國

林表明霽色，城中增暮寒（祖詠）

祖詠，洛陽人。很特殊的是：那個時代，讀書人必有字、號；因爲在禮貌上，除非長輩對晚輩，是不會「直呼其名」的；一般是稱「字」，稱「號」、稱「官銜」、稱「籍貫」等。以他這樣一位盛唐相當有名的詩人，卻字、號均「不詳」。只知他行三；因爲王維有一首詩〈齊州送祖三〉；稱「排行」，也是唐人習用的另一種稱謂法。

他的學問很好，詩也寫得很好。也因爲如此，他年輕時可說是位「憤青」，非常心高氣傲，狂放自負。他在開元九年時，曾參加科舉考試。放榜時，照例在「尚書省」門前唱名；當時的規定，考上進士的人，才得以進入「尚書省」。落第，就「請回」吧！通常落第的人們，在知道自己落第之後，就垂頭喪氣的從「尚書省」門前各自散去了。他卻心有不甘，離開時，寫下了一首〈尚書省門吟〉：

落去他，兩兩三三戴帽子。日暮祖侯吟一聲，長安竹柏皆枯死。

這一首即興之作，轟動一時，受到當時士林矚目，也很快的由當時跟他「同病相憐」的落第士子帶回故鄉，而傳頌全國。

因唐朝以「進士」功名爲貴，讀書人往往百折不回的一再參加科考，期望有朝一日「鯉魚躍龍門」。開元十二年，他又參加了考試。這一次，主考官出的詩題是：〈終南望餘雪〉。他在考試時寫的詩，立時傳唱天下，並成爲當代和後世公認的「詠雪絕唱」！

終南陰嶺秀，積雪浮雲端。林表明霽色，城中增暮寒。

他用前兩句，點出了終南山的積雪。又以「林表明霽色」寫雪停了，太陽露臉了，扣準了「餘雪」二字。而最後一句，既寫出了中國傳統的說法：「下雪沒有化雪冷」；而且雖然天晴了，但天色也向晚了，長安城中的百姓們，必然感受冷上加冷的寒意來作結。他不僅是以「寫實」的筆法，寫「終南山餘雪」的眼見之景，也以最後一句，關心長安城中百姓，因而得忍受苦寒的「民間疾苦」！雖然只有二十個字，卻納入了景色的描寫和對百姓的關心，眞可謂「面面俱到」！因此不但當代傳頌一時，更流傳後世，成爲五言絕句中的「經典」之作！但這首詩在當時，卻很可能會讓他因此落第的！

既稱之爲「絕唱」，又是「經典」，爲什麼他還可能會落第呢？因爲他這首詩不合唐代考試中「試帖詩」的要求；「試帖詩」的規定：要寫六韻十二句的「五言排律」！他只寫了字數與句數都只有三分之一的「五言絕句」。

難道他不知道「試帖詩」的要求嗎？那是不可能的！當代的讀書人多麼重視科舉考試！對考試的制度與要求，誰不是一清二楚的？何況他又不是一次參加考試！那爲什麼還會出這樣的「狀況」？

事實上，當時監考的官員，在他寫完交卷的時候，也注意到他的卷子上只寫了四句，不合規定。還曾提醒他：你沒寫完！而他只「酷酷」的答了兩個字就揚長而去了！他說的那兩個字是：「意盡！」

意思是：「朝廷出了這個題目，而我這四句詩，已把這題目淋漓盡致的發揮了！」再加八句，對他來說是難事嗎？憑他的才學，一點也不難！所以，並不是他作不出來，而是他不願意「畫蛇添足」，再加累贅多餘的文字，破壞他自認已「意盡」的傑作！照現在的說法，就是：他不願意在他意思已經表達得非常完整的四句詩裡，再去「灌水」，破壞了原詩情致和結構的完美！

這做法，當然是可能讓他再度落第的。許多前人記載，也都認爲他因此落第了，或把這件事列於「開元初」。但事實上，他就是在開元十二年登進士第！這證據是從唐代歷年科考「狀元」名錄的資料上查證的：資料非常詳盡：那一年、試題、主考官和狀元的名字，都一一列明。開元十二年的試題，就是〈終南望餘雪〉。擔任主考官的是「考功員外郎」賈季陽，得中「狀元」是杜綰。而且，資料上也記載著：祖詠是「杜綰榜進士」！大概他這首詩實在寫得太好，使主考官也因惜才，破格錄取吧！

他的「擇善固執」，使他這首詩成為「唐詩」中最為人稱道的好詩之一。中國人都知道《唐詩三百首》這本書；入選的詩，是從浩瀚如海的「唐詩」中精選出來的「經典」之作。而「唐詩」總共有多少首呢？就《全唐詩》所收錄的，是九百卷，四萬八千九百餘首（這個數字，雖還有爭議，並非定論。但超過四萬首是絕無問題的）。精選出的《唐詩三百首》裡，祖詠這短短二十個字，在當代與後世人的評價中，也都是「名列前茅」的！

他雖然考上進士，但唐朝不論是考試或派官，其實都不是很公平的；沒有關係、門路，就很難「發跡」。也因此，當代「溫卷」之風甚盛；所謂的「溫卷」，就是在考前，把自己的文章或詩投送給「有力人士」，希望留下好印象，在重要時刻得到援引。唐代的代表文類「唐詩」和「唐傳奇」中，有許多都是「溫卷」之作。甚至在考試之前，進士的名次已被有權有勢的皇室王公貴族、權臣、官員壟斷了；從王維〈鬱輪袍〉的故事，我們就了解：一個受皇帝寵愛，有權勢的公主，在還沒考試之前，就能決定當年的「狀頭」（狀元）要給誰！

即使考上了進士，沒有關係、門路，也未必就能放官。祖詠也有一段日子，頂著「進士」的空銜，無法進入仕途。還好，當時的宰相張說，本身也是位詩人，對他十分賞識，任命他爲「駕部員外郎」；掌管輿輦、傳乘、郵驛；也就是掌管「交通」的小官。

開元十三年，宰相張說主持了唐玄宗的「泰山封禪」大典，讓一些他的親信，隨駕上山，祖詠也在其列。事後，張說表奏，要爲這些護駕人員升等加官，引起了朝中其他官員的不滿與反彈，交相指責，使張說第二年因此罷相下台。他提拔的這些人，當然也受到牽連，有的罷官，有的貶職，祖詠也在罷官之列，只好回到故鄉洛陽閒居。

他的詩友王翰被貶到汝州（今河南汝洲）當刺史，路過洛陽來看他。他閒著沒事，就送王翰到汝州上任。到汝州之後，覺得汝州的風景秀麗，民風淳樸，又嚮往陶淵明的躬耕生活。索性回洛陽變賣了家產，在汝州轄下的汝墳定居，建了一座「汝墳山莊」，回歸田園，準備過「漁樵耕讀」的生活。一開始，他這一決定，其實也是出於對仕途心灰意冷的無言抗議，因此他在〈汝墳別業〉的詩中寫著：

> 失路農為業，移家到汝墳。獨愁常廢卷，多病久離群。鳥雀垂窗柳，虹霓出澗雲。山中無外事，樵唱有時聞。

但時間長了，他慢慢的心平氣和，也眞從田園與大自然中得到了「療癒」。逐漸從早年的「憤青」，變成了眞正熱愛大自然的「田園詩人」。許多文朋詩侶把他這座山莊當成文會雅集的據點，常到他兒聚會盤桓，生活倒也頗不寂寞。

「物以類聚」，他與當代的田園詩人王維，也成為知己好友。王維還在路過汝州時，到他的「汝墳山莊」探訪並留宿。祖詠陪同王維暢遊汝州的名勝古跡，王維還因此行，寫下了著名的〈過香積寺〉：

不知香積寺，數里入雲峰。古木無人徑，深山何處鐘？泉聲咽危石，日色冷青松。薄暮空潭曲，安禪制毒龍。

祖詠選入《唐詩三百首》的，除了〈終南望餘雪〉，還有一首應該歸屬於「邊塞詩」的七言律詩〈望薊門〉：

燕臺一去客心驚，簫鼓喧喧漢將營。萬里寒光生積雪，三邊曙色動危旌。沙場烽火侵胡月，海畔雲山擁薊城。少小雖非投筆吏，論功還欲請長纓。

由這首詩，可看出他對國家的忠愛之情。只是仕途險惡，命不由人！他也只能歸隱終老了！

爲顏常山舌（顏杲卿）

「為顏常山舌」，是文天祥〈正氣歌〉中的詩句。「顏常山」，指的是常山太守顏杲卿；書法家顏眞卿的堂兄。

顏杲卿，字昕，唐京兆萬年（今西安）人，出生於鴻儒世家，與唐代和柳宗元齊名的大書法家顏眞卿，爲同宗兄弟。

杲卿年輕時以祖蔭，任遂州司法參軍。他爲官清正、性情剛烈、處事果決，深受百姓愛戴。唐玄宗開元年間，吏部侍郎席豫，舉薦他當了范陽（今北京）戶曹參軍。當時任范陽、平盧、河東三鎭節度使的安祿山，爲籠絡人才，培植自己的黨羽，便舉薦杲卿爲常山太守。

唐玄宗天寶十四年秋，蓄叛逆之心，圖謀已久的安祿山，率范陽、平盧兩鎭重兵十五萬人，自范陽出發，向西南方進軍。發動叛亂。因安祿山同時還兼任河北採訪使，河北是他的管轄之地。因而沿途官員，有的開門迎降、有的棄城逃跑，讓叛軍幾乎一路無阻的前進，局勢非常危急。

安祿山的叛軍，到常山城下。顏杲卿與長史袁履謙商議：叛軍一路未遇抵抗，鋒芒正盛；如果倉促對敵應戰，等於是以卵擊石，而且會殃及城中無辜的老百姓；不如假意歸降，以避鋒鏑，日後再相機而作。

於是二人出城，迎接安祿山入城。安祿山不費吹之力，就占領了河北重鎮常山，得意之餘，便賞賜顏杲卿以紫袍（唐制，三品以上官員的服色）、袁履謙以緋袍（四、五品官員的服色），以示褒獎。可是，一個人行事不正，就心懷鬼胎，對人心存疑忌。他擔心顏杲卿對自己有二心，便把他的幼子顏季明扣為人質，攜入軍中。

顏杲卿憂心如焚，在安祿山大軍過境之後，他稱病不出，把郡中一切事務交託於袁履謙處理。私下與擔任平原郡（今山東德州）太守的堂弟顏眞卿聯繫，共謀討平叛亂之事。

安祿山大軍雖然沿途勢如破竹，然而心裡對這些歸降的官員，還是放心不下的。因此，每到一處，都要留下一些自己的人馬防範。因此，他所率領大軍的兵力日益削弱。他也有這一點的「危機意識」，就命親信部將高邈，返回范陽老本營搬兵。顏杲卿聞訊，令屬下藁城縣尉崔安石設計，在接風宴上把高邈灌醉，生擒了這位搬兵的特使。

同時，顏眞卿派自己的外甥盧逖奔赴常山，約顏杲卿一齊起兵，截斷叛軍後路。杲卿聞訊大喜，認為常山、平原互為犄角之勢，相與起兵，定可重挫敗叛軍的銳氣。於是假傳安祿山之命，要駐守土門的安祿山親信李欽湊趕赴常山議事。

李欽湊連夜趕到常山城下。顏杲卿以城門入夜已然關閉，無法開城，以隆重之禮相迎為由，安排他住到城外驛館休息。又命袁履謙、馮虔、翟萬德等人前去探望。大張宴席，灌醉了李欽湊，趁機把他殺了。割下人頭，屍體則被拋入館外的滹沱河中。

安祿山一路過關斬將，唐玄宗聞風喪膽。為鼓舞朝中上下人心鬥志，顏杲卿命長子泉明、真定縣令賈深、內丘縣令張通幽等人，攜帶李欽湊首級，並押解高邈、何千年赴京。途經太原，太原府尹王承業，想把功勞據為已有，假意厚賜泉明，並打發他回去。暗中派出壯士翟喬殺害泉明。翟喬於心不忍，私下放走了泉明。

唐玄宗原本聽信了王承業一面之詞，將其擢升為大將軍。後來事情敗露，玄宗才知道這功勞是顏杲卿的，便拜杲卿為衛尉卿，兼御史中丞，而任袁履謙為常山太守，賈深為司馬。

安祿山手下大將李欽湊被顏杲卿所殺的消息，民心士氣大為振奮。唐玄宗又啟用郭子儀、哥舒翰、李光弼等人討伐安祿山，傳檄詔告河北，稱王師二十萬將由山西入土門。

顏杲卿這時正式宣告起兵平亂。他派人曉喻河北原本已經迎降的諸郡：朝廷大軍已下井陘，朝夕當至，將先平河北諸郡。現在先歸附者賞，若不歸附，大兵一到，必然誅滅！河北諸郡聞聽此信，紛紛響應。河北道的二十三郡中，除有叛軍重兵把守的六郡外，其餘十七郡，都重新歸附了朝廷。

安祿山聞訊當然大怒，派史思明攻常山。顏杲卿兵單力孤，苦戰六日，援絕糧盡，常山陷入賊手。他與袁履謙一同被擒獲，史思明脅迫他歸降，他不答應。就把他的小兒子季明抓來，把刀架在季明脖子上說：「你若降我，你兒子才能活命！」

杲卿視如不見，也不作答。於是顏季明與顏杲卿的外甥盧逖同時被殺。

對顏杲卿、袁履謙，史思明不敢擅自作主，便把他們二人押到洛陽，安祿山的大本營，去見安祿山。安祿山責備顏杲卿說：「想你本來不過是一個小小的范陽戶曹，是因我的提拔，你才當上了常山太守。你今天卻反叛我，我有什麼地方對不起你？」

杲卿怒睜雙眼，痛斥：「你原本不過是一個當牧豬奴的雜胡，大唐天子提拔你作了三鎮的節度使，對你寵信無比。你不知感恩圖報，反而反叛。大唐天子又有那一點對不起你？想我顏家世代忠良，恪守『忠義』二字，雖然我是由你舉薦提拔的，難道因此就會跟你同流合污？我為國討賊，死而無憾！唯一遺憾的是：不能夠親手殺了你，以報答皇上的隆恩！」

安祿山被罵得暴跳如雷，就將杲卿綁在天津橋柱上，用刀割下他身上的肉生吃。顏杲卿不顧疼痛，依然痛斥安祿山的罪行。安祿山怒不可遏，命人鉤斷他的舌頭，說：

「如何？你繼續罵呀！」

杲卿失去了舌頭，依舊含糊不清的罵不絕口，直到因流血過多，命喪當場，得年六十五歲。

因為顏杲卿一向深得民心，他的慘死，更激發了民眾抗敵的決心。顏眞卿在平原郡招募兵士時，僅十天，就超過萬人前來投效。附近諸郡也紛紛響應，殺掉安祿山所留置的守將，共推顏眞卿爲盟主，共同抗賊。顏眞卿聯合清河、博平兩郡人馬，攻克了已陷落的魏郡城（今河北大名縣西），軍威大振。

顏杲卿死後，楊國忠聽信張通幽的讒言，把顏杲卿爲國捐軀的消息壓下，沒有給予褒贈表揚。顏眞卿非常不平，向當時的太子李亨（後來的唐肅宗）哭訴他堂兄爲國死難之經歷。李亨立刻將這件事稟告了唐玄宗，唐玄宗大怒，杖殺張通幽。命顏杲卿的兒子顏泉明，到洛陽去收殮他父親和袁履謙的屍體。

稍後，李光弼率領朝廷大軍東出井陘，擊敗史思明，光復常山城，並收復常山郡所屬九縣中的七縣。使唐軍在安祿山的後方，取得了戰略上的優勢，奠定了日後徹底平息叛亂的基礎。

唐玄宗在安祿山進逼長安時，倉皇出走，到四川避難。太子李亨登基，是爲肅宗。改年號爲「乾元」。乾元元年，追贈顏杲卿爲「太子太保」，諡「忠節」，並封贈顏妻崔氏，爲「清河郡夫人」。當初被殺的盧逖、顏季明等，也都追贈五品官。建中中期，又追贈顏杲卿爲「司徒」，位列三公。使忠烈的顏杲卿，得到了他應有的表揚。

爲張睢陽齒（張巡、許遠）

「為張睢陽齒」，是文天祥〈正氣歌〉中的詩句。指的是安祿山之亂中，苦守睢陽城的張巡。與他同時守城殉國的，還有許遠。

唐肅宗至德二年，安祿山的兒子安慶緒弒父，繼位稱「燕王」。派出尹子奇率兵十三萬圍攻睢陽（今河南省商丘縣），打算攻破睢陽後，順著運河南下，盡取江南的富庶膏腴之地。

當時睢陽郡太守許遠，向駐防寧陵的節度副使張巡求援。張巡立時率領軍隊進駐睢陽郡救援。張巡部隊只有三千人，加上許遠睢陽城中的三千八百人馬，也只六千八百人。就以這樣薄弱的兵力，在張巡的指揮之下，與燕軍交戰十六天後，擒賊將六十餘人，殺賊兵士卒兩萬餘人。

因燕軍人數眾多，而且陸續增兵，糧秣補給無虞。而張巡雖以寡敵眾，卻困守孤城，糧秣都無法接濟，只能不斷鼓舞兵將士氣。他曾因不認識尹子奇，故意射出削尖的草箭，讓燕軍士兵以爲守軍的箭已用完，拿著草箭報告尹子奇，因而認出了尹子奇的面貌。命手下善射的猛將南霽雲，一箭射中了尹子奇的左眼。因此，許遠認爲張巡是個將才，把軍隊的指揮權交給張巡，自己則爲他做後勤補給的工作。

本來，燕軍認爲以十幾萬大軍，想攻破一個小小的睢陽，還不易如反掌？但他們發現估計錯了；他們想盡了各種攻城的方式，都被張巡隨機應變的找出攻勢的弱點來應付，而無法得逞。歷史記載：「叛軍服其智，不敢復攻」。

因此，燕軍改變策略，改攻爲圍。在城外挖三重壕溝，防張巡突圍。

其實，在睢陽城的四周，就有許多地方將領擁有重兵。但他們都若無其事的袖手觀望；既不發兵救援，也不發糧濟助。

張巡看到城裡糧食匱乏，兵士都吃不飽了。派出了他手下的猛將南霽雲突圍，到臨淮郡晉見賀蘭進明求救，賀蘭進明質疑：

「你已經出來幾天了。今日睢陽不知存亡，我派了兵去又有什麼用？」

南霽雲說：「睢陽若已失陷，霽雲請以一死謝罪。而且睢陽若是失陷，賊兵下一個目標就是臨淮，你怎麼能坐視不救！」

賀蘭進明只想擁兵自重，不想發兵。但喜愛南霽雲壯勇，擺下豐盛的酒席，請南霽雲吃喝，想籠絡南霽雲，留爲己用。

南霽雲慷慨悲泣，說：「霽雲和睢陽之人，已經有一個多月都吃不飽了！現在，霽雲雖想獨食，也食不下嚥！大夫你坐擁強兵，袖手旁觀看著睢陽陷沒，根本沒有分災救禍之心，豈忠臣義士之所爲！」

他咬下自己一根手指頭，給賀蘭進明看：

「霽雲既不能達主將之意，請留一指以示信，以歸報主將。」

座中人見到他壯烈的舉動，都感動的爲他流下眼淚。

南霽雲知道賀蘭進明無心出兵，掉頭就走。出城時，抽箭回頭射向城中佛寺的佛塔。長箭射入佛塔，達半箭之深；這一則可知他的臂力有多強壯。另一則，可知他心中的悲憤有多深。他對著這支箭發誓：「若我回去能滅了賊兵，一定回來殺賀蘭進明！」

附近的唐軍，也都和賀蘭進明一樣，各自擁兵觀望。睢陽守軍與燕軍大戰四百回合，殺敵數萬人。但燕軍圍城日久，眼睜睜看到城外的莊稼成熟，反而被賊兵收割了。城內糧食不足，又當盛夏，所以士兵、百姓不斷因飢餓、生病死亡。連天上的飛鳥、地下的老鼠、戰馬都已吃光。士兵只好吃樹皮充飢。

張巡的愛妾林氏夫人，自願犧牲自己生命，讓士兵當食物，以激勵士氣（一說是張巡殺的）。許遠也殺了自己的奴僕，讓士兵能得一飽。

但這樣又能撐多久？到最後，原本六千八百名士兵，連戰死、帶病死、餓死，只剩下四百人。而軍民百姓，都因感動於許遠、張巡對國家的忠愛，在這麼困苦的局面下，也沒人說一句想「投降」的話。

張巡從四月到達睢陽，到十月城破，足足守了半年！但在他糧盡援絕，對方卻是不斷增兵的情況下，終於城破被俘。

他被俘之後，尹子奇問他：「我聽說，你每戰皆咬牙切齒到牙齒斷裂，這是爲什麼？」張巡說：「我立志要生吞逆賊。只可惜兵力不足，不能如願！」

尹子奇用刀撬開張巡的嘴，發現他的牙齒只剩三四顆了，油然而生崇敬之意，捨不得殺他。但其他燕軍將領一致反對：認爲張巡是唐朝的忠臣，爲唐朝守臣節，不會爲尹子奇所用。而且張巡深得軍心，留下來必成後患。

睢陽陷落後，南霽雲也同時被俘。尹子奇也想勸降南霽雲，南霽雲聽著勸降的話，默然不語。張巡向他大喊：

「南八（大家族裡，同祖父堂兄弟輩的大排行），男子漢要死就死，不可爲不義而屈服！」

南霽雲笑著回答：

「我本想假裝投降，留下有用之身，再找機會殺賊的。我公既然如此說，雲怎敢不死？」

終於，尹子奇將張巡、許遠、南霽雲、雷萬春等三十六人都殺了。

在行刑之前，張巡神色不亂，依然意氣揚揚。他面向西方（當時皇帝所在之處）下跪叩首說：「臣活著不能上報皇恩，死了也當變成厲鬼，繼續爲陛下殺敵。」

許多人不明白：張巡和許遠爲什麼要付出這麼慘重的代價，死守睢陽？若他早日投降，不是可以救活城中數萬軍民嗎？甚至有人說他：爲了成自己「忠節」之名，不惜犧牲愛妾，以致殺妾犒軍。而且因他的苦守，導致數萬軍民百姓爲他活活餓死！

這一說法，乍聽有理。但並不了解當時的情勢：張巡知道睢陽地處南、北的水路要衝，如果讓叛軍得到了睢陽，就能順著貫通南北的大運河順流南下，盡取江、淮富庶膏腴之地，造成江南的大浩劫。又會因此死多少百姓？而且，江南若落入燕軍之手，江南本是中國資源最富庶的「魚米之鄉」，是取之不盡、用之不竭的「糧倉」。以這樣的「糧倉」資敵，會讓燕軍「如虎添翼」，將使唐朝陷入危亡的威脅！睢陽的死守，使燕軍的攻勢，因而拖延了半年：因爲有了這半年，使大唐「勤王」的軍隊，得以有時間整合，征討賊兵。也因而保住江、淮一帶百姓的生命財產。對唐朝來說，這是非常重要的關鍵，可說是功績顯赫！

戰事平定後，唐肅宗下詔立「雙忠廟」祭祀。張巡被封爲「忠烈侯」、許遠爲「忠義侯」。宋代更進一步，敕封張巡爲「東平威列昭濟顯慶靈祐王」（尊號保儀尊王）、許遠爲都督（尊號保儀大夫）。並褒封張巡用以犒軍的愛妾林氏爲「申國夫人」；在中國傳統中，「妾」的身分，與奴婢差不多；通常說「妻以夫貴」，受封的都是「正室」，很少有「妾」

而能得褒封的。因此，雖然很多文章裡都說是張巡「殺妾」犒賞兵士。也有人據此認爲：必是出於林氏夫人的意願，甘心捨身成全張巡的志節，也因此而受褒封。

台北市景美一帶，有兩座「集應廟」。一座又稱「雙忠廟」，裡面供奉著「保儀尊王」（俗稱「尪王」）張巡、「保儀大夫」許遠（應該也包括那些與他們一起死難的將軍們吧）。而不遠處，另有一座廟，則供奉林氏夫人。

相傳，是當初有高、張、林三個河南的家族，從唐末黃巢作亂時，就帶著當地「雙忠廟」裡的張巡塑像、林氏夫人塑像，和一座香爐南逃，先到了福建，又一起來到台灣。因爲他們南逃期間，常在危難中「化險爲夷」，認爲是受到了張巡忠義的保佑。來到台灣之後，本來議定．由三家人輪流奉祀。後來三家人各自開枝散葉，子孫分散各處。就決定以「抽籤」的方式，決定如何分配兩座神像和香爐。

抽到香爐的張氏，在木柵建了「木柵集應廟」。抽到張巡神像的高氏，在景美街上建了廟；供奉張巡、許遠，又稱「雙忠廟」。抽到林夫人神像的林氏，就在萬隆建了廟，奉祀被稱爲「夫人媽」的林氏「申國夫人」（又俗稱「尪媽」或「尪娘」）。對身分只是「妾」的林氏夫人來說，死而受封，而且單獨立廟，接受香火奉祀，這也算是異數了。

此恨綿綿無絕期（唐明皇、楊貴妃）

在天願作比翼鳥，在地願為連理枝。天長地久有時盡，此恨綿綿無絕期。

這是白居易〈長恨歌〉長詩中的最後幾句。

〈長恨歌〉的女主角，是中國「四大美人」之一的楊貴妃。在歷史上，她居於大唐由盛而衰的轉捩點上。因此，許多人把安祿山的「天寶之亂」歸咎於她，認爲她是禍端；唐明皇因寵愛她，而荒廢政事；因「愛屋及烏」寵信並重用楊國忠爲宰相，而導致政治腐敗，並引發安祿山叛變。但就歷史記載看，其實她眞是挺冤枉的；她從一開始就是「被動」，在不得已的情況下捲入了歷史浪潮中。安祿山之亂，眞要歸咎，也只能歸咎於唐明皇對她家族的寵愛與縱容，和楊國忠想方設法的「逼反」安祿山，與她無關。

唐明皇的「昏亂」，並不從寵愛楊貴妃開始。在她之前，最受寵的是武則天的侄孫女武惠妃。她還眞承襲了武家人「心狠手辣」的遺傳特質，爲了想讓自己親生的兒子壽王李瑁繼位，設計陷害唐明皇其他的兒子。唐明皇爲了寵愛她，曾想封她爲「皇后」。當時朝中忠直的大臣如張九齡等，因她受寵且有子，恐怕她當了皇后，會設法廢太子，竭力阻止。後來，這些「正人」都被李林甫讒陷罷官。唐明皇卻「親奸佞、遠賢臣」，重用李林甫爲相。

李林甫迎合武惠妃，狼狽爲奸的陷害太子。而唐明皇竟昏憒到聽信她的讒言，冤殺了包括太子在內的三個兒子，還把他們廢爲「庶人」，造成了「骨肉相殘」的巨變！這才是他從「明君」轉「昏君」的開始！而那時楊玉環還只是壽王妃，「賴」不到她身上。

武惠妃薨，唐明皇抑鬱不樂了好幾年。天長日久的，不甘寂寞了。聽說壽王妃楊氏玉環美貌且多才多藝，就「掩耳盜鈴」的令壽王妃楊玉環以「爲婆婆武惠妃祈福」爲名，出家爲女道士；「太眞」就是她出家爲女道士時的「法號」。而且馬上就爲壽王李瑁，另娶韋昭訓之女爲妃，斷絕了楊玉環與壽王復合的後路。然後「偷天換日」，讓楊氏以「女道士」的身分「還俗」進宮，封爲「貴妃」。這一番「曲折」，還是掩蓋不住他「父納子妻」亂倫的事實；關於楊貴妃出於「壽邸」，這在正史《新唐書．后妃列傳》上就有明確的記載，並不是出於稗官野史的無中生有。

以楊貴妃一個弱女子，有什麼能力抗拒皇帝這樣悖德亂倫的安排？尤其，因爲武惠妃讓唐明皇爲她殺了三個兒子，壽王李瑁必然成爲兄弟們「眾矢之的」眼中釘，被所有兄弟姐妹痛恨！武惠妃在世，他有受父皇專寵的母妃庇護。一旦武惠妃薨逝，他也會立時失去「保護傘」。爲了保護他，身爲壽王妃的楊玉環，那有選擇的餘地？而壽王爲了自保，又怎敢抗命，不乖乖地獻上愛妻？白居易在〈長恨歌〉中，沒有寫得那麼直白，他含蓄地寫著：

漢皇重色思傾國，御宇多年求不得。楊家有女初長成，養在深閨人未識。天生麗質難自棄，一朝選在君王側。回眸一笑百媚生，六宮粉黛無顏色。春寒賜浴華清池，溫泉水滑洗凝脂。侍兒扶起嬌無力，始是新承恩澤時。雲鬢花顏金步搖，芙蓉帳暖度春宵。春宵苦短日高起，從此君王不早朝。

這首詩的故事，從楊貴妃入宮受到專寵展開。她一受寵，馬上她的叔父、堂兄弟姐妹們都「雞犬昇天」；男的都當了大官，女的封爲「國夫人」，稱「天子阿姨」。聲勢顯赫到宮裡的諸王、公主都不敢不在她們面前低頭！諸王宗室和公主們想要婚嫁，還得透過楊氏諸姨去向皇帝說情，才能如願。

楊家兄弟姐妹們「門庭若市」，都是奔走權門的人。招財納賄，不問可知。而唐明皇還在推波助瀾：大興土木，爲他們蓋豪宅。楊氏五家宅第之豪華，比擬宮禁。而且還不斷的增建。他們彼此爭豪競奢；看到別家超過自己，就拆毀了重建，永遠沒完工的時候！這些「民脂民膏」，他們浪費得全無顧惜！被稱爲「天子阿姨」的三位國夫人，一年皇帝給的「脂粉錢」就上百萬！這些縱容與後果，該負責的是唐明皇，還是深宮裡不問政事的楊貴妃？事實上，比起前代的武則天、韋后、太平公主、上官婉兒乃至武惠妃的陰狠毒辣，她只是個有點天眞爛漫，喜愛音樂、歌舞、藝術的女子，離「政治」相當遠。她當然爭寵；一個入了宮的女子，不受寵，怎麼活？

楊貴妃不僅美貌，而且富於才藝。唐明皇喜好音樂，因而設立「梨園」，並養了一班擅長各種音樂、歌舞的樂工、歌姬、舞妓，稱「梨園子弟」。他自己當然就是梨園的「領班」了；也因此，直到現代，「梨園行」（戲劇團體）供奉的「祖師爺」還是唐明皇！他自己長於羯鼓，不時跟樂工們一起演奏，還曾開玩笑的在演奏之後，向大姨「秦國夫人」索取「纏頭」賞賜。而楊貴妃則以擅長彈琵琶聞名，當時的公主、命婦們，爲了巴結討好她，都要求當她的琵琶弟子。她又長於舞蹈，特別是一曲「霓裳羽衣舞」，更使得唐明皇看得目眩神迷。

不僅如此，她聰明而善體人意。每每在唐明皇話還沒說出來之前，她已經先領會了。傳言，有一次唐明皇跟兄弟下棋，她抱著一隻愛貓在一邊看。眼見他快輸了，她隨手縱貓跳到棋盤上，把棋局打亂，不了了之。這種先意承志的巧慧，唐明皇如何能不愛！

承歡侍宴無閒暇，春從春遊夜專夜。後宮佳麗三千人，三千寵愛在一身。金屋妝成嬌侍夜，玉樓宴罷醉和春。姐妹弟兄皆列土，可憐光彩生門戶。遂令天下父母心，不重生男重生女！

都是寫實。她也曾有兩次，爲了細故得罪，被大怒的唐明皇趕出宮，讓她回楊家去。氣頭過了，見不到她，唐明皇就在宮裡亂發脾氣。高力士心知肚明，總能想辦法轉圜，讓唐明皇收回成命，接她回宮。回宮之後，不但和好如初，反而更加寵愛。

當年，逼武則天退位，還政唐室李家的，就是這位當時還是「皇孫」，後來成爲「開元皇帝」的唐明皇李隆基！武則天退位之後，她的女兒太平公主一手掌握大權，竟至七個宰相，五個出於她的門下。連兩任皇帝：中宗李顯、睿宗李旦兄弟都惹她不起。在睿宗退位，讓位給兒子李隆基後，太平公主還想要廢立。卻在他反撲之下，被迫自殺！瓦解了武則天留下的禍根，並建立了在歷史上與「貞觀之治」齊名的「開元之治」，可知當年的唐明皇曾經多麼英武過人！

但到他老年，當初一手建立太平盛世的「開元明君」不見了！只剩下一個終日沉迷聲色歌舞，醇酒美人，在楊貴妃的巧笑和楊氏家族的逢迎包圍中，不問國政的「天寶昏君」！

他這段時間，他用了兩個奸臣做宰相。李林甫雖壞，還算有點才幹，壓得住局面。李林甫死後，他提拔了「國舅」楊國忠爲宰相，朝中正人爲之一空，整個唐朝的政治更腐敗到不堪聞問。「天寶皇帝」呢？依然沉迷於享樂中：

驪宮高處入青雲，仙樂風飄處處聞。緩歌慢舞凝絲竹，盡日君王看不足。

樂極生悲！緊接著，整首詩的情調有了一百八十度的改變：

漁陽鼙鼓動地來，驚破霓裳羽衣曲！

安祿山因有邊功，很受唐明皇籠絡寵愛，並要他與楊氏兄弟姐妹們結拜金蘭。但他們「面和心不和」，各懷鬼胎。尤其楊國忠深怕被安祿山瓜分了皇帝的寵信，一直在唐明皇耳邊吹風：「安祿山必反！」使安祿山因此心裡不安。爲了證明自己的「先見之明」，楊國忠進行了「逼反」行動；逮捕了安祿山在長安的門客，逼使安祿山爲了自衛而「先下手爲強」。

他興兵造反，所持的理由並不是反「大唐皇帝」，而是「清君側」！以「誅楊國忠」爲名，也「指言妃及諸姨罪」！所以說楊貴妃和他有什麼曖昧，實在是太胡扯！楊貴妃這樣一個似玉如花，富於才藝，寵冠六宮的美人，會看上體重五百斤，肚子垂在地上，一身腥羶的

「雜胡」安祿山？那才是天大的笑話！

事實上，從新、舊《唐書》，到唐代陳鴻的〈長恨歌傳〉、北宋樂史的〈楊太眞外傳〉，都沒提到她跟安祿山之間，有什麼不可告人的曖昧情事。她對安祿山假以辭色，也因爲皇帝本身就一直籠絡安撫他吧？這一段穢亂之說，是直到司馬光寫《資治通鑑》爲了「懲亂階」，警告後世的皇帝不要迷戀聲色才「加油添醬」的！

「劇情」自此急轉直下。潼關失守，賊兵直逼長安。唐明皇在措手不及中，自家兒孫都棄之不顧，卻還帶著楊貴妃和楊家人一起匆匆而逃。到了離京一百多里的馬嵬驛，才敢停下來休息。楊國忠還不知死活的作威作福，頤指氣使。護駕的陳玄禮手下官兵早已恨他入骨，當下就把他殺了。唐明皇不敢究責；他還得靠著這些兵馬保護逃命。因而「寬大」的表示不追究「襲殺宰相」的罪名，以爲安撫。卻不料，兵士們卻還包圍著馬嵬驛，不肯解散。唐明皇這才覺得事態嚴重了，要高力士去問原因。陳玄禮說：「禍根還在，軍心不安！」

禍根，當然指的是楊貴妃了！唐明皇面臨了抉擇；而到了生死關頭，過去的千恩百愛，還是比不上自己的性命重要！於是，一條白綾，斷送了千嬌百媚楊貴妃的性命。她從天寶三年入宮，到這一年——天寶十五年，受了唐明皇十二年的專寵。天寶十五年，事實上也是「天寶」的最後一年了；太子李亨靈武即位（唐肅宗），遙尊蒙塵在外的父皇爲「太上皇」。改元「至德」；皇帝換人了！白居易寫這一段「逃難」的經過：

> 九重城闕煙塵生，千乘萬騎西南行。翠華搖搖行復止，西出都門百餘里。六軍不發無奈何，宛轉蛾眉馬前死！花鈿委地無人收，翠翹金雀玉搔頭。君王掩面救不得，回看血淚相和流。

唐明皇經歷了「六軍不發無奈何，宛轉蛾眉馬前死」的轉折，人生完全變了樣。他千辛萬苦的才抵達了四川成都。從一個天下至尊的「皇帝」，變成蒙塵落難異鄉的「太上皇」。而且少了身邊至愛的美人，他的寂寞寥落之情，在白居易的筆下栩栩傳出：

> 黃埃散漫風蕭索，雲棧縈紆登劍閣。峨嵋山下少人行，旌旗無光日色薄。蜀江水碧蜀山青，聖主朝朝暮暮情。行宮見月傷心色，夜雨聞鈴腸斷聲。

精於音律的他，用淒清夜雨和著屋角鈴聲，譜成了〈雨霖鈴〉的曲子，寄託自己淒寂悲苦的思念情懷。

太子靈武即位後，經過了天翻地覆的戰亂，兩年後，終於官兵收復了長安。唐明皇也才得以「太上皇」的身分返回長安。經過馬嵬驛時，也只敢忍著悲痛祭奠當年在兵荒馬亂中，裹著一條紫褥草草埋葬的愛妃。因怕護駕的軍士想到當年的情事，會因心中不安引發兵變，而不敢提爲她改葬。

一朝天子一朝臣！「太上皇」名分雖然尊貴，卻也不過是個沒有實權的「空銜」；當年「唯我獨尊」的權勢已轉移了。尤其，「亂」由他起，能不心虛？眼見著宮中的景色依舊，到處都依稀留著當年他與楊貴妃出雙入對的身影。而如今，人事全非，玉人何在？他只能和經歷過當年「好日子」的梨園子弟和宮女、太監們，回憶往事，不勝唏噓。

天旋地轉迴龍馭，到此躊躇不能去。馬嵬坡下塵土中，不見玉顏空死處。君臣相顧盡沾衣，東望都門信馬歸。歸來池苑皆依舊，太液芙蓉未央柳。芙蓉如面柳如眉，對此如何不淚垂？春風桃李花開日，秋雨梧桐葉落時。西宮南內多秋草，落葉滿階紅不掃。梨園子弟白髮新，椒房阿監青娥老。

白居易如此描寫著他的悲苦、寂寞與思憶：

夕殿螢飛思悄然，孤燈挑盡未成眠。遲遲鐘鼓初長夜，耿耿星河欲曙天。鴛鴦瓦冷霜華重，翡翠衾寒誰與共？悠悠生死別經年，魂魄不曾來入夢。

接著，就是「神話」了。

唐明皇切切地思念著楊貴妃，也不知道她如今在那裡。有一個道士，自稱有法術，願意爲他尋找楊貴妃的芳魂。但他上天下地都找不到。正著急間，聽說海外有一座蓬萊仙島，那裡住著很多仙子。其中有一位名叫「太眞」；正是楊貴妃出家時的「法號」，聽形容，很像楊貴妃。

臨邛道士鴻都客，能以精誠致魂魄。為感君王展轉思，遂教方士殷勤覓。排雲馭氣奔如電，升天入地求之遍。上窮碧落下黃泉，兩處茫茫皆不見。忽聞海上有仙山，山在虛無縹緲間。樓閣玲瓏五雲起，其中綽約多仙子。中有一人字太真，雪膚花貌參差是。

於是他找了去，也見到了這位仙子，果然不錯！白居易〈長恨歌〉前面那幾段，一直寫唐明皇對楊貴妃的思念。下面這一段裡，則用了相當長的篇幅寫方士找到了楊貴妃，和楊貴妃對唐明皇的思念：

金闕西廂叩玉扃，轉教小玉報雙成。聞道漢家天子使，九華帳裡夢魂驚。攬衣推枕起徘徊，珠箔銀屏迤邐開。雲鬢半偏新睡覺，花冠不整下堂來。風吹仙袂飄飄舉，猶似霓裳羽衣舞。玉容寂寞淚闌干，梨花一枝春帶雨。含情凝睇謝君王，一別音容兩渺茫。昭陽殿裡恩愛絕，蓬萊宮中日月長。回頭下望人寰處，不見長安見塵霧。

她取出了當年唐明皇與她訂情時，送給她的「信物」：金釵與鈿盒。剖分爲二，分一半讓方士帶回去作見證。方士怕唐明皇還是不相信，請她回憶一件只有他們兩個人知道的事，作爲憑證。她想了半天，說起：當年她陪著唐明皇去驪山行宮避暑，時逢七夕，他們支開了侍衛和太監、宮女，兩個人並肩在露台上看牛女雙星渡河。曾經發誓：「在天願作比翼鳥，在地願為連理枝。」兩人要生生世世作夫妻。這件事，除了他們自己，沒人知道！

唯將舊物表深情，鈿合金釵寄將去；釵留一股合一扇，釵擘黃金合分鈿。但教心似金鈿堅，天上人間會相見！臨別殷勤重寄詞，詞中有信兩心知。七月七日長生殿，夜半無人私語時：「在天願作比翼鳥，在地願為連理枝。」天長地久有時盡，此恨綿綿無絕期！

「天長地久有時盡，此恨綿綿無絕期」，讀來感人。但對照她死於馬嵬驛的那一段，卻只讓人覺得諷刺。

一葉隨風忽報秋，縱使君來豈堪折（韓翃、柳氏）

楊柳枝，芳菲節，可恨年年贈離別。一葉隨風忽報秋，縱使君來豈堪折？

這一闋詞，出於唐傳奇非常有名的故事〈柳氏傳〉中的〈章臺柳〉：雖出於「傳奇」，倒是一個真實的故事：

如同上篇所述，唐玄宗改元「天寶」之後，完全改變了「開元」時代的勵精圖治。似乎覺得天下太平了，他也老了，對「日理萬機」的生活已經厭倦了。只想安享餘年。如果他能像過去一樣，任用如姚崇、宋璟這樣賢能的宰相來主持政事也就算了，就讓宰相代勞吧。他卻任用了有「口蜜腹劍」之名的李林甫。讓李林甫成為對上欺瞞蒙蔽，對下作威作福的權臣。因此政治大壞。

這還只是原因之一。另一個原因，是他因寵愛楊貴妃，「愛屋及烏」的寵信楊家的兄弟姐妹：楊釗、楊銛，和她的三個姐妹：韓國夫人、虢國夫人、秦國夫人。這五家一步登天，單只爲他們建的五座府第，就耗費了無數的民脂民膏。李林甫雖然是權相，多少還有點本領，壓得住政局。到了李林甫死，唐玄宗將國政交給賜名爲「楊國忠」的楊釗，國家的整個局面就更腐敗得不堪聞問了！

當時的有識之士，都引以爲憂。但敢說話的人並不多；楊家的權勢傾天，有誰敢得罪他們？有一位尚未登第的秀才韓翃，作了一首〈寒食〉詩：

春城無處不飛花，寒食東風御柳斜。日暮漢宮傳蠟燭，輕煙散入五侯家。

當年漢成帝因皇帝寵信舅家，一日之內，王氏五人封侯，稱「五侯」。那件事的後果是：導致後來王莽廢立由心，乃至篡位自立。

這首詩中表面是說皇帝寵信五侯，寒食結束，清明改火，首先就賜給五侯之家。當然也意在言外，就是諷刺皇帝寵信外戚五個楊家人，一如當日的「五侯」。

此詩一出，韓翃雖只是個還沒登進士第的寒士，卻馬上就成了各方有識之士競相結納的對象；當然，都是認同他的見解，又佩服他敢言的知識份子！

他有個朋友李生，是個豪士，家裡非常富有。因爲賞識韓翃的才華，將他安置在自己別墅邊的客房裡。韓翃住進來之後，本來冷落的房舍忽然熱鬧了起來；來來往往的，都是當代俊彥，而且都是來訪「韓夫子」的。

李生家裡有一位最受寵愛、擅長歌舞的絕色歌姬柳氏，無意中看到了韓翃，對侍兒說：

「這位韓夫子，豈是會長處於貧賤的尋常人？」

李生知道了，覺得柳氏小小年紀，不出閨門，卻具有不以衣冠取人，識英雄於微時的慧眼，正好匹配韓翃。設宴讓兩人相識，並當場表示：要將柳氏許配給韓翃。韓翃大吃一驚，他知道：柳氏是李生府中最出色、也最受寵的歌姬。君子不奪人之所愛，他怎麼可以接受？極力推辭。但李生非常堅持，當時就爲他們完成了花燭。而且又爲他們安排居所，給他們三百萬錢生活費，鼓勵韓翃參加科考，博取功名。

第二年，韓翃果然得中進士。本來唐代考上進士，就是「鯉躍龍門」的仕宦之階。但因爲他的那首詩，使楊國忠非常不滿。他宰相權重，掌握著分發官職的權力，就打壓韓翃，遲遲不授他官職。這一壓，就是一年。

柳氏是個深明大義的女子，認爲他既已登第，照理就該回鄉祭祖，歸省父母才對。而且，他們兩人之間的婚姻，也還沒有得到父母的認可，她等於還沒有名分，因此勸他不要留在長安虛耗，還是先回鄉去探親再說。她把手邊大部份的錢財，都給他帶回去當路費。告訴他：「我手邊還有些錢，足用一年，可以等你回來。」

但人算不如天算！安祿山造反，天下大亂，道路不靖。韓翃去後，一年多也沒法回來。

柳氏只好靠著典賣自己的首飾來維持生活。

更不幸的是：賊兵破了長安。柳氏以美色聞名當時，爲了逃避可能遭到的不幸，她把頭髮剪了，把臉抹髒，躲到她所熟悉的「法靈寺」去避禍。

另一方面，韓翃投到了淄青節度使侯希逸的麾下，隨軍掌書記。在戰亂之中，雙方音訊完全阻隔不通。直到官兵收復了長安，韓翃才趕快派了一個老僕，回長安打聽柳氏的消息。好不容易才在「法靈寺」找到了她，呈上了韓翃帶來的信，和一袋麩金。信，是韓翃寫的一闋詞〈章臺柳〉：

章臺柳，章臺柳，昔日青青今在否？縱使長條似舊垂，也應攀折他人手！

柳氏捧著信和那袋麩金嗚咽痛哭；這幾句詞的意思很明白：韓翃一方面不知道她是否還活著。另一方面，也怕她不再屬於他，而已經被別人「折」走了。她因此覺得非常委屈；她這樣堅貞守節，他卻如此懷疑！因此用他的原調，回了他一闋詞：

楊柳枝，芳菲節。可恨年年贈離別。一葉隨風忽報秋，縱使君來豈堪折？

表示：楊柳在春天，是裊娜多姿，嬌柔美麗的。只可恨，總是處於別離的感傷中。經過了這麼長久的歲月摧殘，可能等你回來時，柳葉已隨著秋風凋零，不復當年的美麗，也不值得你憐惜攀折了。

韓翃接到她的詞，又高興，又抱歉。正好，侯希逸也奉調回京師擔任「左僕射」；相當於宰相的高官！他歸心似箭的隨著大隊人馬回到京師，馬上趕到「法靈寺」，去準備接柳氏回家團圓。不料，「法靈寺」的住持告訴他：有不知那一方的蕃將，打聽到了柳氏的美貌，派人將柳氏搶走了！當時，長安城裡的蕃將很多，因爲平亂有功，橫行不法，連皇帝都讓他們三分。因此，誰也招惹不起，甚至不敢追問。

韓翃聽到這消息，如青天霹靂，痛苦萬分。成天大街小巷的穿梭，希望能找到一點蛛絲馬跡。有一天，他走到龍首岡的時候，看到一輛牛車緩緩經過。車中傳出了聲音：

「你是韓員外嗎？我……是柳氏……」

隨即一個女奴下車，對韓翃說：「柳夫人現在沙吒利府中。車裡還有別人，不便說話。請您明天一早到道政里門相見。」

第二天，他一早就等在道政里門。果然那輛牛車又來了。柳氏從車中遞給他一個用絹包著的玉盒，裡頭裝著香膏。哽咽著說：「這就是永訣了！你就留下這玉盒當紀念吧。」

說著，牛車轉頭又走遠了。韓翃直望到連車塵都看不見了，才失魂落魄的回去。正好一同回京的淄青諸將聚會，邀他參加。他盛情難卻，不能不去。但無法遮掩神色哀傷，食不下嚥。有一個年輕將軍許俊發覺了，按劍而起，追問情由：

「韓員外！看你落落寡歡的樣子，其中必有緣故！你說出來，我許俊願爲你效命！」

韓翃迫不得已，只好說明緣由。許俊想想，說：

「你寫幾個字給我，再給我一件信物，我很快就會把尊夫人救回來。」

說著，他只帶著一個健僕出門，在沙府大門不遠處觀察情勢。過了一下，見沙吒利騎馬出門。他估計著走遠了，就披散著衣襟，神色驚慌的騎著馬直闖沙府大門，口中喊：「不好了！將軍中風墜馬，生命垂危，要見柳夫人！」

家人連忙傳喚柳氏出來，許俊很快把玉盒和韓翃寫的字條給她看。然後拉著她就走。口中還說：「快走，不然就來不及見將軍最後一面了！」

到了馬邊，他跨上馬，順手就挾著柳氏，飛奔出府。回到酒樓，他拉著柳氏，交給韓翃，說：「幸不辱命！」

柳氏和韓翃相見恍如隔世，相擁而泣。當然大家也都非常爲他們高興。但沙吒利是當今的「紅人」，他們這些人是惹不起的。於是，他們大家一商量，一起到侯希逸府中，向侯希逸求助。聽他們說明了原委，侯希逸大驚，對許俊說：

「這種仗義行俠的行爲，正是我生平最嚮往的！沒想到你做到了。」

侯希逸是個非常有智慧的人，他認爲：與其跟沙吒利私下週旋，不如把事情鬧大，把「官司」打到皇帝面前去！他笑說：「我頂多得個約束部屬不嚴的罪名。沙吒利搶掠良家婦女，而且還是依附佛門假爲尼避禍的有夫之婦，可比我嚴重多了！」

於是寫了奏章，控告沙吒利無法無天，搶掠不惜剪髮毀容、避禍寺中的良家婦女柳氏。也奏明皇帝：因此，許俊打抱不平，設計把她搶回來，還給了韓翃。

皇帝看了奏章，爲之動容；他早就聽說了韓翃的才華，也讀過〈寒食詩〉。早就知道當年韓翃與柳氏結合的故事。卻不知道其間還有這樣的曲折。當即問沙吒利有無此事？

沙吒利本來還說：柳氏是他的愛妾，不關韓翃的事！被人搶走了，要皇帝爲他作主，把柳氏還給他。沒想到，這一次皇帝卻不包庇他了。笑：「當年，長安城裡誰不知道柳氏是韓翃的愛妾，絕色無雙？你一定要說不關韓翃的事，那我傳柳氏上殿，當眾問她自己的意願，如何？」

沙吒利一聽，知道柳氏一上殿，自己更丟人；她一定會選擇韓翃的！於是故示大方：願意把柳氏還給韓翃。

皇帝判決：柳氏歸還韓翃。賞沙吒利二百萬錢，另覓佳麗。圓滿解決了這一爭端。韓翃與柳氏也「奉旨團圓」了！

三十年來塵撲面，如今始得碧紗籠（王播）

王播，字明敭，唐代人。因爲他的父親曾在揚州任參曹參軍，並死在任上。因此家道中落，流落揚州。他是個書生，除了讀書，也沒有什麼能賺錢養活自己的生活技能，父親死後，竟至無以爲生。

古代佛教的廟宇佔地廣大，有許多空房閒舍供人借住。他就借住在揚州的木蘭院（原名惠照寺）裡苦讀。廟裡都設有「香積廚」，供應齋飯。除了供廟中僧人食用之外，也任由民眾自由取用。甚至有些寺廟的齋飯，還成爲當地著名「美食」，大受素食者歡迎。

一般經濟情況過得去的民眾，是不會在廟裡白住白吃的。若在廟裡住，或吃齋飯，總會捐些財物供佛奉僧。但王播家境實在太貧寒了，可以說是清苦得一窮二白，當然也沒錢可以捐獻，只能厚著臉皮在廟裡寄住，而且一日三餐，都在齋堂解決。雖然他自己也有點難爲情，但暗自慶幸：還有個地方吃、住，可以靠著廟裡供應的房舍和齋飯活下去。

因爲寺廟佔地寬廣，通知不易。一般廟裡的傳統，都在吃飯時間快到的時候，敲鐘通知廟裡的僧俗：可以到齋堂用齋飯了。王播每每在聽到鐘聲時，就趕快到齋堂去吃飯。

中國古代讀書識字的人不多，社會風氣是相當敬重讀書人的。一開始廟裡的和尚也許覺得他是個「讀書人」，對他還有幾分客氣。但天長日久，廟裡那些世俗又勢利的和尚，覺得他白住、白吃，從不給錢。也不相信這麼個窮書生，能有什麼出息，就非常嫌惡厭棄他了。爲了羞辱他，私下商定了一個主意：改變傳統打鐘通知開飯的規矩；先吃了飯才打鐘。當然，其他的僧俗們都私下通知了，只不讓王播知道。所以，當王播聽到鐘聲，趕到齋堂去時，只見僧俗大眾都已經吃完，各自散開，只剩下小和尚在收拾殘局。可以想像：在看到他時，那些和尚的臉上，一定還帶著得意又輕蔑的笑容！他心裡明白：這是廟裡和尚「針對性」故意改變傳統，目的是羞辱他！使他感覺非常羞愧難堪。

過去的讀書人，往往隨身都攜帶「拜盒」，裡面放著文房四寶。隨時詩興大發時，便就著可以寫字的牆壁或柱子上題詩。所以，古代有很多無名詩人的「題壁詩」。王播羞愧之餘，就在木蘭院的一面牆上，題了兩句詩：

上堂已了各西東，慚愧闍黎飯後鐘。

詩中明白的寫出了這一「故事」：他到齋堂時，大家已經吃完散場了。讓他非常慚愧；

竟讓「闍黎」（和尚）們爲了他改變了打鐘的傳統習慣；吃完了飯才打鐘！

受到這樣羞辱的刺激，他更加發憤努力讀書。在唐德宗貞元十年，三十二歲的時候，竟一舉「鯉魚躍龍門」考上了進士！唐朝從唐太宗貞觀朝起，就以得中「進士」爲貴；唐代入仕的途徑很多，除了進士科考，朝廷也有其他的入仕途徑；可以由朝廷或地方官員們薦舉，另外還有「門蔭」；如果父、祖輩在朝中做了大官，也可以讓子孫以「蔭官」進入仕途。但不論做到了什麼大官，少了個「進士」頭銜，就是會感覺「低人一等」，甚至在朝中官員也明捧暗諷的瞧不起他！

王播在得中進士之後，歷任鹽鐵轉運使、累進中書侍郎，同平章事（相當於宰相）等，又外放爲「淮南節度使」。而揚州，正屬「淮南節度使」的管轄範圍。

當他以「淮南節度使」的身分，重臨「木蘭院」時，當然，和尚們對他的態度也完全不同了；當年是冷嘲熱諷，極盡羞辱之能事。而現在，則是卑躬屈膝，恭維奉承，侍候唯恐不周。

和尚們恭恭敬敬的「陪侍」著他在廟裡參觀。發現：過去他住在院中，隨意題寫的詩，和他在難堪羞憤之下，題的那兩句詩，都被廟中勢利眼的和尚，用碧紗籠罩起來保護了。所謂「人情冷暖，世態炎涼」，這前後的對比，顯得無比諷刺。

於是他新作了一首七言絕句寫在牆上，又揮毫，續完三十年前只題了兩句，沒有完成的詩。李播在唐代不算是太有名的詩人，但這兩首載於《全唐詩》中，題爲〈題木蘭院二首〉的詩，卻非常有名：

三十年前此院遊，木蘭花發院新修。如今再到經行處，樹老無花僧白頭。

上堂已了各西東，慚愧闍黎飯後鐘。三十年來塵撲面，如今始得碧紗籠。

「三十年來塵撲面」之句，可以說是「一語雙關」；一方面說自己在三十年來在仕途奔走，風塵僕僕。另一方面，也指當年寫的這兩句詩，在這三十年間，必然也是灰塵堆積，無人理會的。直到他發達了，這半首當年無人聞問的詩，一夕間頓成爲「墨寶」，被和尚們珍視，受到了「碧紗籠」的「禮遇」。

我們可以想見王播當年題詩時，心中的百感交集，慚愧悲憤。和那些勢利的和尚們，在他當了大官後，見到這兩首詩時的慚惶羞愧，無地自容。

但換個角度來想：這跟當年韓信的受辱胯下，乞食漂母的故事，其實也是「異曲同工」；韓信若不是有了後來在「楚漢相爭」中，爲當時的漢王劉邦，在九里山「一戰成功」，逼死了「西楚霸王」項羽的不世功勳。也不過是個名不見經傳的「小混混」，誰會記得他？就算提起，也不過是訕笑而已。直到他功成名就，富貴顯達了，當年的羞辱，才都成爲當代與後世的「佳話」。

王播也一樣，若不是他考上了進士，又做到了這樣的大官，也不過是和尚們茶餘飯後的一則「笑話」。卻沒想到，他們當初看不起，甚至故意羞辱，當成笑話的那個長年在廟裡「白吃」的窮書生，竟然在三十年後，以「淮南節度使」的身分重臨揚州！讓這些和尚刮目相看之餘，趕緊拂去掩蓋在他題壁詩上的灰塵，而且將那半首詩用碧紗籠罩，珍重維護！

其實，不必感喟人情冷暖、世態炎涼；這原本就是大多數人都不免會有的「劣根性」。重要的還是自己爭氣，自然能翻轉這一情況；就像韓信或王播，當他們「衣錦還鄉」時，才眞正能「揚眉吐氣」呢！

同是天涯淪落人，相逢何必曾相識（白居易）

白居易有兩首著名的長詩：〈長恨歌〉與〈琵琶行〉。前者是寫唐明皇與楊貴妃的故事，後者則是寫他自己的一段經歷。〈長恨歌〉有一段歷史背景，用的是「史詩」的敘述方式，顯得氣勢磅礡。但若論深刻感人，應該還是〈琵琶行〉，畢竟自己的經歷、感受，是別人無法取代的。雖然寫琵琶婦與他自己的人生遭遇，也是敘事。卻因為有許多屬於自身的感受與感傷，有很大的「抒情」成份。

潯陽江頭夜送客，楓葉荻花秋瑟瑟。主人下馬客在船，舉酒欲飲無管絃；醉不成歡慘將別，別時茫茫江浸月。忽聞水上琵琶聲，主人忘歸客不發。尋聲暗問彈者誰？琵琶聲停欲語遲。移船相近邀相見，添酒回燈重開宴。千呼萬喚始出來，猶抱琵琶半遮面。轉軸撥絃三兩聲，未成曲調先有情。絃絃掩抑聲聲思，似訴平生不得志。低眉信手續續彈，說盡心中無限事。輕攏慢撚抹復挑，初為霓裳後六么。大絃嘈嘈如急雨，小絃切切如私語；嘈嘈切切錯雜彈，大珠小珠落玉盤。間關鶯語花底滑，幽咽泉流水下灘。水泉冷澀絃凝絕，凝絕不通聲漸歇。別有幽愁暗恨生，此時無聲勝有聲。銀瓶乍破水漿迸，鐵騎突出刀槍鳴。曲終收撥當心畫，四絃一聲如裂帛。東船西舫悄無言，唯見江心秋月白。沉吟放撥插絃中，整頓衣裳起斂容。自言本是京城女，家在蝦蟆陵下住。十三學得琵琶成，名屬教坊第一部。曲罷曾教善才服，妝成每被秋娘妒。五陵年少爭纏頭，一曲紅綃不知數。鈿頭銀篦擊節碎，血色羅裙翻酒污。今年歡笑復明年，秋月春風等閒度。弟走從軍阿姨死，暮去朝來顏色故；門前冷落車馬稀，老大嫁作商人婦。商人重利輕別離，前月浮梁買茶去。去來江口守空船，繞船月明江水寒。夜深忽夢少年事，夢啼妝淚紅闌干。我聞琵琶已嘆息，又聞此語重唧唧。同是天涯淪落人，相逢何必曾相識？我從去年辭帝京，謫居臥病潯陽城。潯陽地僻無音樂，終歲不聞絲竹聲。住近湓城地低濕，黃蘆苦竹繞宅生。其間旦暮聞何物？杜鵑啼血猿哀鳴。春江花朝秋月夜，往往取酒還獨傾。豈無山歌與村笛？嘔啞嘲哳難為聽。今夜聞君琵琶語，如聽仙樂耳暫明。莫辭更坐彈一曲，為君翻作琵琶行。感我此言良久立，卻坐促絃絃轉急。淒淒不似向前聲，滿座重聞皆掩泣。座中泣下誰最多，江州司馬青衫濕。

白居易，字樂天，晚年自號香山居士、醉吟先生。祖籍山西太原。有一說，他是有胡人血統的，但也有人不贊成此說。

他從嬰兒時期，就表現出過人的聰明；七個月的時候，奶媽抱著他，指著屏風上的「之」、「無」兩個字逗他玩。他還不會說話，卻很快的認識了這兩個字。只要人家說「之」，他就指出「之」來，說「無」，也指認無誤。百試不爽，讓家人很驚喜。

他年輕時，因爲戰亂，與許多人一樣，各處流徙。有一首〈自河南經亂，關內阻饑，兄弟離散，各在一處，因望月有感聊書〉，寫出了亂離之苦：

時難年荒世業空，弟兄羈旅各西東。田園寥落干戈後，骨肉流離道路中。弔影分為千里雁，辭根散作九秋蓬。共看明月應垂淚，一夜鄉心五處同。

也因爲有這一段經歷，他特別關心時事，也關注各階層的人不同的痛苦。依現代的說法，他可以說是個「人道主義」者。

他的作品，不走文字雕琢的華麗路線。相傳，他作成一首詩，就唸給不識字的老婆婆聽，問她懂不懂？她不懂就再改，以到達「老嫗能解」平易近人的程度。當然，也不是所有詩都是這樣；〈長恨歌〉、〈琵琶行〉就不是老嫗所能解的。

他十幾歲的時候，初至長安，曾帶著自己作的詩，去拜望當代文壇的知名人士顧況。顧況本身是個自負的人，以才華自許，很少推許別人。看到他的名字，開玩笑說：「長安的米正在漲價，想在長安『居』住，很不容『易』！」

等看到他的詩中「野火燒不盡，春風吹又生」的句子，立刻改變了原先輕慢的態度，說：「你有這樣的文才，到那兒『居』住都容『易』得很呀！」又說：「我以為斯文一脈已然斷絕了。見到你的文章，才知道後繼有人！」就到處稱揚他的才華，使他聲譽鵲起。

他二十八歲考上進士，又參加了幾個朝廷的專業分科考試，進入仕途。他在取得可以上書皇帝的資格之後，就不斷的「上書言事」。將自己所知、所聞、所見、所思的各種社會問題和意見，提供皇帝（唐憲宗）參考。他自認為這是善盡言責。上書不但多得讓皇帝受不了，而且他常跟皇帝辯論，一開口就說：「陛下錯了！」

讓皇帝覺得他實在「無禮」得讓人難以忍受，想要免他的官來處罰他。幸好當時有位立朝剛正，有「疾風知勁草」之名的高官李絳為他說好話，認為無論如何，他也是出於忠愛之心，勸皇帝要廣開言路，有容人之量。

他的熱心敢言，終於為他惹出了麻煩：宰相武元衡遇刺身亡。他上表力主要嚴緝兇手，處以重刑。這超出了他的職責範圍，被認為是「越職言事」。溯本追源，大概也因他一再上書言事，不免會踢到別人的「疼腳」吧？因此早就讓許多權貴非常不滿了。藉這機會，挑他的毛病：說他的母親，是因賞花墜井而亡的，他卻作〈賞花〉與〈新井〉詩，顯然不孝，有礙名教。而將他貶謫出京，到江州（江西九江）當司馬這樣的基層小官。也因這一貶，才「貶」出了〈琵琶行〉來！

他在任職「江州司馬」時，有朋友來看望仕途失意的他。臨別的時候，他到江邊送行。忽然聽到有人在江邊的船上彈琵琶，他聽出所奏的，是京師長安的正統風格。因此，主人忘了回家，客人也不走了，又重新張燈開宴，力邀彈奏琵琶的人出來爲他們演奏。琵琶聲停了，遲疑了半晌，一個女子出現了，抱著琵琶遮著半邊臉，沒有說話，就開始彈奏。

她的琵琶造詣之高超，讓賓主都爲之傾倒。高、低、緩、急，各盡其妙。她也彈了當代最著名的曲子：〈霓裳羽衣曲〉，和另一首歌舞大曲〈六么〉。她的琵琶彈得高妙無比，尤其從京師被貶到窮鄉僻壤的白居易，許久沒聽過這麼美妙的音樂了，更爲感動。

爲什麼擁有這樣高超技藝的人，竟會淪落到這麼偏遠的地方，只能在秋風蕭瑟的晚上，獨自在船中寂寞地彈奏自遣呢？他們聽琵琶婦自訴身世：

她的出身果然不凡。從小在京師學藝，十三歲就彈得一手好琵琶，曾經是京師教坊中數一數二的琵琶高手。不但技藝精湛，而且非常美貌，成爲教坊人人追逐爭捧的紅人。她年輕，她貌美，彈一曲琵琶，就能得到無數紅綃，作爲賞賜的纏頭。她以此驕人，以此自滿，也任意的在歌筵酒宴中，揮霍著自己的青春，總以爲這就是她的人生！

豈知，歲月無情，青春易逝。當她發現上門的客人越來越少，才驚覺自己已經年華老大，不再是能以才藝和過人容貌，吸引客人上門的妙齡女子了！畢竟，來教坊「尋歡」的人，有多少是眞正欣賞她的音樂的？當她年華漸老，不復當年的青春美貌時，原先那些不惜代價，討好她，享受她的嬌笑，讓她沉醉在歡樂的時光中，揮霍著自己青春的「恩客」，也離她而去了！更不幸的是：與她相依爲命的阿姨死了，弟弟也從軍去了。年華老大，又舉目無親的她，無可奈何的，只能嫁給一個還願意娶她的茶商。

茶商，當然不是她的「知音」，只是她無可奈何中選擇的歸宿。從此，她的生活與生命整個改觀了。茶商以賺錢爲重，並不重視她的感受，經常爲了做生意而離開她。前幾天，又到浮梁買茶去了，把她一個人孤零零的留在船上。在百無聊賴的寂寞中，她在夢中回到了過去那繁華熱鬧的美好時光。她彈著琵琶，接受著喝采；她數不清別人在她一曲既終時，賞給她的紅綃；她週旋在眾多的貴客中，享受著他們對她的一顰一笑欣賞愛慕的眼光……

然後她醒了，伴著她的是浮漾在江面上，清清冷冷的月光……她只能流著淚，抱著她賴以成名的琵琶，奏出她深埋心底無人知道，也無人了解的寂寞。

聽到她的自述，白居易想起了自己的遭遇。他也曾在京師爲官，以他出眾的詩文，受到那麼多人的尊崇禮遇，受到皇帝相當的器重。他也一樣自得的以爲那就是他的人生。然後，一道詔旨，將他從青雲上打了下來；從繁華的京師，淪落到這偏遠得連音樂都聽不到的地方：江州！在這兒，他孤獨寂寞，他鬱悶難遣。在這低窪潮溼的地方，因水土不服，常在病中的他，更加覺得度日如年。他聽不到任何過去他在京師習聽、習聞悅耳的音樂；曾聽過那樣高水準的音樂，又如何能忍受村腔俗調！他的生活單調無聊，觸目所見，不是京師的繁華街道，是包圍著他家一片淒冷蕭瑟的蘆葦、竹叢。他除了寂寞，還是寂寞……

一直到這時，又聽到了這些他所熟悉的琵琶曲，眞感覺像聽了仙樂一樣，早已失去了輕靈敏銳的耳朵，彷彿因著這番享受和洗禮，才又「活」了過來，恢復了聽覺的美感！

尤其，琵琶婦的際遇，更讓他產生了「同病相憐」的親切；他們過去不曾認識，日後也未必還有機會再相遇。但他感覺終於遇到了可以了解他心境的人了；因爲，她也有同樣的心境！

他欣賞了她的演奏，何以爲報呢？他請她坐下，再爲他彈一曲，他要把這一次的相逢，寫成一首〈琵琶行〉來回報她！

她沉默了一會兒，又坐下開始彈奏。彈奏的曲子，不是那些他們熟悉的曲子了，她奏出的曲調是那麼淒楚感人；她彷彿在傾訴什麼，讓在座的人都忍不住流下了眼淚。而落淚最多的人是誰呢？江州司馬的衣襟都爲淚水溼透了！

歷史上不曾記載這位琵琶婦姓什麼、叫什麼。然而她的音樂、她的遭遇，卻因著白居易的〈琵琶行〉永遠的留了下來！

相思一夜情多少？地角天涯未是長（關盼盼）

讀過《紅樓夢》的人，大概都會記得林黛玉有一闋〈唐多令〉，寫著：

粉墮百花洲，香殘燕子樓……

蘇東坡的故事中，也有一段：

他與秦觀久別重逢，蘇門四學士：黃庭堅、晁補之、張耒都在座。當時秦觀的〈滿庭芳〉「山抹微雲，天粘衰草」傳唱一時。他問秦觀可有新作？秦觀得意地唸出他的〈水龍吟〉：

小樓連苑橫空，下窺繡轂雕鞍驟……

蘇東坡皺眉打斷，說：「十三個字，只寫了一個人騎馬樓前過！」

秦觀不服；十三個字，能寫多少意思？蘇東坡道：「我也有十三個字請教！」

隨即吟出他〈永遇樂〉中的十三個字：

燕子樓空，佳人何在？空鎖樓中燕！

晁補之當即說：

「少游！你輸了！東坡先生十三個字，寫盡了張建封和關盼盼的一段故事！」

張建封生於唐玄宗開元二十三年。主要的功業，在唐代宗、唐德宗時代。他文武雙全，不但會寫文章、會作詩，而且一再為朝廷平亂，立下許多軍功，被稱為當代名將，深受朝廷器重。唐德宗在他入覲回任時，曾親自寫詩相贈：

牧守寄所重，才賢生為時。宣風自淮甸，授鉞膺藩維。入覲展遐戀，臨軒慰來思。忠誠在方寸，感激陳情詞。報國爾所尚，恤人予是資。歡宴不盡懷，車馬當還期。穀雨將應候，行春猶未遲。勿以千里遙，而云無己知。

又將自己使用多年的馬鞭賜給他，以表示對他的信任與禮遇。

張建封因本身文武雙全，特別敬重文士；「唐宋八大家」之首的韓愈，都曾是他的幕客。他任徐州刺史十幾年都沒遷調，因爲徐州是當時的軍事重鎮，他治軍雖嚴謹，但對百姓卻十分仁厚，所以非常得民心，沒有其他的人能替代。也因此，深受朝廷尊重，拜他爲檢校尚書左僕射。

關盼盼是張建封的愛妾。不但貌美如花，能歌善舞，而且通翰墨，還能作詩。張建封對她非常寵愛，特爲她在徐州府邸中的花園裡，築了一座小樓，命名爲「燕子樓」。

想來，張建封與關盼盼的年齡差距一定相當大；一個人入仕後，能當到「尚書」這樣的高官，至少也是中年以上了。而關盼盼，應正當青春年華。張建封卒於徐州任上，死時六十六歲。照一般中國的傳統來說，姬妾是不必爲夫守節的，可以改嫁；若感念恩情，也可以殉死。但關盼盼卻沒有改嫁，也沒有殉死。她寂寞的獨居在徐州的「燕子樓」中，二十年沒有下樓。

詩人白居易是認識張建封的，也見過關盼盼；他曾在張府作客，張建封因爲敬重他這位詩人，特命關盼盼歌舞娛賓。當時，關盼盼唱了他的〈長恨歌〉，並爲他跳了〈霓裳羽衣舞〉。他作詩答謝，詩中有「醉嬌勝不得，風嫋牡丹花」之句；形容她容貌與舞姿之美。過後，他再也沒見過關盼盼。

有一天，有朋友來拜訪他，說起最近曾到過張建封尚書的墓上，看到當年下葬時，在墓旁種的白楊樹，都已有柱子粗了。又說起關盼盼獨居「燕子樓」的事，並拿出三首關盼盼寫的〈燕子樓詩〉給白居易看：

樓上殘燈伴曉霜，獨眠人起合歡床。相思一夜情多少，地角天涯未是長。
北邙松柏鎖愁煙，燕子樓中思悄然。自埋劍履歌塵散，紅袖香銷二十年。
適看鴻雁岳陽回，又睹玄禽逼社來。瑤瑟玉簫無意緒，任從蛛網任從灰。

白居易是個詩人，看了這幾首詩，就依韻和了三首：

滿窗明月滿簾霜，被冷香消拂臥床。燕子樓中更漏永，秋宵只為一人長。
細帶羅衫色似煙，幾回欲起即潸然。自從不舞霓裳曲，疊在空箱二十年。
今春有客洛陽回，曾到尚書墓上來。見說白楊堪作柱，爭教紅粉不成灰？

除此之外，他還作了一首詩寄給關盼盼：

黃金不惜買蛾眉，揀得如花四五枝。歌舞教成心力盡，一朝身去不相隨。

關盼盼收到這幾首可以說是相當殘忍的詩之後，反覆看了幾遍。流著淚說：「張公去世，我不是不能以死相殉。只是怕後世人誤解，認爲是他是個重色的人，因此有殉死之妾，玷污了他的清譽！」

隨後和了一首詩，回覆白居易：

自守空房斂恨眉，形同春後牡丹枝。舍人不會人深意，訝道泉台不去隨！

自此絕食，殉死在「燕子樓」中。

可以說，白居易因他的好奇與偏見，活活逼死了關盼盼。但從另一個角度來看：或許關盼盼還心中感激他；其實她這樣寂寞的活著，比死痛苦。而白居易的詩，給了她堂堂正正殉死的理由：以此「明志」！表白自己對張建封的一片深情與貞烈！

玄霜搗盡見雲英（裴航、雲英）

唐穆宗時代，有個士子，姓裴名航。因科考失利，百無聊賴，準備到襄陽遊歷散心。到江邊雇船，正好有一艘大船，要往襄陽。船上主要的大客艙，已被一位樊夫人租了。但還有一間艙房空著，可以租給別人。他就租下了，一路附舟同行。

到襄陽的行程相當遠，大船白天航行，夜晚泊岸。雖然男女有別，他與樊夫人不曾見面。但因船上空間有限，艙房鄰近，聲息相聞。婢女出出進進的，時常照面。他溫文儒雅，謙恭有禮，婢女很快的跟他熟了。就連樊夫人也不再見外，有時雙方隔著屏幃問候交談，也感覺相當親切。

一天，他偶然因江風吹起了簾幕，從屏幃間隙看見這位樊夫人，貌如天仙化人般的美麗，使他驚為天人，不覺心生愛慕。就在泊岸時，上岸買了些佳釀珍果，託樊夫人的婢女送給樊夫人。同時又寫了一首詩給樊夫人，向她致意：

同為胡越猶懷想，況遇天仙隔錦屏。倘若玉京朝會去，願隨鸞鶴入青雲。

清麗脫俗、淡雅如仙的樊夫人，接受了他的饋贈，又在看了他的詩之後，接見了他。敬了他一杯酒，向他致謝，並回贈了他一首詩：

一飲瓊漿百感生，玄霜搗盡見雲英。藍橋便是神仙窟，何必崎嶇上玉清？

他看了，完全不解詩中之意，只珍重收藏。

大船抵達了襄陽，樊夫人也沒向他辭行，就帶著婢女們和行李下了船。他若有所失，到處打聽，卻沒人知道這位樊夫人的來歷和下落。

在襄陽遊玩了一陣子，考期近了，他打算回長安準備應考。騎著馬，路經「藍橋」驛，感覺有些口渴。藍橋地方偏僻，少有人煙。他看到不遠處，有一座低矮簡陋的茅屋。他來到門前，只見一個衣衫襤褸、貧苦的老婆婆，正在門口緝麻。他向前作了個揖，懇求老婆婆給他一杯水喝。老婆婆回頭向屋裡喊：「雲英！拿杯水來，郎君要喝。」

他覺得「雲英」兩個字好熟悉！忽然想起：樊夫人的詩中有「玄霜搗盡見雲英」的句子。詩中又有「藍橋便是神仙窟」之句，而這個地方正是「藍橋」驛！心中有些恍惚，還是不甚了解兩者間有什麼關聯。

過了一會兒，只見從粗疏的葦箔簾子裡，伸出一雙纖纖玉手，遞出一個裝著水的杯子。他接過喝了，只覺芳香滿口，甘甜異常；那是什麼水？簡直是玉液瓊漿！更從簾子裡，飄散出淡淡的馨香之氣，直透戶外。藉著遞還杯子，他冷不防地揭開垂簾。只見屋裡有一個豔絕塵寰的少女，臉龐如美玉般潤澤，氣質如幽蘭般清雅，美得不可方物。似乎被他猛然揭簾之舉驚嚇，舉起衣袖遮著羞紅的臉。而他，見到了這美人，神魂顛倒，一雙腳就像釘在地上了，再也動彈不得。久久，才回過神來。不想馬上離開，就客氣地跟老婆婆商量：

「我的馬和老僕，都又累又餓了。可不可以借你們這兒，讓他們吃點東西，休息一下再走？我當厚謝。」

老婆婆一邊繼續緝麻，一邊隨口答應：「郎君就請自便吧！」

他讓老僕吃了乾糧，又用草料餵了馬。流連了半天，才鼓足勇氣問：

「剛才見到小娘子，豔麗天下無儔！我想厚禮聘娶，可不可以？」

老婆婆回答他說：「我又老又病，跟前就只有這個小孫女。昨天，有神仙送來靈藥『玄霜』，必須用玉杵臼搗一百天，才能吞服。這樣吧，你如果能找來玉杵臼，並爲我搗藥，我就把我這小孫女嫁給你。至於什麼金帛厚禮，對我都沒有用處！」

裴航人喜，向老婆婆拜謝：「一言爲定！就以百日爲期，我一定設法找到玉杵臼送來。

請千萬別將雲英另許他人喲！」

老婆婆笑著點頭：「那當然！郎君放心。」

裴航的心思裡，完全沒有應舉的念頭了。走遍京師，到處問人「玉杵臼」的事，根本沒人知道那是什麼東西。甚至有人還以爲他是瘋子！過了兩個月多月，他急得不得了；馬上百日的期限就到了，怎麼辦？也是天緣湊巧，一個認識的玉商對他說：

「我知道你一直在找玉杵臼。最近有人正準備賣。價錢可不便宜，要兩百緡才肯賣。」

裴航手邊拿不出這麼多錢來，就把隨身的行李、僕人、馬匹都賣了，才勉強湊足。拿到了玉杵臼，他急忙趕到藍橋驛去。老婆婆見到他大笑：

「郎君可眞是守信的人！我怎麼能愛惜孫女，不酬答你的辛勞呢？」

雲英也在一旁微笑，說：「雖然如此，這藥要用玉杵臼搗一百天才能服用。還得煩勞郎君爲婆婆將藥搗成，才能談婚事。」

裴航毫不猶豫的就答應了。老婆婆從身邊解下藥囊，交給他。他每天白天搗藥，到了晚上，老婆婆就連杵臼帶藥一起收進內室，讓裴航在外間睡覺休息。有一天，裴航半夜醒來，發現時值深夜，內室裡卻通明雪亮，像白天一樣，而且還有搗藥的聲音傳出來。裴航好奇，偷偷隔著葦箔向裡面看，發現搗藥的是一隻雪白發光的玉兔。裴航想到樊夫人的詩，才了解：自己眞是遇到神仙了！更不辭辛苦的爲老婆婆搗藥。

滿了一百天，老婆婆滿意地將藥呑了下去。對裴航說：

「我要到洞府去，知會我們的親戚朋友，並陳設洞房，以便爲裴郎和雲英完婚！我先帶著雲英入山去，裴郎就在這兒稍等一會兒，自會有人來接你。」

說著就帶雲英走了。裴航只得在原地等候。果然，過了不一會兒，一大群婢僕和車馬來到門前，恭敬地稱他爲「裴郎」，請他登車。車隊抵達一處他從來沒見過的大宅院，宅院裡的陳設，不論桌椅床帳，簾幃屛風，珍玩擺設，都華美異常，見所未見。又見一對對的仙童玉女走來，引導著他進入大廳。老婆婆那還是原先在藍橋驛見到的貧苦模樣？一變而爲身上穿著華貴衣飾的老太君了。笑容滿面的迎接他，就爲他與雲英行了花燭之禮。

行禮之後，他向老婆婆拜謝。老婆婆笑著說：「你與雲英本來就有夙緣，也合修煉成仙！」

引著他介紹在場的親友；顯然都是仙官、仙女。走到一位仙女前，老婆婆介紹說：

「這位是雲英的姐姐，雲翹夫人。」

裴航向前行禮。雲翹夫人笑道：「裴郎不認識我了？我們曾經同舟，一路到襄陽呢！」

他抬頭仔細一看，原來就是那位曾與他同舟的樊夫人！這一下才了解了當初她那首詩的含意；原來，就爲了引領他到藍橋，和雲英相見結合！

就這樣，裴航也隨著修煉成仙了。

唐

人面桃花相映紅（崔護）

去年今日此門中，人面桃花相映紅。人面不知何處去，桃花依舊笑春風。

這一首詩的作者，是唐德宗時代的崔護。他並不是什麼歷史名人，只知道曾中過唐德宗貞元年間的進士。他也不是什麼著名的詩人，傳世的，就只有這一首〈題都城南莊〉的詩。卻就因這一首詩，留名千古。

唐代的「進士考試」，是全國矚目的盛典。到舉行考試的時候，全國有資格參加考試的舉子，都薈集到了長安，等著「鯉魚躍龍門」。能得到「進士」的頭銜，等於是爲自己、也爲家族門楣鑲了金。雖然入仕的途徑不只一條，但「進士」出身，卻是最榮耀，也最受尊重的。

崔護，是博陵人。崔氏，是唐代門第最高的名門望族；但再怎麼樣，那只是祖上餘蔭，總比不上自己博取「進士」功名來得光彩！

他也和天下士子一樣，到長安參加進士考試。可是不幸落了第。時值清明，他百無聊賴的到京師南郊散心。走著走著，覺得有些口渴。遠遠看到有一戶人家，園裡種著桃樹。正當桃花盛開，景色非常美麗。除了景色迷人，對他來說，更重要的是可以去討一杯水喝了。

他走過去敲門，過了好半天門才開。一個嬌美的少女，從半掩的園門裡探出頭來。帶著些羞怯，問他找誰？

他連忙從對少女美色的驚豔中強自凝神：

「小娘子！我不找人。只因爲走了長路，有些口渴，想討一杯水喝。」

少女點點頭，讓他在園中的桃花樹下等著。過了一會兒，拿出一杯水來遞給他。他接到手中，暢快的喝著，覺得雖然是一杯白水，卻甘美異常。

他喝水的時候，那少女手中拈著一枝桃花，倚立在不遠處的桃花樹下，默默地看著他。那美麗的容顏，映著粉紅色的桃花，讓他覺得比桃花還要美！他邊喝水，邊自我介紹：

「謝謝小娘子惠賜瓊漿。我是博陵人，姓崔名護。是到長安來應舉的。」

少女點點頭。他又問少女貴姓？少女也不回答。崔護喝完了水，沒有理由不走，只好在還杯道謝之後，向少女告辭。少女送他到園門口，還是默默地看著他，似乎含情脈脈，卻又一言不發。

崔護應舉落第，自己也無心無緒，也就沒有再到城南去。直到第二年清明，又是桃花盛開的時節，他才想起來，忽然非常想再見見那少女。順著原路走到那座莊園。卻只見園門上掛著一把鎖，顯然沒人在家。

他等了半天，看看天色漸晚，不能不往回走了。就命隨行的書僮，取出拜盒中的筆墨，在門扉上寫了這一首〈題都城南莊〉，快快不樂的回家了。過了幾天，忍不住再去探訪消息。走到門前，卻聽到裡面傳出哭聲。他急急敲門，一個滿臉淚痕的老人出來開了門。他才說了一句：「我姓崔……」

老人抓住他的衣服大哭：「你是崔護！你把我的女兒害死了……」

他大驚失色，急急追問，老人嗚嗚咽咽地說：「自從去年的清明節之後，我女兒就像變了個人；她本來是個天眞爛漫，無憂無慮的女孩子。清明後，卻變得多愁善感，落落寡歡。前幾天，我們父女一起到親戚家去作客。回來，看到你在門上題的詩，她淚落如雨，才跟我說起你去年曾來過。好不容易盼到你再來，卻又緣慳一面。她說：恐怕你再也不會來了，就茶飯不思，絕粒……而亡了！」

老人又哭訴：

「我就只有這一個女兒，父女相依爲命。她死了，叫我以後依靠誰呀……」

崔護一聽，也落下淚來，苦苦哀求老人讓他進去再見少女一面。老人引他進門，只見少女面貌如生的躺在床上。崔護悲痛地扶起她的頭，連連呼喚：

「小娘子！崔護來了！小娘子！崔護來了呀……」

這少女大概是剛剛才噈氣不久，魂魄不遠吧？竟在他的呼喚中悠悠地醒轉過來。含淚又帶笑，微弱地喊：

「崔……郎……」

他喜極而泣，老人也高興的老淚縱橫。答應把女兒嫁給他，使這故事有了圓滿的結果。

侯門一入深如海，從此蕭郎是路人（崔郊）

唐朝，有五個門第高華的望族：滎陽鄭氏、范陽盧氏、太原王氏、清河與博陵崔氏、趙郡與隴西李氏，並稱「五姓」。唐室雖然姓李，卻非趙郡與隴西李氏，不在「五姓」之列，還比不上「五姓」門第高貴呢！但，不論怎麼樣的門第，還是會有一些清寒沒落人家的。

崔郊，就是這麼一位寒門士子；因著父母雙亡，只能寄居在武漢寡居的姑母家中。他的姑母崔氏，夫家也曾顯赫過；只因丈夫死了，失了倚靠，家道中衰。也因此，雖然已經沒落貧窮了，家中卻有一個非常美貌而且多才多藝的侍婢。

崔郊與這侍婢，郎才女貌，又都在青春年少，彼此愛慕，豈不是最自然的？但他們的兩情相悅，卻得不到崔氏的祝福。因爲，崔家未來的希望，都寄託在崔郊身上。有兩種方式，可以讓他改善門庭：一是努力讀書，考上進士，由「鯉躍龍門」進入仕途。二是娶個能幫助他在仕途上一帆風順的妻子。以當時來說，當然最好就是娶到父兄居高位的「五姓女」！

而他偏偏愛戀雖然美貌，卻家世寒微的侍婢！而且，因此他的心思都在談情說愛上了，還能努力奮發讀書上進嗎？還會有名門貴家願意將女兒嫁給他嗎？但，崔家那麼窮，還得靠著這侍婢協助家務，也不能趕她出門。

就在他的姑母又愁又怨又無奈的時候，當地的軍事長官：連帥于頔聽說了這侍婢的美貌與多才多藝，派人來跟崔氏商量：願意給她四十萬錢買這侍婢！

崔氏喜出望外；四十萬錢，實在是一筆相當大的財富。且又可以幫她解決棘手的問題。當即就同意了；趁著崔郊不在家，就把侍婢賣給了于帥。等崔郊回來，一切都來不及了！

崔氏告訴崔郊：是因爲家裡太窮，不得已，才把侍婢賣給于帥的。他寄居在姑母家，怎麼敢抱怨姑母？爲了找機會能再見心上人，他投效于帥幕府工作。他的文才，很快的得到于帥的賞識。但大戶人家，內外隔絕，他根本沒有機會見到心上人。只聽說：在于帥府中，她非常受寵愛……

傳統上，每年的寒食，是家家戶戶掃墓踏青的日子。聽說，那一天府中的姬妾、侍婢都將出府踏青。崔郊早早的就守候在目的地附近的柳樹下。果然，看到他的心上人，也騎著馬出來了。彼此見到，都淚如雨下。也只能趁別人不注意，敘敘舊情而已。崔郊感傷地爲她作了一首詩：

王孫公子逐後塵，綠珠垂淚滴羅巾。侯門一入深如海，從此蕭郎是路人！

紙包不住火，這件事被崔郊的同事發覺了；他們對崔郊特別受于帥賞識，本來就非常妒恨。既然拿到這麼一首「罪證確鑿」的詩，怎麼還饒得過他？就把這首詩寫在于帥的座前，還署了崔郊的名字。

于頔看到了，抬起頭來，命人召喚崔郊來見。那幾個妒恨崔郊的人，私心暗喜。崔郊則聽說于帥召他，知道必是這件事洩露了，驚恐萬分。卻又無處潛逃，只得硬著頭皮，戰戰兢兢的來到。

他到了之後，于頔握著他的手，問：

「『侯門一入深如海，從此蕭郎是路人』，可是你的大作？」

崔郊豁了出去，毅然點頭承認。沒想到，于頔笑著說：「四十萬錢，不過是個小數字，算不得什麼呀！你怎麼不早點寫封信，把這件事告訴我呢？」

馬上命人喊他的心上人出來，笑著對她說：

「你就跟著你的『蕭郎』回家去吧！我另有薄敬！」

他們喜出望外，雙雙拜謝，一起回家。到家之後，從于帥府送來一大批綾羅綢緞，金飾珠寶。使者向他們道賀，並說：「這是于帥贈送的妝奩！」

從此，崔郊擺脫了貧寒，成為富家。

或爲擊賊笏，逆豎頭破裂（段秀實）

「或為擊賊笏，逆豎頭破裂」，這兩句詩，出於文天祥〈正氣歌〉，寫的是唐代忠臣段秀實的故事。

段秀實，字成公，唐朝隴州人。祖父名達，曾任左衛中郎。父親名行琛，做過洮州司馬，因世襲之故，所以秀實獲贈揚州大都督。秀實生性至孝，六歲時母親生病，他就廢寢忘食的照顧，七天水漿不入口。到母親的病情稍有起色，他放下了心，才進飲食。長大成人後，個性沉厚堅毅，又有決斷。

天寶四年，秀實爲安西節度馬靈別將，建立軍功。又從都將李嗣業，充任節度判官。安祿山造反，攻陷兩京。馬嵬驛之變後，唐玄宗奔四川。至德元年七月，唐肅宗於靈武即位。徵召安西節度使梁宰出兵勤王，平定安史之亂。但是梁宰卻擁兵觀望局勢，不肯出兵。李嗣業原本贊同梁宰的做法，但是段秀實跟李嗣業說：

「天子正在急難中，臣下卻安然若素，信浮妄之說，豈是爲臣之道？李公常以『大丈夫』自許，以今日的作爲來看，實在像個『小兒女』！」

李嗣業聽了，覺得十分慚愧，於是去勸說梁宰出兵。梁宰就出兵五千人，由李嗣業統率，前往助戰。段秀實則擔任副手，累積了許多戰功。後來，李嗣業擔任節度使，段秀實的父親段行琛過世，段秀實依照「丁憂」的慣例回家服喪。李嗣業覺得少了段秀實，彷彿少了左右手，上表希望段秀實充當節度判官佐助。

至德二年，安慶緒自洛陽敗逃退據鄴（今河南安陽），李嗣業與其他軍隊包圍了他，安西的輜重、糧草，都屯放在後方的河內。於是李嗣業上奏，請求任命段秀實爲懷州長史，並加節度，留守後方，負責提供後勤糧草補給。

當時，軍隊士兵老化，財政窘迫，段秀實努力向各地方州縣，募集兵馬，協助軍隊作戰。乾元二年，唐軍與安慶緒於愁思岡發生戰鬥。李嗣業遭流箭射中，死於軍中。軍隊推舉安西兵馬使元禮取代李嗣業的職位。

段秀實聽到此消息，就命先鋒將白孝德帶領士兵，護送李嗣業的靈柩回到河內。段秀實與全體將吏，一起哭著在邊境迎靈，並拿出自己的財產爲李嗣業治喪。繼任的節度使元禮，對於段秀實的這番義行非常讚賞，上奏任命他爲光祿少卿，並維持之前的節度判官一職。

邙山之戰敗績，軍隊遷徙翼城，元禮爲麾下所殺，部下將佐亦多遇害，秀實獨以智計保全性命。聯同大眾，公推白孝德爲節度使，使惶惶不安的人心稍定。

不久，大軍西遷，所過之地，大肆掠奪。當時公庫相當困窘，無法供應奉天行營軍需。各地縣吏憂恐，多數棄官逃匿，甚至成群結黨淪爲盜賊。孝德人微言輕，無法禁止。秀實私底下告訴他：「你若讓我執掌軍令，我就能扭轉這種現象。」

軍司馬一聽，就爲他上書請求。於是朝廷以秀實爲都虞侯，全權處理奉天行營事務。他嚴格要求遵守軍令，賞罰分明；違法犯紀，不論職位高低絕不寬貸。使軍府中人人警惕敬畏，地方也爲之安泰。代宗聽說，嗟賞許久。等到大軍還於邠寧時，仍然啓用他爲都虞侯，不久拜涇州刺史。

大曆元年，馬璘上奏：加秀實爲開府儀同三司。馬璘軍中有一位大力士，能引二十四石的強弓，卻犯下了竊盜罪。馬璘愛惜他的才幹，想免除他的罪。秀實說：「爲將者，若存私心，則法令不一，讓人心存僥倖。就算韓信、白起再生，也不會認爲循私亂法是有理的。」

馬璘嘉許他的義正辭嚴，依法殺了這個大力士。馬璘處決事務，如有不合理的，秀實必據理力爭，一直等到馬璘認錯才肯罷休。

刀斧將王童之，趁著身處亂世，人心動搖之際，想要主導內亂。有人密告秀實，而且說：「他們約定：在鼓打五更時舉事。」

秀實召來打更的鼓人，表面上假裝對他們打更「失節」不滿，告誡他說：「每更過後，你們都必須到我這裡來稟報！由我節制！」

值更人每次來稟報時，他往往故意拖延時刻。拖著、拖著，才打過四更，天就亮了；也就是說：根本沒有「五更」可打了。既有如此差錯，王童之主導以「五更鼓」為準的內亂，根本無法執行。隔天，告密者又說：「他們今夜將放火燒草料場，趁著大家救火時混亂，鼓動參加救火的人，一同參與作亂。」

於是秀實令人嚴加戒備。夜半果然發生了大火。秀實下令軍中：

「誰敢參與救火，斬！」

王童之本居外營，藉機請求入內營救火。秀實不許！由此推論，罪證明確，第二天，宣布罪名，下令斬了王童之，並捕殺其他黨徒十餘人，並告說：

「還有誰敢照他的作為，蓄意叛變，我就夷其九族！」

八年，吐蕃來寇，戰於鹽倉，唐軍失利。馬璘為寇戎俘虜囚禁，到日暮時分尚未回營。秀實把城中未出戰的士卒，都集合起來。命驍勇的將領統帥，在東面依古原擺開陣勢，列出奇兵方陣，警示賊寇：將對他們開戰！並且到處收留敗兵殘卒整合成軍。吐蕃群眾遠遠觀望，看到陣勢嚴整，不敢進逼。至入夜，釋放了馬璘歸營。十一年，馬璘病重，不能視事，請秀實代攝節度副使兼左廂兵馬使。

當時郭子儀以「副元帥」的職位駐軍在蒲。郭子儀的兒子郭晞，擔任檢校尚書領行營節度使，屯兵於邠寧。竟放縱士兵，以致軍紀低落。

邠寧的一些不良少年，見機行賄，讓自己掛名入伍，胡作非爲。因爲郭家的聲勢威名正盛，地方官沒法也不敢管。他們白天在市場又搶又偷，如果有人敢反抗，就將人打傷。還破壞商家的鍋鼎瓦盆等生財器具，讓店家無法做生意，甚至做出撞殺孕婦之事。當時擔任邠寧節度使的白孝德，明知他們的惡行，卻因爲郭子儀位高權重，且在國家多事之秋，仰賴他平亂，不敢彈劾。段秀實從涇州寫信給白孝德，表示要到邠寧來跟他討論這件事。見面時跟他說：「天子將百姓交付給你治理，你見無辜良民被惡徒暴力傷害，而無所作爲！再放縱下去，一定會造成大亂子，那時你怎麼交代？」

白孝德十分慚愧，回答說：「我能力不足，願意向你請教。」

段秀實說：「我不忍見百姓承受暴亂的傷害，進而影響天子邊事。你若命我爲都虞侯，我有了說話、執法的身分，就能爲你定亂。」

白孝德聽了，就讓他擔任軍職。後來郭晞營中的士兵十七人，到市場取酒，與賣酒人發生衝突，不但殺死了賣酒人，並將釀酒器具破壞。令群情激憤，卻又因鑑於過去類似情況，地方官處置不公，使百姓敢怒而不敢言。段秀實立時下令，逮捕了這些「現行犯」，而且馬上審判，公開正法；砍下他們的頭，掛在市場門外的竹竿上「示眾」。

橫行慣了的士兵，聽說段秀實殺了鬧事的士兵，聚集同袍，大喊大叫的鼓譟。煽動營中士兵穿上盔甲，準備「報仇」，發動「兵變」。白孝德很害怕，與段秀實商量應對的辦法。

段秀實說：「人是我下令殺的，有什麼事，我自會承當！就讓我親自到軍營去，解決這件事吧。」

他解下佩刀，不帶武器，只用個跛腳的隨從牽馬，來到郭晞的軍營前。作亂的士兵一見他來了，殺氣騰騰的列下陣勢，在營門等他。段秀實笑著說：

「殺我這樣一個老兵，也需要擺下這麼大的陣仗？我已把我的頭帶來了，你們擔心什麼？」

作亂者目瞪口呆，不能不佩服他的膽識，也不敢阻止他入營。段秀實冷靜的問他們：

「是郭尚書辜負了你們？還是副元帥（郭子儀）對不起你們？爲什麼你們這樣胡作非爲，目無法紀，是打算害郭氏一門嗎？」

郭晞聞訊，走出營外。彼此行禮後，段秀實毫不客氣的對他說：「副元帥功塞天地，當愼始全終！今日尚書縱容屬下兵士爲暴徒，騷擾殺害良民百姓。如果天子知道了，將歸罪於誰？恐怕這罪名還會牽累了副元帥！如今邠寧地方，素行不良的子弟，用錢買了軍籍，仗勢胡作非爲，甚至殺害人命，百姓能忍耐多久？亂事是因尚書的縱容才發生的！使百姓都認爲：尚書是仗著副元帥的權勢，所以縱容不法兵士鬧事。這樣下去，你郭氏一門，好不容易累積下來的功名，還能延續多久？」

郭晞慚愧拜謝：「段公教訓的是！晞願奉軍以從！」

當即喝叱左右都解下甲冑、放下兵器。下令：「誰敢鼓譟喧譁，一律處死！」

秀實知道這些驕兵悍將，雖不敢違抗郭晞，但口服心不服，事情還沒完。笑著對郭晞說：「我從早上到現在，都還沒吃飯呢！尚書能不能準備點吃的，給我充饑？」

郭晞立刻擺設了餐飲，請他進食。吃完了飯，他也不告辭，卻裝著身體不適的樣子，說：「我的舊疾發作了。我想，今晚就住在你營中休息吧！」

他若無其事的安然躺臥軍營中。郭晞對他的膽識，既驚且佩，對他的用心良苦，更加心悅誠服。天亮之後，立時與他同至白孝德處，為因自己未能節制屬下，所導致的亂象誠意道歉。邠寧從此回復安定。

他在涇州擔任營田副使時，涇州大將焦令諶趁亂，仗勢掠奪他人土地，強佔了幾十頃，再租給農民。說：「到穀子成熟時，收成一半歸我。」

當年正當大旱，田野寸草不生。農民將災情報告焦令諶。焦令諶卻說：

「我只知道田地應該收成的數量，不知道旱不旱！」

催逼更急，農民自己都要餓死了，那有穀子償還？只得去求告任職太尉的段秀實。他寫了份判決書，口氣十分溫和，派人農民求見並通知焦令諶：因為天災導致五穀不登，請他體諒，不可向農民收租。焦令諶看了這份判決書大怒，叫來遞書的農民，說：

「我姓焦的會怕他姓段的嗎？你怎敢去說我的壞話！」

把判決書舖在農民背上，用粗棍子杖責二十棍，打得農民奄奄一息，還將他扛到太尉府，丟在段秀實家門前「示威」。

段秀實一見重傷的農民，當場大哭：「是我害苦了你！」馬上親自動手，取水洗去農民身上的血跡，並撕下自己的衣服，為他包紮傷口，又親自為他敷上草藥為他療傷。早晚之間，先餵飽了農民，然後自己再吃飯。並把自己騎的馬賣掉，換來穀子，代農民償還。還叫農民不要讓焦令諶知道，免得又生枝節，惹出是非。

駐紮在邠州的淮西軍主帥尹少榮，是個剛烈正直的人，他來找焦令諶，一見面就破口大罵：「你還算是個人嗎？涇州赤地千里，百姓都將餓死了。你卻一定要穀子，還用粗棍子重打無罪的人。段公是位既仁義，又講信用的長者，你卻不知敬重，還打傷了農民向他示威！段公只有一匹馬，賤賣以後，換成穀子交給你，你居然敢厚顏無恥的收下！大凡一個人，不顧天災、冒犯長者、重傷無罪，又收下仁者的穀子，使他出門沒有馬騎。你這樣的行為，已上干天怒，下招民怨，怎樣上對天、下對地？難道不感到羞愧嗎！」

焦令諶雖然強橫，但聽了這番嚴厲的責備，大為慚愧，乃至汗流浹背，食不下嚥。不消一晚，就自恨而死。

朝廷拜秀實涇州刺史、兼御史大夫，四鎮北庭行軍涇原鄭穎節度使。三四年間，吐蕃不敢犯塞。秀實領軍治事清明儉約、平易近人，遠近都稱頌。非公眾聚會，他絕不聽樂飲酒。

私人宅第不蓄妓媵，更無餘財。公餘之暇，端居內室，自省一己行事是否得當。德宗嗣位，就加檢校禮部尙書、張掖郡王。

德宗四年，太尉朱泚欲叛唐篡位，發動兵變，天子蒙塵出走。朱泚守住四門，劫持文武百官，準備稱帝。召已向他輸誠的源休、姚令言、李忠臣、李子平等，和司農卿段秀實商議「大事」。段秀實一身戎裝，孤身前來，與朱泚相鄰而坐。

朱泚談到欲僭位謀篡時，段秀實勃然大怒，奮力而起，一躍而前。順手奪過源休手中的象牙笏，衝過去對著朱泚的臉，唾罵：「狂賊！我恨不得將你千刀萬剮、碎屍萬段，那能跟隨你一起謀反呢？」

於是用笏板猛擊朱泚，朱泚慌忙用手臂攔擋，還是被笏板擊中額頭，血流滿面，匍匐而逃。一時間，在場的叛黨都被這一幕義正辭嚴、氣沖斗牛的景象嚇住了，誰也不敢動。段秀實對他們說：「我是絕不會和你們一同謀反的！何不趁早把我殺了！」

話音　落，叛黨兇徒見他人單勢孤，就群起圍攻。段秀實寡不敵眾，終於被殺害慘死（一說：朱泚敬他忠勇，一手蒙住傷口，一手揮舞，口中還高喊：「他是個義士！勿殺！」意圖阻止衛士攻擊他。但已來不及；段秀實已忠勇殉國了）。

德宗在奉天聽說了這件事，痛惜自己沒有知人之明，委用心懷野心的朱泚等人，以致忠良被害，爲之流淚垂涕。

唐

一聲何滿子，雙淚落君前（孟才人）

故國三千里，深宮二十年。一聲「何滿子」，雙淚落君前。

這一首五言絕句，是晚唐詩人張祜作的〈宮詞〉。所謂「宮詞」，是以後宮女子的生活與幽怨爲主題的詩。張祜寫後宮的詩不僅於此，五言的〈宮詞〉就有兩首。另一首七言的〈贈內人〉；內人，指宮中的「內家子」（宮人），也可說是對宮人的生活與心境體貼入微：

禁門宮樹月痕過，媚眼惟看宿鷺窠。斜拔玉釵燈影畔，剔開紅焰救飛蛾。

〈宮詞〉中的「何滿子」是人名，流傳的故事，有不同的版本：

其一，他是個擅長唱歌的歌者（此說中未曾提到他是男是女）。在滄州因犯罪被判了死刑。在臨刑前，監斬官照例問他：「有什麼最後的願望？」

他要求讓他唱一首歌來贖罪。他唱的是什麼歌？已無從考證。但他是一個面臨死刑的人，想必是一首非常怨憤哀痛的「悲歌」。歌聲的悲涼哀楚，感染了周圍許多人；許多人聽了這可稱是「斷腸」的歌聲，都爲之淚下。但那個監斬官卻是個「音癡」，根本聽不懂！一曲既終，還是把他給斬了（當然，他也沒有權力赦免死罪。但可以暫緩執刑，向上報告，請求重審）；「何滿子」的故事卻因而流傳。

其二，也說是滄州歌者，並明確指出是個女子。但她行刑的地點，卻是在京師。她臨刑前悲愴的歌聲，感動了宮中派來監斬的官員。當時，正是唐玄宗的「開元盛世」。這位官員見她色藝雙絕，如泣如訴的歌聲，具有如此感人的力量。又知道唐玄宗喜好音樂，對這樣的人才必然愛惜，立刻飛馬入宮爲她求赦。在「午時三刻」（法定的問斬時間）前，拿到開赦的聖旨，趕回法場高呼「刀下留人」！終於救了她一命；算是喜劇收場。

其三，她本來就是唐玄宗後宮中的宮人，因故得罪，論罪當死。臨終的一曲悲歌，唱得天地都爲之風雲變色，因而得到了皇帝開恩赦免。

這三個版本，到底那個接近眞實？既難考證，也不必考證，但據張祜詩意呈現的「一聲何滿子，雙淚落君前」，好像第三說比較接近。

倒是張祜的這首五言絕句一出，立刻就得到廣大的共鳴，成爲他最有名的一首詩。並傳入宮禁，爲宮人們所喜愛；因爲這短短的二十個字，爲她們寫出了悲怨而無奈的心聲；她們都如詩中寫的：「故國三千里，深宮二十年」遠別家鄉，幽居宮禁，而且是「伴君如伴虎」隨時可能「得罪」的「弱女子」呀。

卻沒想到：後來唐宮中竟眞有宮人，因唱此詩斷腸而死！

唐宮早期後宮妃嬪的制度相當複雜，名目甚多。唐玄宗（李隆基）開元改制，簡化後的制度，除正宮皇后外，有三夫人（正一品），六芳儀（正二品），四美人（正三品），四才人（正四品）。下面還有位階較低的，不贅。

唐武宗時，宮中有一位姓孟的「才人」。孟才人因擅長吹笙與歌唱，而深受唐武宗（李炎）的寵愛，成爲後宮排名第一的紅人。唐武宗二十七歲登基，三十三歲駕崩，在位的時間前後不過七年。依照制度，必在他登基之後，才會有屬於他的後宮妃嬪。而一般選入宮禁的宮人，年齡都不會太大，十三、四歲的機率最高。以此推算：孟才人當時的年齡也不過二十上下。

在他生病的時候，只留下孟才人在寢宮中侍疾。到自覺病危時，他對孟才人說：

「看來我是不行了。我走了之後，你有什麼打算？」

孟才人面對這樣直接的問話，含淚指著她隨身的笙囊說：

「我用這笙囊自縊，以殉陛下！」

這樣的回答是出於眞心，或爲了愛情嗎？恐怕讓人存疑。入宮女子的命運，大多是悲慘的；就唐代來說，雖然未經臨幸的宮女，可能有機會在到相當年齡的時候，遇到仁厚的皇帝，被放出宮。但這恐怕是極少數。也因此，每當有公主「出家」的時候，都會有大批的宮人「自請爲女道士」，寧願跟隨公主出家，以便逃出宮禁。有些宮人，如元稹的〈行宮〉詩：

寥落古行宮，宮花寂寞紅。白頭宮女在，閒坐說玄宗。

更不幸的宮人，則被發送到皇帝或太后、皇后的陵寢，陪伴亡魂；命運的悲慘，更甚於死！白居易有一首〈陵園妾〉詩，就寫出了她們的悲慘命運：

陵園妾，顏色如花命如葉。命如葉薄將奈何，一奉寢宮年月多。年月多，時光換，春愁秋思知何限。青絲髮落叢鬢疏，紅玉膚銷繫裙慢。憶昔宮中被妒猜，因讒得罪配陵來。老母啼呼趁車別，中官監送鎖門回。山宮一閉無開日，未死此身不令出。松門到曉月徘徊，柏城盡日風蕭瑟。松門柏城幽閉深，聞蟬聽燕感光陰。眼看菊蕊重陽淚，手把梨花寒食心。把花掩淚無人見，綠蕪牆繞青苔院。四季徒支妝粉錢，三朝不識君王面。遙想六宮奉至尊，宣徽雪夜浴堂春。雨露之恩不及者，猶聞不啻三千人。三千人，我爾君恩何厚薄！願令輪轉直陵園，三歲一來均苦樂。

孟才人心裡非常明白：雖然她曾承受了皇帝無比的恩寵，但皇帝駕崩，新皇即位之後，她又將面臨什麼命運？那命運的悲苦，可能更甚於死！而且，皇帝既這樣問了她，她即便不主動殉死，皇帝也可能留下遺詔：命她以身相殉！與其那樣，何如她自請相殉？但，她正當青春，芳華正茂，又如何眞能甘心！

看到皇帝聽了她的答覆後，並沒有出言勸阻，反而臉上露出了悲憐又安慰的神色。於是，她提出要求：

「我曾學歌藝，且以笙歌承恩於陛下。就讓我在陛下駕前，再歌一曲，以抒幽憤吧！」

皇帝答應了。於是，她展開歌喉，所唱的，就是張祜這首〈宮詞〉。而當她唱到「一聲何滿子」時，人也委頓不支的倒在地上。當然，馬上就有御醫搶救。診斷的結果，御醫向皇帝回奏：「孟才人氣脈猶溫，但柔腸已斷，無法救回了！」

她死後不多久，唐武宗也駕崩了。當他入殮，要移出寢宮，送往靈殿安置時，靈棺卻沉重得加再多的人，也無法抬得起來。大家都不知道該怎麼辦時，有人忽然想起孟才人一曲未終，腸斷而死的事。臆測：「莫非陛下在等孟才人，所以不肯離開？」

不論是與不是，只能把孟才人的靈柩抬來試試看。孟才人的棺柩才到達，唐武宗的靈棺也輕易的就抬起來了。於是，唐武宗的靈棺在前，孟才人的棺柩隨後，一起送到了靈殿。

這消息傳出，張祜非常感傷，又作了一首七言絕句〈孟才人嘆〉：

偶因歌態詠嬌嚬，傳唱宮中十二春；卻為一聲「何滿子」，下泉須弔孟才人！

綠葉成陰子滿枝（杜牧）

落魄江湖載酒行，楚腰纖細掌中輕。十年一覺揚州夢，贏得青樓薄倖名。

這是杜牧少年風流的自白。當時，牛僧孺爲淮南節度使，駐節揚州。禮聘年輕英俊，才華橫溢的杜牧掌書記。

公餘之暇，這位美姿容、好歌舞，文采風流的青年才俊、多情才子，不免流連歌臺舞榭，沉醉於青樓紅粉的鬢影衣香中。唐朝這一方面很「開放」，詩人名士公餘之暇「詩酒風流」，是當時風氣所允許的。他認爲，這是他的「私生活」，不關牛僧孺的事。

兩年多後，他以「拾遺」被召赴京上任。臨別時，牛僧孺勸他：到長安後，言行要檢點收斂一點，不可以像在揚州時生活放縱。

杜牧起先不肯承認。牛僧孺微笑，命人抬出一口箱子。從箱中取出一大落的柬帖，遞給他看。柬帖按日記錄著他公餘休閒的行蹤；何時進了何處的青樓畫舫，在座有那些朋友，宴席上有那些位名妓侑酒勸觴，幾時離開等。最後一句話都是「杜書記平善」；他已經安然回到家了。

原來，牛僧孺擔心他「私生活」的安全，命人隨時暗中跟隨保護。這些，都是奉派保護他的屬下報告安的柬帖。讓他一見不覺啞然；也眞感受了牛僧孺對他的關愛之情。

他爲侍御史時，聽說湖州出美人，特地前往湖州物色佳麗。當時的崔刺史，知道他的來意，特地爲他設宴，邀集了湖州所有名妓在筵前獻藝。卻沒有想到：杜牧的眼界太高，這些以「色藝雙絕」著稱的名妓，竟然沒有一個讓他中意的。

他要求崔刺史爲他準備一艘畫舫，沿河作樂。讓百姓自由的圍觀看熱鬧，他再從中物色他心目中的仙女。

聽說刺史安排了畫舫，沿河作樂。而且開放河岸，允許百姓自由觀覽，誰不想湊這場熱鬧？屆時，果然湖州百姓扶老攜幼，趕集一般的夾岸觀看。但直到黃昏，杜牧都沒看到一個讓他心動的美人。正準備放棄，忽然看到一個婦人，帶著一個十歲左右的小女孩來了。女孩年齡雖小，卻眉目如畫，絕豔無雙。杜牧大喜，便請她們母女到舟中來商議。

母女倆聽說這小女孩被杜牧看中了，以爲他馬上就要把小女孩納爲侍妾，都十分害怕。杜牧也覺得女孩年紀還太小，目前只宜養在閨中「待年」，等她長大才能談聘娶之事。便安慰那婦人說：「你不要害怕。她年紀還太小，不必現在就跟我走。日後，我會設法到湖州來做刺史，那時再接她入府。」

婦人不安地說：「如果官人一去不回，豈不耽誤了我女兒的終身？總得有個時限。」

杜牧想想，說：「我現在先下聘，你們等我十年；我十年之內，一定會設法調到湖州來。如果我過了十年還不來，她只管自由婚嫁，我的聘禮就權當送給她的陪嫁！」

他留下聘禮，又寫下字據，訂下了十年聘娶之約。

怎料人在仕途，身不由己。到十四年後，他才得如願以償，到湖州任刺史。到任之後，他興沖沖地立刻命人去找這女孩。得到的回覆是：女孩已經嫁人。如今，都已生下兩個兒子了！

杜牧十分不悅，命人傳喚那婦人，以「負約」相責。婦人卻沉著的取出杜牧當日寫的字據給他看，說道：「大人當日說了：以十年爲期。逾期不來，就任由我女兒自由婚嫁；她是等過了十年才出嫁的！」

杜牧看了自己親筆寫下的字據，爲之啞口無言；如果說「負約」，也是他負約在先！當年他的確是立下字據，寫明了「以十年爲期」的！如今已過了十四年，怎能責怪女孩另嫁？因此，他不但不再責備她們母女，而且厚禮餽贈遣回。但心中還是非常遺憾感傷，賦詩寄意：

自是尋春去較遲，不須惆悵怨芳時。狂風落盡深紅色，綠葉成陰子滿枝。

由此可知，杜牧「風流」，卻是好色不淫的坦蕩君子，絕不倚勢強求！

杜牧雖然風流倜儻，但另一方面，他還是個非常忠君愛國、關心時勢的詩人。也留下許多知識份子傷時憂世，借古諷今的詩，如：

〈過華清宮〉：

長安回望繡成堆，山頂千門次第開；一騎紅塵妃子笑，無人知是荔枝來。

非常明顯，這是諷刺唐明皇寵愛楊貴妃，導致安祿山之變，長安淪陷的詩。

〈將赴吳興登樂遊原〉：

清時有味是無能，閒愛孤雲靜愛僧。欲把一麾江海去，樂遊原上望昭陵。

這是他赴湖州刺史任之前，憑弔唐太宗昭陵的詩；當時唐朝的國政因牛李黨爭、軍閥割據、宦官弄權，國事日非。他在京城也無可作爲；「閒愛孤雲靜愛僧」寫出了他不得不韜光養晦的無奈。而「望昭陵」更寄託了無限的感慨。

〈泊秦淮〉：

煙籠寒水月籠沙，夜泊秦淮近酒家。商女不知亡國恨，隔江猶唱後庭花。

〈玉樹後庭花〉是南朝陳後主時代的作品，被後世稱爲「亡國之音」。秦淮河邊的歌樓上，所飄揚的，卻都是這一類的男歡女愛、頹廢迷醉的「亡國之音」。而正「欣賞」著這些「靡靡之音」的，是些什麼人呢？不都是達官貴人、富商巨賈嗎？他心中充滿了不祥的預感；事實上，唐朝從「天寶之亂」後，國勢一直在走下坡，也可以說，只是在苟延殘喘了。他的預感沒有錯：他去世的五十多年之後，唐朝也眞的亡國了。

殷勤謝紅葉，好去到人間（于祐）

在唐僖宗年代，有一位士子于祐，到長安準備參加第二年春天的進士科考。時逢深秋，他走近宮牆散步，看到御溝中漂浮著許多的紅葉，從宮牆下流出來。當他蹲身就著御溝水洗手時，看到有一片葉子特別紅，特別大，上面隱隱還有墨跡，漂漂浮浮的順著水流過來。他有些好奇，待這片紅葉流近，撈起來看。果然，這片紅葉上，題著一首五言詩：

流水何太急？深宮鎮日閒。殷勤謝紅葉，好去到人間。

他反覆讀了幾遍，心想：御溝水是從深宮禁苑中流出的，以這首詩中所蘊藏的寂寞幽怨看來，應該是後宮不曾承恩受寵的宮女作的「宮怨詩」。回到家，他再三反覆讀著這首寄託宮中寂寞幽怨的詩，珍惜地將紅葉存放在他的書箱裡。不時心心念念的想著這位寂寞幽怨的宮人。爲了寄情，他也撿了一片大紅葉，題了兩句詩在紅葉上：

曾聞葉上題紅怨，葉上題詩寄阿誰？

特意繞到御溝的上游，把紅葉放入流水中。祝禱這片紅葉能順水流入宮中，被那位不知名的宮女拾得。讓她知道：她題在紅葉上的詩，已有人撿到了。並且對她原詩有所回應；希望能因此稍減她的寂寞之情。

自此，他常心神恍惚，心思念慮，都牽縈在這個不知名的宮人和這件事上。終日胡思亂想，無法把心思放在準備舉業上。第二年春天，全國舉子齊聚長安。他雖然也參加了被稱爲「鯉躍龍門」的進士會試，還是落第了。

雖然落第，他的才華還是爲當時一位官員韓泳所賞識，聘他協助處理文書事務，他因此成爲韓泳府中的幕客。韓泳再三勸他再次應舉，他都沒有意願，不想入仕。就這樣，在韓泳的禮遇下，他跟著韓泳當幕客，十年歲月匆匆過去了。

有一天，韓泳對他說：「後宮放出了三千不曾承恩的宮女，讓她們出宮自由婚嫁。有一位韓夫人，本是『良家子』出身，選入掖庭，久居宮禁。出宮之後，親人都已不在了，無家可歸。因爲與我同宗，又有點遠親的關係。所以我以『宗兄』的身分，接她到家中居住。她現年不過三十歲，也不能算老。不但溫婉賢淑，還雅擅詩書。你才華過人，如今也過了三十而立的年齡了，卻尚無家室，也不是長久之計。我覺得你們兩位年貌相當，十分相配。又都這樣孤鸞寡鳳的，既然有這樣難得機緣，我爲你作媒，聘娶韓夫人爲妻如何？」

于祐非常感激，下拜說：

「我于祐一介寒士，承蒙大人收留，寄食門下，已覺過份。怎麼敢作此奢望呢？」

韓泳得到了他的承諾，當即就向韓夫人提親。韓夫人聽說他是個才子，而且年貌相當，也就答應了。韓泳是個熱心的人，興沖沖的爲于祐準備了聘禮，布置好新房，擇吉爲他們完成了花燭。

成婚之後，于祐發現韓夫人不但姿容端麗，雅擅文詞，還帶來了多年在宮中所積蓄的豐厚嫁妝；她雖然不曾承恩受寵，但宮人照例按月是有「脂粉銀」的。逢年過節，或宮中喜慶壽誕，也照例會得到賞賜。多年累積下來，也頗爲可觀。

尤其難得的是：韓夫人一點也沒有嫌棄他的清寒失志，反而對他的才學非常欣賞。讓他覺得好像墜入夢鄉，幾乎不敢相信自己會有這樣的幸運。

因爲韓夫人也精通翰墨，偶然開啓于祐的書箱，發現了箱中珍藏的紅葉。大驚，問于祐：「官人！這片紅葉，是從何而得？」

于祐就把當年拾得紅葉的事講給她聽。她說：「這紅葉上的詩就是我作的！宮中閒居，長日漫漫，無以遣發。時逢秋日，見紅葉飄落，一時感傷，題詩於葉上；以抒發百無聊賴深宮寂寞幽怨之情。題詩後，順手放入御溝，流出宮外，聊以寄託對宮外民間自由自在生活的嚮往。原想必然隨波浮沉，化爲塵泥。不意，後來我從御溝中拾得一片題了兩句詩的紅葉，看那詩句，彷彿是對我的回應。莫非……」

她從自己嫁箱的首飾盒裡，拿出另一片紅葉。于祐一看，正是自己所題的那一片！彼此都驚訝得說不出話來。

他們把這件事告訴韓泳，韓泳也大爲驚異，覺得實在是太玄奇，太不可思議了！大笑著說：「我一直以爲我是你們的大媒。以此看來，紅葉才是你們的大媒呀！」

馬上吩咐設宴，爲他們慶賀。席間，命人取來文房四寶，笑著對韓夫人說：

「夫人的姻緣，竟因紅葉而牽成！不該作一首詩謝媒嗎？」

韓夫人微笑，拿起筆來，就在詩箋上寫了一首詩：

一聯佳句隨流水，十載幽思滿素懷。今日卻成鸞鳳侶，方知紅葉是良媒！

又一說，這故事的男主角，是唐宣宗時代的盧渥。

殘星幾點雁橫塞，長笛一聲人倚樓（趙嘏）

晚唐有位詩人，被人稱爲「趙倚樓」。這可不是他的名字；其實他姓趙名嘏。「趙倚樓」的別號，是晚唐著名的詩人杜牧爲他取的；是因他一首〈長安秋望〉的詩而來：

雲物凄涼拂署流，漢家宮闕動高秋。殘星幾點雁橫塞，長笛一聲人倚樓。紫豔半開籬菊靜，紅衣落盡渚蓮愁。鱸魚正美不歸去，空戴南冠學楚囚。

趙嘏，字承佑，是楚州山陽（江蘇淮安）人。他是晚唐著名詩人，本身是個寒門書生，只能靠「科舉考試」爲晉身之階，才可能改善門楣，進入仕途。

但，唐朝的科舉制度並不完善，也很不公平；許多「前茅」的名額，都給出身權貴的人佔去了。其他人，往往得靠走權貴的「後門」，才可能有機會考上進士。這也是爲什麼唐代「溫卷」流行的原因；所謂的「溫卷」，就是設法把自己寫的詩、文呈送給當朝的「有力人士」，希望能得到他的賞識，在科考上助一臂之力。趙嘏流傳的作品中，有許多與考試「落第」相關的詩，可見寒門書生想藉科考「鯉躍龍門」之難！

他雖然也經過七次落榜，畢竟他的才學已爲當世士林欽服，終於還是受到了賞識，考上了進士。因爲他的詩名很高，唐宣宗也知其名，想給他個好職位，就命人呈送他的詩文。但看到他寫在卷首的〈題秦詩〉，有：「徒知六國隨斤斧，莫有群儒定是非。」的句子。認爲他是譏議時政，頗爲不悅，因而作罷。

他雖仕途不得意，在當代士林間的聲譽卻很高。除〈長安秋望〉之外，他的〈聞笛〉詩也十分有名：

> 誰家吹笛畫樓中，斷續聲隨斷續風。響遏行雲橫碧落，清和冷月到簾櫳。興來三弄有桓子，賦就一篇懷馬融。曲罷不知人在否，餘音嘹亮尚飄空。

從這兩首詩看來，趙嘏對「笛」是有特別偏好的。

除了他的詩，他的愛情故事也十分淒婉感人。他家住浙西，家中有一個愛妾，美麗多情。與他兩情相悅，十分恩愛。趙嘏是個讀書人，不能免俗的要入京應試，求取功名。因爲家中還有高齡老母，放心不下。因此，留下這位愛妾，在家中照顧老母，獨自入京參加科考。

中元節，他的愛妾陪著老太太到鶴林寺燒香。不巧，被當時鎮守浙西的節度使看上了。當時各地軍閥割據，連皇帝都無法節制；「節度使」幾乎就等於是「土皇帝」。看上了誰，不由分說，搶了就走，那有什麼道理可講？

消息傳到京師，趙嘏聽說了，傷心欲絕，也無可奈何。只能作詩寄情：

寂寞堂前日又曛，陽臺去作不歸雲。當時聞說沙吒利，今日青娥屬使君。

因爲趙嘏的詩名，加上這首詩又有淒美的故事背景，很快的就流傳到各地。引起士林對他的深切同情，也對這位節度使發出了口誅筆伐，認爲他「擅搶有夫之妾」太過份了！

這個節度使，倒也粗通文墨。這首詩傳到他的耳裡，也聽說了士林輿論對他的不滿。又見搶來的美人，終日愁眉淚眼，鬱鬱寡歡。心生不忍，也動了惻隱之心。總算他還有些人情味。就命人把趙嘏的愛妾送到長安還給他。

那時趙嘏正巧出關，兩人在橫水驛重逢。恍如隔世，抱頭痛哭。

令人感傷的是：這位愛妾本來身體就嬌怯柔弱，禁不起這樣的有如「鴛鴦折翼」的摧折磨難。和長途跋涉，車馬勞頓之苦。在大悲大喜的衝擊之下，隔天就香消玉殞，死在趙嘏的懷中了。

經此斲傷，趙嘏一直念念不忘伊人，終日感傷。所謂「憂能傷人」，他也在才四十幾歲時就死了。據說，他臨終時，目光凝注半空，彷彿看到什麼人；也許就是看到他摯愛的伊人來迎接他吧？

我未成名君未嫁，可能俱是不如人（羅隱）

代表「鎮海節度使」錢鏐，前往大唐京師長安，慶賀皇帝改名爲「李曄」的使節，回到了錢塘。堆著滿臉笑容，興奮地向節度使錢鏐，和寫「賀表」的「文膽」——書記羅隱道賀：

「陛下見到賀表，高興極了！朝中的公卿們，也都說：羅昭諫先生是當世第一才子呢！」

聽了這話，錢鏐滿面春風。羅隱則露出一臉冷笑；他不問也知道，皇帝爲什麼會那麼高興；還不是因爲他在賀表裡寫的那兩句話：「右則虞舜之全文，左則姬昌之半字。」

他之所以這麼寫，是因爲「曄」，右邊是舜名「重華」的「華」字，左邊則是周文王姬「昌」上半的「日」字。他寫的時候，用了「拆字」的手法，讓這個「曄」字，與古代兩位聖明之君作了連結。這只不過是因爲「賀表」也者，本來都是些虛張浮誇的「馬屁文章」，不得不隨俗「應酬」。其實心中充滿了諷刺之意；大唐如今內憂外患；內則宦官把持朝政，甚至想要誰當皇帝，都能廢立由心。外則各方節度使坐大，早已形成割據之勢；當地的財經、政治、軍事大權，都掌握在他們手中，根本不聽朝廷節制。眼睜睜的，國家都岌岌可危了。誰想到，看到這兩句奉承話，皇帝竟就這麼飄飄然的自我陶醉起來！而那些只知恭維奉承，以求皇帝寵信的公卿大臣們，最擅長的，就是察言觀色；既然皇帝表示欣賞，他們也樂得做口頭上的「順水人情」，給他送上一頂「天下第一才子」的漂亮帽子！

冷笑之餘，他不免心中悲哀：

「『天下第一才子』！我羅隱，曾經十舉不第！那時我難道就無『才』嗎？」

十舉不第！是他心底永遠的「痛」！對他來說，那眞是一條艱辛難熬的漫漫長途！一念及此，他腦海中不覺浮現出兩個交疊的身影。一個是清麗秀逸的青春少女，另一個，卻是美人遲暮的中年婦人。

「雲英！如今，我雖然還不曾登第，大概總算得上是『成名』了！你呢？你流落何方？」

他心中低語，感慨萬端。

他初識雲英時，雲英是鍾陵（今江西省南昌市）歌妓，才思敏捷，歌喉婉轉。雖並不如何的美豔，卻嬌小玲瓏，清麗可人，讓他不覺傾心。當時，他還是個意氣風發的少年才子，總以為，以他的才學，博「進士」功名，易如探囊取物！大好前程，正在前途相待。

不料，他一再落第。一蹉跎，就是十幾年。當他再度路過鍾陵時，聽到酒樓上有人唱歌。歌聲入耳，感覺是那麼熟悉。登樓一看，果然就是雲英；已然美人遲暮的雲英！從她的裝扮上看，她顯然尚未從良嫁人，還在酒樓上賣唱。

雲英老了！早年的楚楚風姿，已然褪色。見到他，驚喜之餘，兩人都有恍如隔世之感。雲英見他仍是一襲平民的裝束，充滿同情，憐惜地問：

「羅秀才！十幾年了，你還沒脫去這身白衣嗎？」

他也為之感傷；為自己，也為眼前這個已有風塵憔悴之色的故人：

「雲英！沒想到，你也還沒有從良嫁人。」

兩人黯然相對，不勝欷歔。因此，他為雲英寫了一首詩：

鍾陵醉別十餘春，重見雲英掌上身。我未成名君未嫁，可能俱是不如人！

是他才華不如人？是雲英歌藝不如人？顯然都不是！也許，是「命不如人」吧？他不知道雲英十幾年來的際遇。但知道自己的原因；年輕時，他率直狂傲，目無餘子，以譏評時事和當朝官員出名。卻不知道這「罵人」之名，為自己製造了多少的「絆腳石」。他曾寫過一首〈自遣〉詩：

得即高歌失即休，多愁多恨亦悠悠。今朝有酒今朝醉，明日愁來明日愁。

這看似曠達的詩句中，蘊藏著多少難言的悲涼寂寞！事實上，從來沒有人否定過他的才學！只是因爲他的性情太耿直了，見到什麼看不過去的事，就忍不住直言指罵，或作詩諷刺譏嘲，因而得罪了太多朝中權貴。而且，他也長得太醜了！得不到貴家淑女的青睞。

他不覺想起另一件讓他啼笑皆非的往事：

他依照當代風氣，常投「溫卷」的詩稿，給當時的朝廷重臣們；好讓這些國之大老記得他的名字，能在科考時加以援引。但當時投「溫卷」詩文給大老的人太多了，大都「石沉大海」。所以，和一般士人一樣，他也並沒抱什麼太大的期待。卻不料，相國鄭畋在他投詩後，竟然派人請他入府相見。他大喜過望，以爲才情受到了賞識。不料，一見之後，就沒有下文了。後來他才聽說了內情——

原來，鄭畋的女兒看了他的投詩，非常喜歡，終日捧在手中吟詠，甚至相思成疾，纏綿病榻。鄭畋是爲了心疼女兒，才邀他入府的。這位算得他「文章知己」的鄭小姐，聽說他來了，扶病而起，躲在簾後偷看這位她心儀已久的當代名詩人。不料，就此一見，鄭小姐的「相思病」不藥而癒——再也不想他了。因爲，他的詩文雖美如織錦，容貌卻醜似鍾馗！

經此打擊，他向一位方外朋友羅尊師求解。羅尊師是個精通相法的道士，與他相交甚久，相知甚深。他因著自己的面貌醜陋，又自負才學，常「自尊心和自卑感打架」。在談話時，總是表現出對相法不屑的驕狂態度，所以羅尊師也從來一字不提。如今見他放下身段來請教，便對他說：「我早就看出來：你是無法由科考正途入仕的。但你一心火熱的想要求進士功名，我也無法跟你說什麼。現在你既然來跟我談了，我又何敢有所隱瞞？以你的面相來說，與科考無緣！就算勉強得中，也只能沉淪下僚，無法升遷，反而會埋沒了你的才幹。如今，你已文名滿天下，又何必這樣委屈自己呢？現在天下方亂，各方疆臣割據。你不如放棄科考，尋個能賞識你的一方霸主投效，自有富貴功名在前途相待。這兩條路都在你面前放著，就看你自己選擇了！」

他聽了還是將信將疑；唐代以「進士」爲貴，一旦登第，有如「鯉躍龍門」的觀念，使他猶豫不決。隔了幾天，有一個住在他寓所附近，以賣飯爲生的老婆婆對他說：

「羅秀才！我看你近日神色沮喪，好像有滿腹心事；是否遇到什麼難決之事？」

因爲這位老婆婆是他素來熟識的，而且對他這樣一個失意科場的白衣秀才，一直尊重而親切。所以，他就把羅尊師的話轉述了一遍。老婆婆說：「羅秀才！你眞是當局者迷呀！如今天下讀書人，還有不知『羅隱』這名字的嗎？又何必一定要進士及第才算『成名』？既然羅尊師給你指了迷津，你何不放棄對進士的固執，從別的途徑，博取屬於你的富貴功名？日後能看到你得志，就是老婦人我對你最深切的期望了！」

這一番話，讓他非常感動。也才使一直三心兩意的他，斷絕了由科考進入仕途的念頭，準備回故鄉錢塘。

從長安到錢塘的路途非常遙遠。在那交通不便的時代，不但舟車勞頓，而且一路上交通、吃、住的開銷很大。他是個窮秀才，半路上，盤纏花完了。還好，他正要經過封爲「鄴王」的魏博節度使羅紹威駐節的河北魏州，就寫了封信給羅紹威。信中先敘羅氏家譜；照羅氏家譜算起來，已然位尊權重的羅紹威，還是他的侄輩。他就大咧咧的在信中稱羅紹威爲「侄」，自稱爲「叔」。

羅紹威已是封王的一方雄主，他的幕僚們一見這封信，都爲之大怒：「這個羅隱，不過是個失意科場，想來『打秋風』討盤纏的白衣秀才，竟然敢稱大王爲『侄』，眞是豈有此理！」

羅紹威本身在當時的節度使中，算是比較有「文化」的，頗有「禮賢下士」的風範。笑著說：「這位以批判天下出名的『羅隱叔叔』，肯認我爲『侄』，前來見我，我覺得榮幸都來不及呢！」

當即準備車駕，以侄子的身分，恭敬的迎接「羅隱叔叔」入府，當成貴賓隆重接待。送上豐厚的程儀當盤纏。當知道他準備回故鄉錢塘，又特地爲他寫了封介紹信，給當時的杭州刺史錢鏐，向錢鏐推介這位當代大詩人：羅隱「叔叔」。

當時的杭州刺史錢鏐，雖然出身寒微，卻也頗知禮賢下士。但心高氣傲的羅隱，雖然拿著羅紹威的介紹信，還是不屑於登門求見；實在也是知道自己「譏議朝政，訕謗公卿」的「惡名在外」，不知道錢鏐有沒有接納他、重用他的膽識和器度。因此，他沒有上門求見，而照著「溫卷」之例，投了一卷詩給錢鏐。並將一首〈夏口詩〉置於卷首（一說置於卷尾，但置於卷首較爲合理；既投詩，當然把最重要的放在前面；放在後面，也許對方翻了幾頁，沒看到呢？）詩中寫了兩句話：「一個禰衡容不得，思量黃祖謾英雄！」

他以三國時恃才傲物的禰衡自許。問錢鏐：你會不會是沒有容人之量，殺了禰衡的黃祖？沒想到，出身市井的錢鏐，卻度量如海，當時，就給他送上了書記（秘書）的聘書。聘書裡寫著：「仲宣遠託劉荊州，都緣世亂；夫子樂為魯司寇，只為故鄉。」

表明：並不是你沒處可去，要來依附我；也不是我有什麼了不起，値得你投效。只是因爲遭逢亂世，人不親土親！

這兩句話，感動了心高氣傲的羅隱，而他也的確不負這番知遇。當他看見錢鏐受朝廷拜爲「鎭海節度使」的謝表中，對浙西的富饒，大加稱美時，他不禁搖頭，率直的對錢鏐說：

「浙西本來倒是富饒，如今卻因兵禍連結，加上天時不正，五穀不登，已然很艱窘了。那些朝廷上的貪官污吏，正愁沒處伸手要錢。此表一去，不正給他們需索的藉口嗎？」

錢鏐問：「那該怎麼寫呢？」

他拿起筆，改寫了一份謝表。寫到浙西的現況時，他寫的是：

「……天寒而麋鹿常遊，日暮而羊牛不下……」

把浙西形容得荒涼殘破，連牧養的牛羊都沒有了，只有野生動物到處亂跑。就這兩句話，爲錢鏐省掉了一大筆「孝敬」貪官污吏的銀子呢。

羅隱一直深受後來被封爲「吳越王」的錢鏐重用，也眞應了他那位方外朋友羅尊師的預言，享有了屬於他的富貴功名。

長相思兮長相憶（梁意娘）

有一首非常有名的古琴曲〈湘江怨〉，是學古琴者的「必修」。而且，這首曲子是有歌詞的，不但能彈，還可以唱。詞曲都非常哀婉淒美，纏綿悱惻，讓人不能不感動：

落花落葉落紛紛，盡日思君不見君。腸欲斷兮腸欲斷，淚珠痕上更添痕。一片白雲青山內，一片白雲青山外。青山內外有白雲，白雲飛去青山在。我有一片心，噫！無人與我對君說。願風吹散雲，訴與天邊月。攜琴上高樓，樓高月華滿。相思一曲彈未盡，淚珠滴落冰弦斷。人道湘江深，未抵相思半。海深終有底，相思無邊岸。君在湘江頭，妾在湘江尾。相思不相見，同飲湘江水。夢魂飛不到，所欠惟一死。入我相思門，知我相思苦。長相思兮長相憶，短相思兮無盡極。早知如此絆人心，何如當初莫相識！湘江湘水碧沉沉，未抵相思一半深。自從夢中相見後，令人不覺痛傷心。

許多人聽過這首曲子，也曾爲歌詞感動過。卻未必知其來歷，也不知作者是誰。

據《情史》記載：這首詞的作者，是「五代．後周」時的女子梁意娘。她出身於湖南古城瀟湘的書香世家。因此，從小在耳濡目染之下，不但雅擅詩詞，而且精通音律，是一位多才多藝的名門閨秀。

她父親梁公的妹妹，嫁給了同屬湖南名門望族的李家。李家外甥，時常隨著母親回舅舅家探親。跟與他年齡相近的表妹意娘，青梅竹馬，兩小無猜的一起長大。

表兄妹倆日久生情，彼此愛慕。少男、少女天眞爛漫，也不知道避嫌。李生常跟表妹玩笑戲謔，惹得意娘大發嬌嗔。不防被梁公誤會了；認爲他言行不檢，有意「調戲」表妹，非常生氣。因此下了「逐客令」：而且聲稱：不許外甥再上梁家門。

這一對有情人，就這樣被迫生生的分離了。意娘對表哥情深義重，朝思暮想，念念不忘。卻因父親嚴肅，不敢吐露。時值秋天，見秋風凄寒，木葉凋零，心中非常感傷。就把她對表哥的相思之情，寄託於詞章，寫下了這首〈湘江怨〉。又譜成了曲，並設法託人把詞寄給表哥。

滿懷的的幽怨寂寞，無以自遣，更無以言說。她只能獨自悶坐閨樓撫琴，藉著這首曲子，抒發她深藏心底無以言宣的款款深情；在那傳統保守的時代，一個待字深閨的未婚女子，對異性懷著這樣的戀慕「私情」，是會讓人非議的。因此，她也不敢公然唱出來，只能讓琴聲傳達她悲怨的心聲。

李生接到她的詞，非常難過。又恐怕意娘眞的爲他相思成疾，腸斷而死。就向他的伯父李公求助，求他作媒向梁公提親。

李家與梁家都是湖南望族，而且彼此世交，李公本來也是梁公的好朋友。他曾聽說過李生因調戲意娘，而被他舅父下「逐客令」的那一段故事。皺著眉說：「你也知道，你舅父是個非常嚴肅固執的人。他說你調戲意娘，罪不可恕；恐怕他不會答應你求婚的。」

李生拿出了意娘寄給他的詞，呈給伯父看。垂淚說：

「侄兒與意娘青梅竹馬，兩小無猜，何來『調戲』之說？我怕意娘相思成疾，腸斷而死。她若有個三長兩短，侄兒我也誓不獨生！」

李公看了意娘寫的詞，非常感動。也才了解：實在這表兄妹倆是相情相悅，而不是梁公所想：李生單方面勾挑調戲表妹。慨然應諾：

「既然有了意娘的這首詞，就好辦了！我爲你走一趟瀟湘，你就靜候好音吧！」

他到了瀟湘，就去拜訪梁公。梁、李兩家，本來既是世交，又是姻親。他們也一向是投契的朋友，見他遠道來訪，梁公也非常高興。見了面，梁公就命家人設宴，兩人飲酒聊天，談書論史。談了一陣，李公拿出這首詞來，給梁公看：

「我近日讀到一首新詞。你看看，覺得這詞寫得如何？」

梁公讀了，大爲嘆賞。覺得情詞哀楚，才調無雙。又非常同情詞中流露的情癡意苦，說：「眞是情詞並茂，令人動容！這首詞是誰寫的？我倒眞想結識他，與他定個文字交！」

李公笑道：「何需結識？這人你原本就認識。你再看看這筆跡是誰？」

梁公原先急著讀詞，沒有注意看字跡。這時看了，也覺字跡相當熟悉，但一時還是想不出是誰。正皺眉苦思之際，李公指著窗外意娘住的小樓：「這是令嫒意娘寄給舍侄的！」

梁公一聽呆了；再仔細一看，果然是意娘的筆跡！他一直認定是外甥調戲意娘，卻不知道他們是兩情相悅。

也正巧，意娘又在樓頭撫琴。李公也是知音解律的人，一聽就知道她彈的正是這首〈湘江怨〉。立刻隨著幽怨的琴聲吟唱起來，字字句句若合符節。唱完，李公正色道：「令嫒才華如此，而舍侄的文藻也不遑多讓！這兩人眞可說是淑人君子，佳偶天成。舍侄說了：若意娘爲他相思斷腸而死，他誓不獨生！梁兄！你就忍心看著這一雙小兒女抱恨終天嗎？」

梁公爲之默然；這些時日，他常聽意娘彈這首曲子，卻直到這時，才知道其中寄託了多少她對表哥李生的相思相憶。「天幸！他們男未婚，女未字，還來得及！」

李公說著，又逼了一句：「你若不許婚，就算他們不爲相思而死。此詞此曲，閨愁閨怨，情景宛然。若傳揚了出去，知是意娘的寄情之作，外人怎麼說，怎麼想？」

梁公終於點頭答應了婚事。李生與意娘也「有情人終成眷屬」了。

五代

水殿風來暗香滿（花蕊夫人）

蘇軾有一闋很美的詞：〈洞仙歌〉。寫得婉約而情致纏綿，並帶著些「豔情」的色彩，與他其他作品的風格不太一樣：

冰肌玉骨，自清涼無汗。水殿風來暗香滿，繡簾開，一點明月窺人，人未寢，敧枕釵橫鬢亂。起來攜素手，庭戶無聲，時見疏星渡河漢。試問夜如何？夜已三更，金波淡，玉繩低轉。但屈指西風幾時來，又不道流年，暗中偷換。

這闋詞，前面附有小序，說明這詞的來歷：

余七歲時，見眉山老尼，姓朱，忘其名，年九十歲。自言：嘗隨其師入蜀主孟昶宮中。一日，大熱。蜀主與花蕊夫人夜納涼摩訶池上，作一詞，朱具能記之。今四十年，朱死已久矣，人無知此詞者。但記其首兩句，暇日尋味，豈〈洞仙歌令〉乎？乃為足之云。

序中說：他七歲的時候，曾在他的故鄉眉山，見過一個九十歲的老尼姑，姓朱，他已經忘記她的名字了。這老尼姑說：她年輕的時候，曾經跟著她的師傅到當時蜀主孟昶的宮中去作法事。有一天，天氣非常炎熱。孟昶與他的愛妃花蕊夫人，曾半夜起身，到宮中的摩訶池上納涼，還作了詞。當時這個老尼姑是記得全詞的，也曾背給他聽。可是，事隔四十年，那老尼姑當然早已死了，竟再沒有誰知道或聽說過這闋詞，他自己也只記得前兩句。仔細的玩味，似乎應該是〈洞仙歌令〉。就用開頭的前兩句，將已佚失的花蕊夫人原詞補足。

花蕊夫人，是五代「後蜀」亡國之君孟昶的妃子。四川人，以才貌被選入宮，馬上就得到孟昶的寵愛。因爲她的容貌，如花般的豔麗，蕊般的嬌柔，所以宮中都稱她爲「花蕊夫人」。因爲花蕊夫人喜愛花，孟昶下令在成都大量種植芙蓉；不是也被稱爲「芙蓉」的荷花，而是有「拒霜」之名，秋天開花的木芙蓉。木芙蓉又稱「醉芙蓉」。因爲花初開的時候，顏色近於白色。然後慢慢轉爲淺紅、粉紅，最後變成豔麗的深紅色；就像美人喝醉了酒一樣。

當芙蓉花盛開的時節，整個成都成爲芙蓉的世界。過去成都在蜀漢時代，曾以生產「蜀錦」著名稱「錦城」。至此被「蓉城」之名取代。由老尼姑所說的故事，可以知道花蕊夫人所受的寵愛，和他們在深宮中風流閒雅的生活情致。

孟昶即位之初，也曾是個勵精圖治的明君。非常重視官員的操守，和百姓的生活。曾頒布法令，並刻在巨石上，警惕官吏：「爾俸爾祿，民脂民膏。下民易虐，上天難欺！」這幾句話，後來還被宋太宗引爲「官箴」。像這樣一個君王，卻和唐明皇一樣，天長日久，好像覺得「日理萬機」的勤政太累了，又自認天下太平，可以享樂了。因而沉迷於聲色逸樂，不惜奢華糜費的享受，終於導致亡國。

宋兵入蜀，只在劍門關外打了一場硬仗。後蜀精銳部隊在這一役中幾乎全軍覆沒！往後，就長驅直入的兵臨城下。當宋軍包圍了成都，孟昶也就豎白旗出城投降了。

當了亡國之君，孟昶和后妃、子女被押解到汴京面聖；他的愛妃「花蕊夫人」當然也在隨行之列。花蕊夫人擅長詩文，在經過葭萌驛的時候，曾經在驛壁題詞：

初離蜀道心將碎。離恨綿綿，春日如年，馬上時時聞杜鵑。

由格律看，這是〈采桑子〉的上片。但她沒寫完，就被押解他們的宋朝官兵催促著離開了。就這上半闋的〈采桑子〉，已寫出了她的亡國之痛；在因亡國離開故鄉之際，耳邊聽到聲聲杜鵑啼叫著「不如歸去」，眞是令人情何以堪！

到了京城，宋太祖（趙匡胤）受降，接見了亡國之君孟昶和花蕊夫人。問起在宋兵入蜀後，勢如破竹，幾乎沒有遇到抵抗的原因。孟昶不敢答覆，花蕊夫人立時作了一首詩回應：

君王城上豎降旗，妾在深宮那得知？十四萬人齊解甲，竟無一個是男兒！

這首詩，讓宋太祖爲之動容；這姿容豔麗無雙的女子，性情竟是那麼剛烈！比起那麼多「不是男兒」的男子，更具文采和膽識！孟昶見到這首詩，也應該羞煞、愧煞吧？當時宋太祖並沒有殺孟昶。但只過了七天，這亡國之君就傳出了死訊。是否是自然死亡？沒有人敢追究。

中國自古以來，勝國的皇帝，把美貌的亡國妃嬪納入後宮當「戰利品」，好像是順理成章的。據傳說，花蕊夫人被納入後宮後，甚受宋太祖的寵愛。她在宮中畫了一幅孟昶的畫像供奉，被宋太祖看到了。她不敢明說是孟昶，就假說是民間主管生兒育女的「張仙」；拜張仙可以求子。

宋太祖是見過孟昶的，怎麼會看不出畫中人的相貌像孟昶？想必是因爲寵愛花蕊夫人，假作不知，沒有拆穿。因此，後宮紛紛仿效，都在宮中掛「張仙」的畫像，祭拜「張仙」以求子。後來這習俗從宮中入傳到民間，人人信以爲眞：祭拜「張仙」可以求子。孟昶有知，眞會哭笑不得吧？後人曾以詩詠此事：

供靈詭說是神靈，一點癡情總不泯；千古艱難惟一死，傷心豈獨息夫人。

她一直念念不忘故國、故夫，宋太祖因爲迷戀她的美色，也裝聾作啞的不追究。他的弟弟趙光義（宋太宗）卻很擔心，怕她心中會存著爲孟昶報仇的念頭，對太祖不利。一再勸諫他要防範、疏遠花蕊夫人。宋太祖惑於美色，不肯聽從。在一次，宋太祖帶著花蕊夫人在御苑打獵時，趙光義假裝失手，一箭就將花蕊夫人射死了。

她當年避暑時的原詞到底如何？也有後人言之鑿鑿，說是一闋〈玉樓春〉：

冰肌玉骨清無汗，水殿風來暗香滿。簾開明月獨窺人，攲枕釵橫雲鬢亂。　起來瓊戶啓無聲，時見疏星渡河漢。屈指西風幾時來？只恐流年暗中換。

但讓人感覺，彷彿是就著蘇軾的〈洞仙歌〉改寫的。蘇軾這一闋詞，實在寫得非常美。所以後世熟知的，還是蘇軾的〈洞仙歌〉！

五代

琵琶撥盡相思調（陶穀、秦弱蘭）

好姻緣，惡姻緣，奈何天。只得郵亭一夜眠，別神仙。　琵琶撥盡相思調，知音少。待得鸞膠續斷弦，是何年？

這一闋詞的詞牌是〈風光好〉。作者是「五代」北周皇帝派往南唐的使節陶穀。陶穀，字秀實，陝西人。歷史記載，他十分博學，自視甚高，但非常急功近利的想做高官。喜歡提拔後起之秀，建立人脈與名聲。但如果同僚中有比他聲望高的官員，他就設法詆毀打壓，人品頗有問題。曾經在宋太祖將受北周禪讓，還沒有「受禪書」的時候，得意洋洋地從懷裡掏出一篇來說：「我已經寫好了！」

可知他早就有「預謀」，想建「擁立之功」。還很自得的說：「算命的人說，我的骨相非凡，應該當宰相！」

結果是：宋太祖因此看不起他，同僚們也訕笑他，把自己弄得裡外不是人。

這可不是他第一次丟人現眼！在他任官北周，皇帝派他出使南唐的時候，已經出過一次醜了！

他奉派出使，自認為是「上國」的使節，看不起南唐弱小，狂傲得不得了！南唐本來對他非常禮遇，派韓熙載接待他。他擺出一副道貌岸然的架勢，不苟言笑。在南唐國主李璟接見他時，他又當殿無禮，出言不遜。使滿殿的君臣都非常氣憤。韓熙載察顏觀色之後，暗自對南唐的君臣說：「這個人一臉道貌岸然，一副神聖不可侵犯的樣子。但據我觀察，決不是什麼真正端方莊重正直的人！大家等著瞧吧，我總要讓他露出狐狸尾巴來！」

他的作法是：把陶穀「晾」在接待的館驛裡，用最高規格的禮遇招待，讓他無可挑剔，但又對他不聞不問。這一晾就晾了他一、兩個月。

無聊的日子長了，陶穀感覺非常苦悶孤寂，又放不下身段，主動跟南唐君臣妥協。轉眼秋天到了，南唐的君臣既不理他，他又未奉詔，也不能回國。閒極無聊，他就在館驛的亭子上寫了幾個字：「西川犬，百姓眼，虎撲兒，公廚飯。」

當然，館驛中的人員很快的把這幾句話抄了，送給韓熙載看。韓熙載看了半天，也解不出其中的含意來，就拿去給以學問淵博著稱的宰相宋齊丘看。宋齊丘一看，笑了起來，解釋：「這是個字謎；西川是『蜀』，加個『犬』字邊，是『獨』。百姓是『民』，眼是『目』，合一個『眠』字。虎用『爪』撲食，兒是『子』，加起來是個『孤』字。公廚飯，是官家供給的食物，『食』加『官』，是個『館』字！這十二個字，其實是一句話：『獨眠孤館』！」

韓熙載一聽，哈哈大笑。說：「有了他這自供狀，我就有辦法對付他了！」

隔了兩天，館驛裡來了個荊釵布裙的村姑，拿著掃帚在掃院子。看到來了個新面孔，陶穀好奇地打量她。發現那張不施脂粉的臉，竟是十分的清麗可人。閒極無聊的陶穀有點心動，藉詞搭訕，問她是誰？那村姑說：她的父親是館驛裡的傭工。因為館驛中缺少人手，讓她來幫忙幹點活，多少也可以賺點錢貼補家用。

她就像個一般沒見過世面的小家碧玉，帶著天眞爛漫，但態度又怯生生地，非常拘謹。每天只低眉垂目，沉默地做著份內的工作，掃地、澆花。陶穀百般的想辦法逗她說話，她也是默默無言；即使回答，也就是幾個字，絕不多話，對陶穀的態度十分冷淡。

越是這樣，陶穀就越覺得她可愛，聲音更如黃鶯出谷，非常動聽。忍不住風言風語的出言挑逗。那姑娘還是不說話，但眼角眉梢，漸漸不覺流露著些含情脈脈的情態。有時臉上，也會浮起些嬌羞的紅暈。

這些不落言詮的幽微反應，讓陶穀更是動情。原先一副道貌岸然、神聖不可侵犯的態度，不知不覺已有了一百八十度的轉變。原本恨不得馬上返國的他，如今倒有點「樂不思蜀」了。偏偏在這時候，他接到北周皇帝的詔命：要他回國去！

再不表達心中的情意，就沒機會了！他在她掃地的時候，迫不急待的告訴她：他很快就要回國去了！她聽了，有點驚訝的抬頭看了他一眼。沒說什麼，眼角卻溼了，似乎也有依依之色。又怕他看到似的，急急的低下頭去。這麼明顯依慕的態度，讓他了解：其實她已為他動心了。

他把握機會，向她訴說他的愛慕之情。說著說著，就迫不及待，拉著她求歡。那姑娘也沒太掙扎抗拒，只淚盈盈地說：「承蒙您抬愛，我也不是無感於心的。只是，您就要回北方去了，那……我……我怎麼辦？」

陶穀一聽這話，顯然，她已經默許了。只是擔心以後「怎麼辦」。喜出望外之餘，連忙保證：「我一定求你們國主，讓你跟我回去！」

有了他這句話，他們就在姑娘半推半就之下，成其好事。偎在他的懷裡，姑娘脈脈含情地說：「早就聽說您才高八斗，為當世所重。我既然已經許身於你，就請你為我寫一首詞，也好當作這一段情緣的見證。」

陶穀正樂得暈陶陶的，當即就答應了。姑娘當即起身下床，整理好衣裳。走到他的書桌前，為他磨好了墨。他提起筆就寫下了這有著「本事」的〈風光好〉。

姑娘凝眸含笑，看著他寫。等他寫完，拿起這張紙，斂衽，向他道了個「萬福」表達謝意，就出門走了。

第二天，南唐國主李璟設宴，宣稱爲他餞行。他又「端」起了他那道貌岸然的威儀架子，不苟言笑。韓熙載向他敬酒，笑著說：「陶大人即將返國述職，無以爲敬。正好，有人作了新曲，就以此曲獻給陶大人，表示我們依依惜別之情吧。」

雙手一擊，一個風姿楚楚，抱著琵琶的女子婷婷裊裊地來到席前。他還端著架子，頭也不抬，正眼也不看。這女子開口道：

「這首〈風光好〉乃是新曲，新聲初試，還請陶大人多多指教！」

他一聽〈風光好〉三字，嚇了一跳。聽著聲音，是那麼熟悉。再仔細一看，可不就是那位在館驛中與他有一夕之歡的姑娘？頓時面紅耳赤，張口結舌。韓熙載笑道：

「這位乃是我們金陵的第一名花，秦弱蘭姑娘！不過，陶大人大概也不用我介紹了吧？」

原來，他們君臣恨陶穀的狂傲無禮，在知道他題「獨眠孤館」，必然是寂寞難禁的時候，派出了秦弱蘭假扮村姑，去誘惑他。而且欲擒故縱的以冷淡的態度，讓他自己情不自禁的露出狐狸尾巴。

在秦弱蘭的如泣如訴的宛轉歌聲裡，他什麼道貌、什麼威儀都掃地了。最後只落得灰頭土臉，落荒而逃的離開江南。

更讓他顏面盡失的是：江南早派人在他之先趕到了汴京，替他大肆宣傳！這曲子，早在他人回到汴京之前，就成爲傳唱於汴京歌樓酒肆的「流行歌曲」！他也早成爲滿朝文臣武將，和全國士民百姓的笑柄了！

一個人，自視甚高，目無餘子，而品德又不能與爲人相稱，往往是很難得到別人的尊敬和認同的。他的傲慢，反而會讓人用更爲嚴苛的標準去檢視他。陶穀一生的失敗都在這裡。他由「周」入「宋」之後，也是極力的求表現。宋太祖雖然讓他當了文官中最清貴的「翰林學士」，卻對他的爲人評價不高，當然也不會重用他。還諷刺的說：

「有些翰林學士，並不是他們的學問有多好，只是他們會『寫』文章。而這些文章，不過是把古人的作品搬出來，東拼西湊的抄抄，就像看著葫蘆的樣子，照樣畫葫蘆而已！」

陶穀就一直處在這樣不尷不尬，不冷不熱的官職上終其一生。他晚年曾將自己滿腹的委屈和牢騷，寫了一首詩在翰林院的牆上，又留下了一個笑柄：

官職有來須與做，才能用處不憂無。堪笑翰林陶學士，一生依樣畫葫蘆！

五代

歸時休放燭花紅，待踏馬蹄清夜月（南唐大周后）

晚妝初了明肌雪，春殿嬪娥魚貫列。鳳簫吹斷水雲閒，重按霓裳歌遍徹。　臨風誰更飄香屑，醉拍闌干情味切。歸時休放燭花紅，待踏馬蹄清夜月。

這是李後主前半生代表作品之一：〈玉樓春〉。詞的內容，是當時南唐宮中晚宴歌舞與生活情致的寫照。當時與他同享歡娛，甚至參與表演的，是「大周后」；他的第一任妻子。

據《南唐書》記載，大周后名娥皇，是一位江南的名門閨秀。她的父親周宗，是南唐的司徒，位列三公。她從小受到良好的閨秀教養，通書史，善音律，精通數種樂器，尤以琵琶最爲擅長。還因此受到南唐中主李璟的賞識，將自己一面御用的「燒槽琵琶」賞賜給她。

她必然非常美貌，因此，史書以「國色」來形容。她十九歲時，嫁給比她小一歲，當時的「吳王」李煜爲妃。中主李璟駕崩，李煜即位。當時南唐早已在北方「北周」的壓力之下去帝號，稱「江南國主」了。因此，她是「國后」而非「皇后」。她年紀雖輕，卻具有「母儀天下」的風範，十分稱職。

她與李後主可稱是「郎才女貌」的一對璧人。兩個人對藝術都非常喜愛，她在音樂、舞蹈方面都有很深的造詣。而李後主除了文章詩詞之外，也能書善畫。因此他們的後宮生活，充滿了典雅浪漫的藝術氣氛。兩個人又非常恩愛，李後主爲她寫了許多詞。甚至傳說，李後主原先並不曾塡詞。是受她的感染誘發，才開始塡詞的。後來竟成爲詞壇名家；若不是他留下的詞，恐怕除了專門研究「五代史」的人，我們也像不曾注意「五代十國」起起落落那些國君是何許人一樣，不會注意「李煜」是何許人了。

除了〈玉樓春〉之外，李煜還有一闋爲她寫的〈一斛珠〉，也非常有名：

曉妝初過，沉檀輕注些兒個。向人微露丁香顆，一曲清歌，暫引櫻桃破。　羅袖裛殘殷色可，杯深旋被香醪涴。繡床斜憑嬌無那，爛嚼紅茸，笑向檀郎唾。

這是大周后的日常生活寫照，也細膩的寫出了兩人之間的閨房韻事，和親暱調笑的生活情趣。從史書記載中，我們知道她不但擅長彈琵琶，也擅長作曲。他們曾於雪夜共飲，酒酣耳熱之際，她向李煜邀舞。李煜說：「你若能作一首新曲，我就跳！」

她聽說了，拿起筆，一邊口中吟唱著，一邊手中寫著。歌不曾頓，筆不曾停，就作了一首新曲。李煜特別命名爲〈邀醉舞破調〉。她作曲，還不僅這一首，還有〈恨來遲破調〉，都成爲當代的「流行曲」。

李後主與大周后婚後非常恩愛，如膠似漆，大周后先後爲他生過兩個兒子：她特別鍾愛的是非常聰明俊秀的小兒子仲宣。一般后妃的子女，自有保母帶到別宮養育。只有仲宣，是她親自教養的。李後主有了嬌妻，又有了愛子，眞是心滿意足。

南唐因姓李，對前朝的「李唐」特別心儀景慕。李後主偶然得到了唐代〈霓裳羽衣曲〉的殘譜。大周后別出心裁的將殘譜整理成爲可以演奏的曲譜，夫婦兩人都非常得意。當時的中書舍人徐鉉聽了之後，說：「〈霓裳羽衣曲〉是法曲，結尾應該是緩慢的。這曲子的結尾卻結束得太急促！爲什麼？」

一個老樂工說：「大人說的不錯！法曲的結尾原本應該是徐緩的。而後宮（指大周后）將之改得急促結束。我認爲這不是吉兆。」

這老樂工不幸言中。過了一年多，先是大周后病了。因此將四歲的仲宣移出寢宮外，在別院養育。沒想到，素來有「佞佛」之名的李煜，在宮中做佛事，四歲的仲宣在一邊看熱鬧。一隻貓忽然撲倒了燈，燈在他面前忽然倒地破碎，仲宣因受驚而嚇出病來，只幾天，竟然就病死了。

大周后本來已在病中，又受到忽然喪子的打擊。痛不欲生，終日悲號，以淚洗面。

而另一個嚴重的打擊，卻來自她摯愛的丈夫與鍾愛的小妹妹。因她生病，她十五歲的小妹妹入宮來探病。沒想到，到了宮中後，她並沒有去探望姐姐，卻跟姐夫偷情。某一天，大周后昏睡中，忽然聽到一些聲音。掀開帳幔一看，看到妹妹與李煜站在帳前，神情甚不自然。她問妹妹：「你什麼時候來的？」

小妹妹坦白的說：「來了好幾天了！」

她心中明白是怎麼回事。轉身向裡，不再回頭。

李煜心中明白，自己的不檢點，傷了她的心；他雖然跟姨妹偷情，倒不是不愛大周后，只是想「一箭雙鵰」，心裡非常後悔。而大周后在失去愛子之餘，又受此打擊。情傷之餘，生趣全無，病也日益嚴重。李煜爲了補過，親自侍疾。藥物一定先親自嘗過，才餵大周后吃，甚至衣不解帶的陪在病床前日夜照顧，而這一切似乎都無補於事。眼見大周后的病一天比一天沉重，而無計可施。

大周后是個非常敏慧的人，自知不起，神智還是非常清楚。對李煜說：「我非常有幸，能與你作夫妻。十年來，享盡了你的恩寵和榮華富貴。作爲一個女子，榮寵也到極致了。只遺憾仲宣死了，我也薄命，將歸黃泉，無法報答你的恩德！」

她將中主李璟所賜那面她最心愛的琵琶，和臂上戴的玉環，留給李煜作紀念。又親自寫下遺書，要求「薄葬」。隔了三天，勉強掙扎著起身沐浴更衣，用心妝扮。又親自把傳統在入殮時放入口中的玉蟬，放到自己嘴裡含著，薨逝於後宮的瑤光殿。年方二十九歲；她嫁給李煜的第十年。

她薨逝之後，李煜非常悲痛；當然其中也有問心「有愧」的不安。他曾數度哭得昏過去，而且企圖投井自殺。隔了一個月，當他出現在大周后的葬禮上時，已形銷骨立，瘦得只剩一把骨頭。他爲諡爲「昭惠」的大周后，寫了兩首輓詩：

珠碎眼前珍，花凋世外春。未銷心裡恨，又失掌中身。玉笥猶殘藥，香奩已染塵。前哀將後感，無淚可沾巾。

豔質同芳樹，浮危道略同。正悲春落實，又苦雨傷叢。穠麗今何在？飄零事已空。沉沉無問處，千載謝東風。

又寫了一篇一千多字，寫得很美、也很感人的誄文，還自署「鰥夫煜」。然而，再長、再美的文辭，也無法挽回他蕙質蘭心的愛妻，喚不回大周后的芳魂，更掩蓋不住大周后含恨而歿的事實！

他的詞，第一次改變風格，由穠豔華麗轉爲哀傷淒婉，是因大周后之喪。他不知道，後面還有更悲慘的命運等著他……

剗襪步香階，手提金縷鞋（南唐小周后）

南唐後主李煜，有兩闋比給大周后寫的〈一斛珠〉更爲香豔露骨的〈菩薩蠻〉：

花明月暗飛輕霧，今宵好向郎邊去。剗襪步香階，手提金縷鞋。　畫堂南畔見，一向偎人顫。奴為出來難，教君恣意憐。

蓬萊院閉天台女，畫堂晝寢人無語。拋枕翠雲光，繡衣聞異香。　潛來珠鎖動，驚覺銀屏夢。慢臉笑盈盈，相看無限情。

這兩闋詞，都是爲「小周后」寫的。不過，那時她還只是他的「小姨子」。也可以說：這兩闋詞是他們背著病中的大周后偷情，「不打自招」的「供狀」。

小周后叫什麼名字？史書上沒有記載。有人說叫「女英」，有人說叫「周薇」，也有人說經過了考據，她芳名「嘉敏」。這些都沒有什麼明確的證據，也不必追究。《南唐書》對她的形容是「警敏有才思」、「神采端靜」；顯見得她也並不是天生輕佻的。

她是大周后的小妹妹。由歷史記載推論，大周后結婚十年病故的時候，她才十五歲。換言之，大周后嫁給李煜的時候，她才是個五歲的小姑娘。不但長得漂亮，而且天眞可愛，嬌稚討喜。若是現代，正適合當婚禮中的「花童」。這樣的小姑娘，當然家人都十分寵愛她。

過了十年，小姑娘長大了。但十五歲也不過是個清純少女。由詞中所寫的內容，脫了鞋子提在手裡，悄悄地穿著襪子躡著腳走路，怕人聽見、看見。心突突地跳，偎在李煜懷裡，還忍不住顫抖的模樣，也眞是個天眞爛漫少女又愛又怕的舉止。再從「神采端靜」來看，我們可以判斷：這件「偷情事件」眞正的「主犯」不會是她，而是那個「得隴望蜀」的姐夫李煜。這個貴爲人主，又博學淵雅的風流姐夫，若使出手段來「誘惑」，小姨妹何以招架？

這詞是否可能在作出之後，就傳唱到雖然「病寢」，卻未必沒有知覺的大周后耳中？由她乍然揭開簾幕，見到妹妹在床前，問：「你幾時來的？」

而小周后不知避忌，誠實地回答：「來了好幾天了。」

令她轉身向裡，不再回頭的記載，也不是沒有可能。我們不妨假設：她已聽過了這闋傳唱於後宮的詞，而不知道「女主角」是誰；李後主後宮中妃嬪、宮女多的是！她雖說得李煜專寵，也並不需要那麼計較；以她十年來「母儀天下」爲人稱道的風範，可知她甚得人心，這一點「容人之量」一定是有的。

但看到妹妹和李煜兩人之間的情態，她馬上明白了：那個「女主角」不是別人，正是這個自己一直疼寵著的小妹妹！這才眞正傷了她的心；在她因喪子之痛，病重垂危之際，兩個她最親愛的人，竟不顧她的感受，迫不及待的偷情！其間也可能有自知因久病容顏憔悴，而小妹妹卻嬌嫩如含苞待放鮮花的自傷吧！所以，也可以說：這件事和那兩闋詞，成了她的「催命符」；這也是李煜在她死後種種悲痛欲絕的眞正原因：他畢竟是個善良的人，不能不悔愧自責。

大周后死後三年，李煜才迎娶小姨妹爲「國后」；史稱「小周后」。但這也不能證明他是爲了給大周后守喪，才隔三年迎娶。因爲這中間還有他的母后之喪，依禮，他也必得守孝三年，才能談嫁娶！而且大周后去世時，小周后才十五歲，史書說她「未勝禮服」，因而「待年宮中」。

李煜自己喜好詩詞，朝中有的是擅長此道的詞臣。「大婚」禮成，第二天大宴群臣的時候，由以「夜宴圖」出名的韓熙載領頭，獻李煜娶小周后的「賀詩」，而詩中都帶著「皮裡陽秋」的意味，意在嘲諷。可以想見：他們一則爲「昭惠后」抱不平，二則是諷刺小周后不貞；在昭惠后病中，她與姐夫顯然就已有過肌膚之親；婚禮也不過是一道「手續」而已。

那個時代，女子婚前失貞，是非常可恥而且會被視爲品格低賤的。朝臣公然作詩嘲諷，可想而知：這件「風流韻事」令這些臣子們多麼不滿！而李煜也並沒有譴責，只有苦笑，保持沉默。想來一則是於心有愧，二則也是免得越描越黑吧？

那是外廷。內宮呢？妃嬪、宮女們，當然對大周后更是感念，也更同情了。所以，小周后雖然繼任爲「國后」，但絕不像大周后那麼得人心。甚至可以說：她一嫁入宮，就處在「四面楚歌」的不友善環境中。

她用兩個方式來對抗；一是緊緊抓住李煜，讓他心裡、眼裡只有自己。二是後宮事務由「國后」主持賞罰，她就像一般得位不正，心裡有鬼的皇帝一樣，吹毛求疵的拿「異己」開刀立威，施以重責，甚至趕出宮去，以壓制「輿論」。宮人們因此也只能「明哲保身」閉嘴噤聲，以免得罪了她。但可想而知，當然是面服心不服！

她必然沒有姐姐的多才多藝，和對音樂、舞蹈、文學的造詣。當然也沒有那一份雍容華貴又嫻雅端淑，「母儀天下」，大度包容的風範。但她也有她的小品味，使李煜傾倒，並迷醉其間。

據傳，李煜在迎娶她之前，就已重新整修裝潢宮室，掃除了大周后的色彩與風格，以迎新人。她入宮，也代表一個新時代風尚的開始。她非常喜歡「青碧色」；青是藍，碧是綠，青碧色大概就是一般說的「湖色」，一種清雅素淨卻不失明亮的漂亮顏色。這種顏色，被命名爲「天水碧」。不但她所有的衣服都是青碧色的，宮人也都競相仿效。因此，放眼望去，後宮幾乎成了「天水碧」的天下。過去代表華貴的金碧輝煌，和豔麗的嫣紅姹紫，嬌黃粉白，都自此「退位」，而以清新淡雅的「天水碧」爲新的時尚。若以後事來「附會」，「天水碧」似乎也有點「預言」性質；宋室姓「趙」，而趙氏的「郡望」正是「天水」！

她喜焚香，兩人就想方設法製作各種香來當「遊戲」。宮中從早到晚焚香，而且各種場合都有不同的香來應景。不但焚香，還用各種有香味食材做成美食，在大宴群臣時推出款待大臣，稱爲「內香宴」。當年，「歸時莫放燭花紅」的情調也改變了。夜晚，宮中不點蠟燭，而是懸夜明珠照明。總之，極盡「窮奢極侈」之能事的享受。

她不想讓別人分享她與李煜之間的情愛，要什麼「春殿嬪娥魚貫列」？於是，她設計製造了一種紅羅小亭，小到只容兩個人促膝而坐。在梅花盛開時，她將這小亭子安置在梅花林裡，成爲她和李煜小倆口兒的「私密空間」。何等風雅，何等情致！

只是，一個「國主」，一天到晚的心思都放在這些小風雅、小情致上了，還有什麼心思處理政事？李煜本來就是天性庸懦的人，對北方先前的大周，後來的大宋，一直以「卑躬屈膝」的低姿態求苟延殘喘。他篤信佛教到有「佞佛」之名；能爲了在佛前磕頭，額頭上都磕出繭來！娶了小周后的八年後，宋軍渡江兵臨城下時，他還在廟裡聽經！卻也改不了亡國的命運。

亡國之後，他先被宋太祖封爲「違命侯」；因爲宋太祖曾命他和吳越國主錢俶入朝陛見。錢俶知道：大宋強盛，如果拒絕不去，就可能爲百姓帶來兵禍連結的悲慘命運。因此非常「聽話」的，就北上去朝見大宋皇帝了；不但自己去，還帶了后妃、兒女一起去「面聖」。因此，錢俶和他的後代，一直受到宋室的非常禮遇。宋太祖甚至發誓：「誓不殺錢王」！與李後主有了截然不同的命運！

這位南唐國主李煜，卻推推托托的不肯前往；後來是在兵臨城下，才「肉袒出降」的！也因此，造成他後半生悲慘的命運。由封「違命侯」，就知道他被如何的羞辱了。

到宋太宗繼位，改封爲「隴西郡公」。就名稱而言，似乎有所改善。事實上，以一個因兵臨城下，肉袒出降的「亡國之君」，再給什麼名位，都無改於「亡國」帶來命運悲慘的現實。而且，宋太宗心術的陰狠，手段的毒辣，還在宋太祖之上。

小周后入宋後，被封爲「鄭國夫人」，成爲宋朝的「命婦」。照制度，命婦們隔一陣，就要入宮去覲見、陪侍皇后。她常一入宮，數日不歸。回來之後，就痛哭，大罵李煜，聲聞於外。李煜當然知道發生了什麼事；亡國的后妃，是勝國君王「理所當然」的「戰利品」。除非宋太宗不想「臨幸」，若是他想，小周后何以逃脫倖免？面對這種不堪的凌辱，他又能如何？也只能沉默地避開，不敢面對受辱的愛妻。

也許，小周后也是爲了保全他而忍辱偷生的。因此，在宋太宗以「牽機藥」毒殺李煜之後，也並沒能將小周后納入後宮；小周后在李煜死後，也絕食自殺了！結束了她前半段風光，後半段悲慘的一生！

問君能有幾多愁？恰似一江春水向東流！（南唐後主李煜）

春花秋月何時了？往事知多少。小樓昨夜又東風，故國不堪回首月明中。　雕欄玉砌應猶在，只是朱顏改。問君能有幾多愁？恰似一江春水向東流！

這一闋〈虞美人〉，是「五代」南唐後主李煜的絕命詞；就因爲這一闋懷念故國的詞，使宋太宗非常不滿，而賜「牽機藥」毒殺了李後主。「牽機藥」的可怕，還不在於將人毒死，而是不讓人痛快的死；使人直到首足反接成一個圈才死得了；這就是「牽機」名稱的來由！可知宋太宗的狠毒和對他的恨。

國祚短的亡國「末代君王」稱「後主」。歷史上，有三個有名的「後主」：

第一個，是蜀漢的後主劉禪（阿斗），他以無能和「此間樂，不思蜀矣」的「名言」出名。其實這句話是蜀漢的忠臣姜維，知道勝國之君，最忌諱亡國之君懷念故國。所以他亡國之後，爲了保全他的性命，而教他這麼說的。

第二個是南北朝的「陳後主」陳叔寶。他帶著家人入隋之後，被封為「長城公」，不但沒殺他，還對他相當的禮遇。隋文帝更納了他的小妹妹為妃嬪（宣華夫人），十分寵愛。有一次，隋文帝大宴群臣，請他參加宴會。他覺得自己只有名義上的「爵位」，沒有「官職」，不夠體面，向隋文帝討「官」做。氣得隋文帝罵他「全無心肝！」——完全不知羞恥為何物！

前兩個後主，其實都沒有受什麼罪，也平平安安的終此一生。後蜀入宋的孟昶，也算是一個「後主」。但他入宋七天就死了，不論是否被害死，倒也「死得痛快」。最不幸的「後主」，就是「南唐後主」李煜了。他留下了許多詞，見證了他後半生悲苦的命運，特別為後世同情。也因此，在政治上他雖是亡國之君。在「中國文學史」上卻享有尊榮的地位。

李後主，本名「從嘉」，後來改名「煜」，字「重光」。南唐由他的祖父建國；因為姓「李」，而且自稱是唐朝李氏的後裔，所以定國號為「唐」，史稱「南唐烈祖」。父親李璟，史稱「南唐中主」。他本來排行老六，但因為他之上有四個哥哥早死，在存活的兄弟中，變成老二。

他有個天生與人不同的地方：眼睛「重瞳」；與相傳中古代明君「大舜」的特徵相同；也就是眼珠中有兩個瞳孔。本來他的哥哥封為太子，因為他「重瞳」的「異表」，很受他哥哥猜忌。他本人其實對政治完全不感興趣；其父喜好文學藝術，他從小耳濡目染，也對文學藝術非常喜好，而無心於政治。他先被封爲「吳王」，後來因其兄過世，而被立爲太子。

他父親並不是個明君，沉迷於文藝，又寵信奸佞，因此國事日非。當時，北方的國家都比較強盛，「南唐」就一直向北方的國家稱臣納貢，以求苟安。在他父親的時代，爲求苟安，甚至把江北的土地都割讓給了當時的「北周」。北周禪讓於宋，南唐又臣服於宋，而且不敢自用「年號」，而奉宋的「正朔」。

李煜即位之後，延襲父親的那一套辦法：凡是大宋有什麼喜慶之事，他都送豐厚的禮物，上表稱賀。也在各種制度上，一再的自我約束限縮，以討好大宋，苟延殘喘。

只有一件：宋太祖一再好言好語的邀他到汴京去「面聖」，他就是「抵死不從」，深恐「有去無回」的老死汴京。其實，他倒並不是心懷異志，而是懦弱，不敢離開讓他有「安全感」的國土。因此，當宋太祖同時下詔，命他和吳越王錢俶入京面聖的時候，錢俶擔心兵禍連結，會導致民生塗炭。爲了保全吳越臣民百姓，義無反顧的就帶著全家人去了。而李煜則一再的派出使節去敷衍、解釋，抵死不肯進京。他的使臣曾向宋太祖說，他尊敬宋太祖，有如親生兒子尊敬父親一樣。宋太祖冷笑，反問了一句話：

「親生兒子會不跟父親住一起，在兩處吃飯睡覺嗎？」

他一而再，再而三的推托，宋太祖不耐煩了，決定征伐南唐，以武力解決。講到他伐南唐的理由時，宋太祖說：「臥榻之側，豈容他人酣睡？」

因此派曹彬領兵南下消滅「南唐」。因爲南、北中間隔著「長江天險」，宋軍就在江上搭起浮橋，以便軍隊渡江。李煜聽說了，還當個「笑話」，認爲那是不可能的事！也沒放在心上。照舊過他滋滋潤潤的「小日子」；吟詩作詞，聽歌賞舞。在宮中，與小周后擠在紅羅小亭裡，耳鬢廝磨的卿卿我我。再不就到廟裡拜佛，聽和尚講經，求神佛保佑。

當他還在廟裡聽經的時候，臣子告訴他：宋兵已渡江了！他大驚失色，登上城頭一看，城下是一望無際，打著大宋和曹彬旗幟的兵馬！才知道曹彬已率領宋兵「兵臨城下」了！無奈之下，只得脫去上衣，打著赤膊「肉袒出降」。

曹彬面對這樣一個無能又懦弱的「亡國之君」，簡直只有嘆氣的份。倒也沒有難爲他，還教他：要儘量的把錢財搬運到北方去，因爲以後的日子不會好過！又派了五百個兵士，幫他搬運他的「家當」！

到上船的時候，他戰戰兢兢的不敢走搭板，還是曹彬派人把他「架」到船上的。上船之後，曹彬也放任他自由，不加拘管。有人問：「你就不怕他半路上跳水自殺嗎？」

曹彬冷笑：「一個上船走搭板都怕得發抖的人，會有勇氣自殺？」

他離開他的國都金陵時，作了一闋〈破陣子〉：

四十年來家國，三千里地山河。鳳閣龍樓連霄漢，玉樹瓊枝作煙蘿。幾曾識干戈。一旦歸為臣虜，沉腰潘鬢消磨。最是倉皇辭廟日，教坊猶奏別離歌。揮淚對宮娥。

後人諷刺他：不別臣僚，不辭百姓，到亡國，還「揮淚對宮娥」！事實上，以他這樣所謂「養在深宮之中，長於婦人之手」的君王，對臣僚、百姓，那有對宮娥熟悉？人的感情是相處出來的，他是個天眞爛漫，眞摯無僞又多情的人，有話直說。揮淚的對象，當然就是一向陪在他身邊，他最有感情的宮娥了！

他到了汴京，宋太祖駕臨「明德樓」，讓他白衣紗帽的待罪樓下，等候接見。接見後，封他爲爲「違命侯」；這當然是非常難堪的封號。宋太祖看了他作的詩詞，也有很深的感慨：「李煜若以作詩詞的功夫來治理國家，怎麼會被我俘虜？」

宋太祖趙匡胤駕崩，弟弟宋太宗趙光義繼位登基。一開始，對他也還不錯，改封爲「隴西郡公」，比「違命侯」在爵位上升了一等，也好聽多了。他雖然帶了許多財物到汴京，但隨行的屬下、宮女、僕從非常多，開銷非常大，錢財消耗得很快。在他哭窮時，宋太宗下令給他增加月俸，還賞賜他三百萬錢。

有一次，宋太宗設宴，他也在座。太宗說：「聽說你在南方喜作詩詞，試舉最得意的一聯來給我聽聽。」

他沉默了半晌，答：「揖讓月在手，動搖風滿懷。」

是他詠團扇的詩句。宋太宗回顧近侍，笑著說：「好一個『翰林學士』！」這話很傷人，卻沒說錯；以他喜好文學藝術，而無政治興趣與才能的資賦和性格來說，當個清貴的「翰林學士」，比當君王適合多了！

亡國的日子不好過，他曾寫信給舊宮人：「此間日夕，只以眼淚洗面。」可見他心境的悲苦。入宋之後，他的詞風完全改變了；過去的享樂、歡娛都不見了，只剩下悲愁、哀嘆。如：〈相見歡〉二首（又名〈烏夜啼〉，顯然比〈相見歡〉，更適合這兩詞的情味）：

林花謝了春紅，太匆匆，無奈朝來寒雨晚來風。　胭脂淚，相留醉，幾時重。自是人生長恨水長東。

無言獨上西樓，月如鉤。寂寞梧桐深院鎖清秋。　剪不斷，理還亂，是離愁，別是一般滋味在心頭。

〈子夜歌〉：

人生愁恨何能免，銷魂獨我情何限。故國夢重歸，覺來雙淚垂。　高樓誰與上，長記秋晴望。往事已成空，還如一夢中。

〈浪淘沙〉：

簾外雨潺潺，春意闌珊，羅衾不耐五更寒。夢裡不知身是客，一晌貪歡。　獨自莫憑欄，無限江山，別時容易見時難。流水落花春去也，天上人間。

登基三年，宋太宗命他的舊臣徐鉉去看望他，君臣兩人相對無言。他沉默了半天之後，忽然對徐鉉說：「眞後悔，當初我錯殺了潘佑、李平！」

南唐的戶部侍郎李平，曾經當過道士。出仕之後，曾建議恢復古代的「井田制度」以求富國強兵。而內史舍人潘佑，眼見著國事日非，曾接連上了七、八道奏章，建議讓李平當「尚書令」主持國政。又直言國主李煜的生活太奢侈糜爛了，將他比爲紂、桀等亡國昏君；只管自己享樂，不顧民間疾苦。又表示目前在朝的臣子，都是些「逢君之惡」；迎合討好，諂媚君王之輩，他恥於爲伍，不想和他們共事，也不希望作「亡國之臣」！

他的出發點或許是希望用這些激烈的言辭，刺激一下李煜，讓他省悟，改變生活態度。使南唐能改變政策，振作起來。但當時的朝臣被他罵急了，就說李平妖言惑眾，煽動潘佑

「犯上」。李煜不由分說將兩人下獄，潘佑本來就是抱著必死的決心上疏的，當即在家中自殺。李平入獄後，不堪折磨凌辱，也自殺而死。此後，南唐再沒有敢犯顏諫君的忠直之臣。

徐鉉見過李煜之後，宋太宗召見，問徐鉉：君臣相見時，李煜說了些什麼？徐鉉不敢隱瞞，實話實說。宋太宗認爲他經過了這麼多年，還肯不死心認命，爲之大怒。

正值他過生日，舊日的宮人、臣屬們爲他慶生。在賜第設宴奏樂，聲聞於外。讓宋太宗覺得他身爲亡國之臣，還如此的招搖囂張，太不識分寸，不知收歛！又看到他爲懷念故國寫的〈虞美人〉詞，更是大怒。因此賜「牽機藥」賜死。

作爲一個國君，他實在可說一無可取；既儒弱又無能。生活豪華奢靡，終日沉醉於歌舞逸樂、聲色享受之中，不問國事。又一味佞佛，完全不問民間疾苦。在國家風雨飄搖之際，還不思振作；誠如宋太祖所說：他若以作詩詞的功夫來治國，又何至於亡國？而且，沒有同時代的「南越王」錢俶承擔的勇氣；爲了不讓生靈塗炭，毅然北行的智慧。也因此讓兩個人的後半生，有了截然不同的命運。

另一方面，卻因著不幸的命運，使他不但改變了自己的詞風，超越自己早年歡樂歌舞，兒女柔情的侷限。也遠遠超過了當代「花間集」、「尊前集」那些柔靡淺薄的言情風格。甚至可以說：他爲整個「詞」這一當時新興的文學體裁，帶來了「更上層樓」的新境界。

在政治上，他是亡國之君。在詞壇上，他卻是不折不扣的「南面王」呢！

五代

陌上花開緩緩歸（吳越錢俶）

蘇軾寫過三首〈陌上花〉：

陌上花開蝴蝶飛，江山猶似昔人非。遺民幾度垂垂老，遊女長歌緩緩歸。
陌上山花無數開，路人爭看翠軿來。若為留得堂堂在，且更從教緩緩回。
生前富貴草頭露，身後風流陌上花。已作遲遲君去魯，猶教緩緩妾還家。

詩前有序：

遊九仙山，聞里中兒歌陌上花，父老云：吳越王妃每歲春必歸臨安，王以書遺妃曰：「陌上花開，可緩緩歸矣。」吳人用其語為歌，含思宛轉，聽之淒然。而其詞鄙野，為易之云。

序中說：蘇軾在杭州做官時，遊九仙山。聽到閭里間唱〈陌上花〉。當地的父老遺民告訴他：當年「吳越王妃」每年春天會回臨安省親，吳越王寫信給她：「陌上花開，可緩緩歸矣。」意思是說：「原野之上，春花正盛開。你就慢慢地賞花，緩緩地歸來吧！」吳越的父老們是非常感念吳越王的，就用這兩句話編了歌來唱，以表對他的懷念。其中的情思婉轉動人，但因出於鄉野，文字不免質樸粗俗。蘇軾就用這個題材，改作了三首詩讓他們來唱。

蘇軾的文采當然不同；他在詩中，寄託了興亡的感慨。

第一首，是感嘆江山依舊，人事全非。只剩下當年的遺老還記這個故事，遊春的女子們還在唱這首曲子。

第二首，是回憶當年的盛況；當陌上花開的時候，王妃的車駕來了。如果能留得住的時光，就能延續「緩緩歸」的故事。

第三首，想當年，吳越王朝是何等的富貴風光。而如今安在？只留下「陌上花」的故事繼續流傳。又以王妃的立場設想：吳越王已然離開了自己的國土，還給我留話，要我「緩緩歸」，又「歸」向何處呢？

這「吳越王妃」指的是誰呢？現代有些人認為是指第一任吳越王錢鏐的王妃戴氏。恐怕是錯了；應該是指他的孫子，末代吳越王錢俶的王妃孫氏。證明有二：

其一：蘇軾在「序」中寫：「必『歸』臨安」，吳越的國都就在臨安（杭州），如果是錢鏐王妃，怎麼是「歸」臨安？

其二：第三首有「已作遲遲君去魯，猶教緩緩妾還家」之句；錢鏐並未「去魯」（離開祖國）；到他的孫子錢俶，才離開故土，到汴京去。

吳越國傳到錢俶，知道自己無力對抗北方的大國，十分恭順的向後漢、後周都納過貢。到宋太祖統一了北方，傳話要「五代十國」在南方稱王的吳越王錢俶、南唐國主李煜到北方去「面聖」。為了考驗這兩國國主誰「聽話」，特別在城南建了一座「禮賢宅」，同時命錢俶、李煜入京。並表示：誰先到，這座宅第就賜給誰。

南唐李煜推推托托的不肯去。結果宋太祖大怒，興兵滅了他的國。吳越王錢俶，為了怕他若堅持不去，百姓會因兵禍連結而生靈塗炭。毅然於宋太祖開寶九年正月帶領著王妃孫氏、世子錢惟濬等，從杭州出發北上，到汴京去，向宋朝皇帝稱臣。

因此，宋太祖大喜。設宴款待之餘，還對他說：「盡我一世，盡你一世。」又非常明確的說：「誓不殺錢王！」

在他辭行南歸時，宋太祖厚禮回贈。又交給他一個包袱，吩咐說：

「你上路之後，再打開來看。」

在路上，錢俶打開包袱，發現是幾十封從宰相到大臣們的奏書，都是奏請不要讓錢俶返國的。而宋太祖都沒有聽從，還是讓他回國，使錢俶既恐懼又感激。

當年十月，宋太祖駕崩，由弟弟趙光義繼位（宋太宗），改元「太平興國」。在太平興國三年，錢俶再次朝覲，宋太宗宴請他時，故意讓封「違命侯」的李煜和南漢最後一個皇帝劉鋹陪座，讓這兩個「不識相」的人，看看錢俶備受禮遇的風光！

當時隨他北上的宰相崔仁冀向他暗示：這位新皇帝不會讓他回去了！他最好爲表示忠忱，把吳越的國土獻給太宗，以保身家。

錢俶接受了暗示，立時上表，請求「納土除國」：把國土獻給大宋，取消自己的「國號」。並表示願意定居在汴京；這表示他心無異志，對宋朝絕對忠誠。也因此，不但保全了吳越國百姓免於兵災，使百姓長存感念；「陌上花」之所以一直在當地流傳，原因在此。同時，此舉也保全了他的子孫與臣僚；當時，受到宋朝授官的吳越臣屬，就多達兩千五百餘人！

雖然「吳越」這個「國家」沒有了，他還是被封爲「王」。雖然是虛銜，畢竟還是非常受宋朝朝野的禮遇。又有許多輝煌的頭銜，並有食邑，還有「劍履上殿」、「詔書不名」等殊榮。宋太宗還常賜宴，並賜贈各種禮物給他。與南唐李後主後半生的命運與遭際，就有了天壤之別了。

在他過六十大壽時，宋太宗派特使送壽禮，向當時封「鄭王」的他祝賀。晚上，他的子孫們正向他頌詩稱賀時，他因風眩（疑是腦中風）發作，當時就死了。宋太宗爲他輟朝七天，以表哀悼。賜謚「忠懿」，封「秦國王」。到了宋眞宗時，還追贈「尙父」。他的子孫們，有的封王，有的封「公」。許多都做到刺史、節度使等高官。總之，也都是受他的餘蔭。

他的兒子中，以錢惟演最著名。詞寫得很好，是留名在「文學史」上的著名文學家。在當代享有「禮賢下士」之名；名列「唐宋八大家」的北宋「一代文宗」歐陽修，年輕時還曾做過他的幕僚呢。

劉郎已恨蓬山遠，更隔蓬山一萬重（宋祁）

後殿中，女樂正爲皇帝的小型宴會奏唱著新曲；這些新曲，大都來自京師坊間的歌樓酒肆；由內宮樂官將這些流行於歌樓的新曲，帶入宮中。在這四海昇平的歲月中，雅好文學藝術的大宋皇帝趙禎（宋仁宗），也常以賞花、釣魚、聽歌、賦詩的雅宴，與朝中大臣或宮中妃嬪們同樂。

樂官奏報：「下面要演唱的，是一首新近流行於歌樓間的〈鷓鴣天〉。」絲竹奏出了前奏，穿著彩衣的歌姬，以清亮婉轉的歌喉，唱出了正流行於京師歌樓的新詞〈鷓鴣天〉：

畫轂雕鞍狹路逢，一聲腸斷繡簾中；身無彩鳳雙飛翼，心有靈犀一點通。　金作屋，玉為籠，車如流水馬如龍。劉郎已恨蓬山遠，更隔蓬山一萬重！

皇帝聽著，微微皺起了眉頭；這詞中「一聲腸斷」的呼喚，顯然出於後宮中的女子；除了後宮「內家子」所乘的車，那能有「畫轂」的氣派？又那能有什麼「金作屋，玉為籠」的幽怨之情！而「身無彩鳳雙飛翼，心有靈犀一點通」寫得多麼露骨！這一後宮女子，顯然與作詞的人兩心相照，才引發了作詞人「劉郎已恨蓬山遠，更隔蓬山一萬重」之嘆！

後宮「內家子」竟與外間詞客傳出私情，顯然宮闈不謹！豈不貽笑天下，不能不究！於是，皇帝沉聲問樂官：「這詞是誰作的？」

「小宋學士。」

小宋學士！皇帝不覺一愣；「小宋」，是翰林學士宋祁；因爲他與哥哥宋庠同科登第，一時傳爲佳話。所以朝野間稱哥哥宋庠爲「大宋」，弟弟宋祁爲「小宋」。

皇帝暗中派人去打聽這詞的原委。照宋祁的說法，是他某一天經過繁華大街時，正好迎面遇到皇家後宮「內家子」的車隊，交錯而過。這些皇家內宮的女子們，都坐在華麗而遮護嚴密的車中，是不容士民百姓窺探的。

忽然。某一輛車中，傳出了一聲「小宋」的呼喚！這呼喚引起了這位風流倜儻翰林學士的注意。卻就在他一遲疑間，再回首時，那輛車已走遠了。這一段飄忽如夢的際遇，引起他無限遐思，便作了這麼一闋新詞寄情。而由於這詞纏綿悱惻，情思婉轉，很快的就流行於歌樓酒肆，甚至傳唱至宮禁中了。

皇帝聽說了經過，下令後宮總管太監：「到後宮去查問，是誰在車中喊『小宋』的？」旨意傳到後宮，引起了一陣驚駭與騷動；誰也不知道這牽涉到後宮風紀，帶著曖昧色彩的「桃色事件」，皇帝會怎麼發落。宮女們面面相覷，都不敢出聲。

總管太監嚴肅地對著這些選入後宮，「飛上枝頭作鳳凰」的女孩子們說。

「是誰喊小宋的？最好自己承認，別牽累了其他姐妹！」

在左顧右盼的人群中，一個宮女勇敢的站了出來：

「是我喊的！有什麼罪過，我自己承當！絕不牽累別人！」

皇帝看著帶到他面前的宮女，容貌清秀，明麗動人。眉宇間一片坦然，臉上竟也沒有什麼驚懼之色。心中倒生出幾分憐惜之情，問：「是你喊『小宋』的？你與他有私情嗎？」

「臣妾不認識他，怎能有私情？」

「那，你怎麼知道他是小宋？」

宮女臉上露出微笑，回奏：「有一次，臣妾與姐妹們同侍御宴，聽官家宣召翰林學士。內侍指指點點，跟後宮姐妹們說：那位就是『小宋』學士。那天在路上，偶然車馬交錯，見到他騎在馬上，不覺喊了出來。臣妾與他素不相識，並無私情。」

皇帝聽她說得合情入理，揮手叫她退下。隨即傳旨宣召「小宋」學士。

奉旨而來的「小宋」學士，聽皇帝口中唸出他作的〈鷓鴣天〉：

「『……劉郎已恨蓬山遠，更隔蓬山一萬重！』學士可是認得這位後宮內家子？」

宋祁聽皇帝唸出這一闋詞，惶恐萬分。連忙下跪，奏道：

「臣冒昧！但此詞不過是繁華大街之上，偶然與宮中『內家子』的車隊交錯而過，聽有人隔簾喚『小宋』。因此遇甚奇，臣一時失檢，而塡了這闋詞。」

皇帝問：「若令此人站在你面前，你可認得出她來？」

宋祁苦笑回奏：「臣實在並不認識車中之人。當時也不過是在長街之上，偶然車馬交錯。臣在明處，她自然看得見臣。而車中昏暗，又有垂簾遮護，臣實在連車中人的長相都沒看到，車就走遠了，又如何認得出來？」

皇帝釋然地笑了；如果此事牽涉私情，爲了整肅宮中風氣，這兩個人都應該受到處分。而以這兩造各自說出當時的情景，可說是不約而同，又若合符節，當是實情。由此看來，實在並沒有什麼「私情」可言。只不過是小宋這位「風流才子」自作多情，爲此偶然相遇的事件，寫下這麼闋香豔的新詞自遣而已。

本心仁厚的皇帝，又怎麼忍心爲了這麼點小事，處罰一個率眞誠實的宮女，一個多才多藝的翰林學士？

想了想，皇帝笑了：「小宋學士！以朕看來，這蓬山，並不怎麼遠呀！」

皇帝當殿爲媒，厚賜妝奩，把這宮女賜婚「小宋學士」宋祁，成就了一段佳話！

衣帶漸寬終不悔，爲伊消得人憔悴（柳永）

柳永是文學史上公認的北宋的詞壇名家，甚至「家喻戶曉」到「凡有井水飲處，即能歌柳詞」；人必需飲水才能存活。古代除非靠近河、湖、池塘居住，可取河水、湖水、池水使用。可以說，有人家的地方就一定有水井。由此可知柳永詞「流行」的盛況。他卻因著喜歡塡詞，一輩子失意仕途。爲他惹禍的，就是這一闋〈鶴沖天〉：

黃金榜上，偶失龍頭望。明代暫遺賢，如何向？未遂風雲便，爭不恣狂蕩。何須論得喪？才子詞人，自是白衣卿相！　煙花巷陌，依約丹青屏障。幸有意中人，堪尋訪。且恁偎翠倚紅，風流事，平生暢。青春都一晌，忍把浮名，換了淺斟低唱！

「柳永」，其實不是他的本名。他本名是「柳三變」，字景莊，福建崇安人。祖、父兩代都在朝爲官，而且家風謹厚清肅。

出身於家教嚴謹的書香仕宦世家，他與兩個哥哥：三復、三接都才華出眾，當地人稱「柳氏三絕」。誰也沒想到：以他出眾的文才，會落下「浪子」之名，並因此一輩子「不遇」！

他的「不遇」，主要因爲他先天帶著「叛逆」的性格，又精於音律。少年時代，流連坊曲歌樓，爲樂工、歌妓大量塡製迎合市井百姓趣味的詞。詞風完全不同於當代詞人寫「情」的委婉含蓄。不但不避鄙詞俗語，而且露骨大膽的描寫男歡女愛之情。這些浮豔之詞，使他「惡名在外」。

他自許才學。沒想到，頭一次參加進士考試，竟然落第。心懷不平，就作了〈鶴沖天〉自我解嘲。這下惹出了大麻煩；他第二次參加科考，明明文章已經在會試時被主考官錄取了。名單送到皇帝面前，當時在位的宋仁宗（趙禎）是個重視讀書人品行節操的人。看到他的名字，說：「且去『淺斟低唱』，何用浮名？」

顯然，他的詞已傳唱到宮中，不然宋仁宗怎麼會知道？還親自把他「刷」了下來！後來，他改名爲柳「永」，字「耆卿」，以避人眼目，才考上進士。考上之後，又很快的被人發現：原來新進士「柳永」就是「柳三變」，因此一直不能放官。

也有同情他的官員，認爲他雖然少年疏狂，以致有「無行」之名。其實還是有才幹的，向皇帝保舉他任官。皇帝一聽說是他，厭惡地說：「這個人只適合在花前月下吟風弄月，叫他塡詞去吧！」

他聽說了，非常悲憤。任性的在京師流連於舞臺歌榭，塡的還是那些風花雪月，男歡女愛的豔詞。還到處招搖，公然宣稱他是「奉旨塡詞柳三變」！也更讓士林不齒了。

時間長了，他自己也覺得這樣蹉跎不是辦法。聽說當時的宰相晏殊非常愛才好客，尤其獎掖後進不遺餘力。對當代的詞客張先，更是非常禮遇。因此到相府去求見晏殊，希望能得到賞識。他原想：晏殊也喜好塡詞，應該會賞識他。沒想到，晏殊接見了他，略敘寒溫後，說：「聽說賢俊喜作曲子？」

那時，「詞」還沒有那麼盛行，也還沒有「正名」稱「詞」。誰也沒想到：「詞」後來竟成爲宋代「韻文」的主流；後世更把「唐詩」、「宋詞」並稱，成爲宋代的代表文類。當時，那只是配合音樂，流傳於民間歌樓的「流行歌曲」。是在引起當代文人的興趣後，因嫌民間傳唱的文字太低俗，加入創作提昇「品味」，因而流傳的「新興文類」。通稱爲「曲子」，或「曲子詞」。他聽到晏殊的問話，覺得語氣不對，用「反彈」的語氣回答：

「就像相公一樣，也作曲子！」

晏殊可也是當代的詞壇名家呢！沒想到晏殊笑笑，淡淡地說：

「我是作曲子，卻不曾寫過『綵線慵拈伴伊坐』這樣的句子！」

這句出於他的〈定風波〉：

> 自春來、慘綠愁紅，芳心是事可可。日上花梢，鶯穿柳帶，猶壓香衾臥。暖酥消，膩雲嚲，終日厭厭倦梳裹。無那！恨薄情一去，音書無個。　早知恁麼，悔當初、不把雕鞍鎖。向雞窗，只與蠻箋象管，拘束教吟課。鎮相隨，莫拋躲，綵線慵拈伴伊坐。和我，免使年少光陰虛過。

他聽了，知道話不投機，也只好快快而退。很久之後，才被外放做基層小官。從此他的詞風有了改變。由秦樓楚館的豔情，轉爲羈旅行役的惆悵。他離京時作了一闋〈雨霖鈴〉：

> 寒蟬淒切。對長亭晚，驟雨初歇。都門帳飲無緒，方留戀處，蘭舟催發。執手相看淚眼，竟無語凝噎。念去去千里煙波，暮靄沉沉楚天闊。　多情自古傷離別，更那堪冷落清秋節。今宵酒醒何處？楊柳岸曉風殘月。此去經年，應是良辰好景虛設。便總有千種風情，更與何人說？

這闋詞，雖也寫別情，卻寫得清婉深刻。「今宵酒醒何處？楊柳岸曉風殘月」更傳誦一時。他另有一闋〈八聲甘州〉：

對瀟瀟暮雨灑江天，一番洗清秋。漸霜風淒緊，關河冷落，殘照當樓。是處紅衰翠減，苒苒物華休。惟有長江水，無語東流。　不忍登高臨遠，望故鄉渺邈，歸思難收。歎年來蹤跡，何事苦淹留？想佳人登樓顒望，誤幾回、天際識歸舟。爭知我、倚闌干處，正恁凝愁！

連蘇東坡也為之稱賞，認為「不減唐人高處」！另一首〈蝶戀花〉（又名〈鳳棲梧〉）：

佇倚危樓風細細，望極春愁，黯黯生天際。草色煙光殘照裡，無言誰會憑闌意。　擬把疏狂圖一醉，對酒當歌，強樂還無味。衣帶漸寬終不悔，為伊消得人憔悴。

後來清代的王國維，把「衣帶漸寬終不悔，為伊消得人憔悴」兩句列為「人生三個境界」的第二境。誰還能認為柳永只會寫「偎翠倚紅」之詞？

他有一個老朋友孫何，駐節杭州，門禁森嚴。柳永到了杭州，想見見老朋友，又不想上門去求見。於是作了一闋詞，去訪杭州第一歌妓楚楚，請她在出席孫何的宴會時獻唱。孫何設宴，楚楚果然應邀參加，並在筵前唱了這一闋〈望海潮〉：

東南形勝，三吳都會，錢塘自古繁華。煙柳畫橋，風簾翠幕，參差十萬人家。雲樹繞隄沙。怒濤卷霜雪，天塹無涯。市列珠璣，户盈羅綺競豪奢。

重湖疊巘清嘉。有三秋桂子，十里荷花。羌管弄晴，菱歌泛夜，嬉嬉釣叟蓮娃。千騎擁高牙。乘醉聽簫鼓，吟賞煙霞。異日圖將好景，歸去鳳池誇！

孫何一聽這一闋不曾聽過的新詞，不但寫盡了杭州的繁華富庶，又祝福自己召還帝京，入朝執政。忙問楚楚是誰作的？楚楚說：「柳耆卿官人！」

孫何大喜，問明了柳永的住處，立刻派人迎接他參加盛宴，賓主盡歡而散。相傳，就是這闋詞傳到金國，金主完顏亮聽到了「三秋桂子，十里荷花」，油生嚮慕之情，而興起了投鞭渡江之志。

當代大老范鎮退休後，聽人唱柳永的詞，感嘆：

「仁宗皇帝在位四十二年，我擔任了二十年的史官，也沒能把當代的昇平安樂、富庶繁華用文字讚嘆出來！在柳耆卿的詞裡，卻形容得淋漓盡致！」

由他後來當地方基層官員的評價，我們眞得說：仁宗皇帝和那些官員們都看走眼了！他在任職地方的時候，是列入地方誌「循吏」的好官！在他任職「曉峰鹽場」時，曾寫過一首爲鹽民請命的〈煮海歌〉長詩，詩中「愛民如子」的悲天憫人，讓人感動：

煮海之民何所營，婦無蠶織夫無耕。衣食之源太寥落，牢盆煮就汝輸征。年年春夏潮盈浦，潮退刮泥成島嶼。風乾日曝鹽味加，使灌潮波塯成滷。滷濃鹽淡未得閒，採樵深入無窮山。豹蹤虎跡不敢避，朝陽出去夕陽還。船載肩擎未遑歇，投入巨灶炎炎熱。晨燒暮爍堆積高，才得波濤變成雪。自從瀦滷至飛霜，無非假貸充餱糧。秤入官中充微值，一緡往往十緡償。周而復始無休息，官租未了私租逼，驅妻逐子課工程，雖做人形俱菜色。煮海之民何苦辛？安得母富子不貧！本朝一物不失所，願廣皇仁到海濱。甲兵淨洗征輸輟，君有餘才罷鹽鐵。太平相業爾惟鹽，化作夏商周時節。

這一個柳永，令人肅然起敬！他一世不遇，身後蕭條。竟然窮到連買棺材下葬的錢都沒有！最後，還是由感念他的青樓妓女們集資，才得營葬，眞令人感慨唏噓！想必她們都唱過柳永的詞，並因此博得了美名，而心存感念吧！

而且，這些妓女，每逢清明，都爲他辦「弔柳會」，聚在一起唱他生前所作的詞，來追悼紀念他。這一活動流傳開來，成爲宋代各地青樓的「傳統活動」。讓人覺得這些青樓女子們眞是「有情有義」！也不枉柳永爲她們一世不遇的犧牲。

數點梅花天地春（邵雍）

春花開得早，夏蟬枝頭鬧。黃葉飄飄秋來了，白雪紛紛冬又到。嘆人生，容易老。總不如蓋一座安樂窩，上掛著漁讀耕樵。悶時湖上釣，閒來把琴敲。喝一杯茶樂陶陶，我只把愁山推倒了。

這一首〈安樂窩〉的作者，是宋代的邵雍。

邵雍字堯夫，「康節先生」是他去世後，朝廷爲了表示對他的人品、學問、德操的尊崇，照他一生行誼，頒賜給他的「謚號」。

宋朝的都城在汴京，洛陽則是「西都」；因此，相對的來說，汴京也被稱爲「東京」。有許多王公重臣，都奉派西都，在洛陽居住。當時，像文彥博、富弼、呂公著、司馬光等，都是洛陽非常受人敬重的「國之大老」。但洛陽聲望最高的，卻不是這些王公重臣，而是一生從未入仕的隱逸高士：邵雍。

他天賦異稟，又勤勞苦學。因爲家境清寒，也爲了激勵自己的心志，他冷天不用爐火，夏天不用扇子，於書無所不讀。一生最大的貢獻，在於對「易經」的研究。在這方面，有著過人的成就。

他心性非常淡泊，安貧樂道。剛到洛陽時，所住的破陋草屋，連遮風蔽雨都談不上，他卻甘之如飴。砍柴、耕種，自食其力，以事父母，以給衣食。在別人看來，他的生活艱困貧苦極了，他卻在耕讀生涯中怡然自得。他把自己居住的簡樸草屋，命名爲「安樂窩」，自號「安樂先生」。所以當時的人都尊稱他爲「邵安樂」，他寫的〈安樂窩〉詞，境界非常超脫高遠，因而傳誦一時。

他的「安樂窩」，雖然簡樸，但一定非常有「品味」。而且，他的品味一定不是刻意用「附庸風雅」的物質來「堆砌」的，而是純樸自然，一派天機。

他雖然不求聞達，但品格、學問、德行，就像花香一樣，想掩蓋也掩蓋不住，因此深受當代朝野人士的推重。當時在洛陽居住的達官貴人，都以與他結交爲榮。爲了表示對他的敬慕，每個人都在家裡仿造了一座「安樂窩」，以便他到訪時，能「賓至如歸」的居住。

他平時鄉居，耕讀自樂。到春秋佳日，天氣溫和舒適的農閒季節，才駕著小車，到洛陽城裡探望老朋友。這些達官貴人家裡的老老小小，對他的車聲都非常熟悉。遠遠聽到車聲，就奔走相告：「先生到我們家來了！」

爭先恐後的趕到大門口，歡天喜地的迎接他，問候他。家裡有什麼疑難不決的事，乃至家人之間的爭執口角，都請教他解決之道，或憑他一言以決。他居心仁厚，又公正無私，總讓大家都心悅誠服，而且在他的感化之下，消彌爭端。

他到洛陽時，這家住幾天，那家住幾天，所到之處，都受到最熱烈的歡迎，與最誠摯的接待。因爲他與司馬光，都以無可指摘的「純德」爲當代欽重。洛陽這些名門世族的父兄，都告誡家中子弟：「不可以做壞事！可別讓司馬端明（司馬光曾任「端明殿學士」）和邵安樂先生知道了，對你失望！」

就因爲這兩個人住在洛陽，以自身爲表率移風易俗，使洛陽不但人才鼎盛，而且風氣淳樸敦厚，天下知名。

他的心境非常淡泊，不慕繁華榮利。因此，朝廷下詔訪求在野遺賢時，他一再被推薦。但他都堅辭婉謝，拒不應詔。朝廷授給他官職，他也稱疾不肯上任。

有一次，曾當過宰相的富弼到他家，跟他一同吃筍，他一再讚美筍的美味。富弼說：

「可惜你沒吃過朝堂中的肉骨頭，那才眞是人間美味呢！」

邵雍笑了，淡淡地說：「我是山野之人，在山野間吃了三十年美味的筍，從來不曾被人奪去吃筍的快樂。你呢？肉骨頭再美味，你今天還吃得到嗎？」

因不認同王安石的新法，而被排擠出京的富弼一聽，爲之啞然。只好苦笑，自認失言。

當時，許多人都因對王安石的新法不滿，而被排擠外放。他勉勵他們說：「這正是你們能盡力的時候！新法太嚴苛了，全仗著你們到民間去把尺度放寬一點，嘉惠百姓呀！」

他學「易」有成，對陰陽五行研究精到，推算各種人事變遷，極爲精準；直到現代，研究命理的人士，還不能超越他的學說範疇。

有一次，他到司馬光的「獨樂園」去遊玩，見園中牡丹盛開，他說：「可惜這麼美的花，某日某時就沒有了。」

到了那一天，司馬光與賓客們賞花，談起此事。客人以爲他開玩笑，說：「就算等花謝，也還有好幾天呢！」

話沒說完，忽然兩匹脫韁的馬，衝進園中。大家連忙閃避，馬直衝花圃，把花踐踏得一片狼藉，果然時間分毫不差。

富弼晚年多病，閉門謝客。只有邵雍來了，他才請入臥室相見。指著床邊的一張椅子說：「我病中怕見人，也怕聽人說話；連兒子來問安，我都不讓他久留。只有你，才能進我的臥室說話。這張椅子，就是專爲你設的，不許別人坐！」

邵雍卻吩咐富家的僕人再拿一張椅子過來，放在床邊。說：「今天中午，會有一個綠衣少年，騎著白馬來拜望你。你無論如何一定要打起精神接見！而且要把你一生的志業跟他說明白；這個人，對你非常重要！因爲，你日後在歷史上如何定位，還得看他怎麼寫呢！」

富弼對他非常信服，馬上傳令門房：見到這麼一位綠衣少年，要立時請進府中相見。

中午時分，果然有一位自稱「范祖禹」的綠衣少年，來到富家門前。雖然他只穿著尋常士子的布衣，門房卻不敢怠慢，立刻領他到臥室去見富弼。

富弼對他非常客氣，請他在特設的椅子上坐下，娓娓而談。把自己一生忠君愛民的志業，都對他說明，最後說：

「如今，我已逐漸老病，不久人世。自問這一生，雖然碌碌無成，但總是懷著忠樸之心爲國效命，無虧無愧。這一點，請你一定要記住；這一切，都要仰仗你那一枝大筆了。」

范祖禹不明所以，非常惶恐，連稱「不敢」。不久，富弼去世。十多年之後，史官修《神宗實錄》時，富弼的傳記，就是由范祖禹執筆撰寫的。

當時的一代文宗歐陽修，對邵雍也非常敬慕，但他一直在汴京朝中作官，沒有機會認識。他的兒子歐陽棐外放，上任要經過洛陽。他很高興，吩咐說：「你到洛陽，除了幾位國之大老，當然要代我拜望致意之外，一定要去拜謁邵安樂先生，代我向他致欽慕之意！如果他還不嫌棄你，肯跟你談話，你要把他所說的話都記下，一句不漏的向我稟報！」

歐陽修想：這樣一位當代高士，肯接見歐陽棐，就是天大的榮幸了，也不敢指望他會對歐陽棐說什麼話。

沒想到，歐陽棐才抵達「安樂窩」，發現邵雍已等在門前歡迎他了。而且把他請入內室談話，一談就是一整天。把自己一生經歷、交遊、見聞、心志都述說的詳詳盡盡。歐陽棐受寵若驚，寫信一一向父親報告。歐陽修也覺得非常詫異；他何以這樣禮遇歐陽棐這剛出仕的年輕人？

到他去世時，歐陽棐正好擔任就有聲望去世者的一生行誼，給予謚「議」的官職。這才恍然大悟；原來他早已有先見之明！結果，他的謚號「康節」，就是由歐陽棐建議，皇帝認可擬定的。

邵雍在易學上有這樣的成就，並不想藏私，卻找不到傳人。他說：

「我所認識的人裡，只有兩個人的聰明才智可以學；一位就是司馬君實（司馬光），另一個是章子厚（章惇）。司馬君實的心性仁厚，又光明磊落，不肯學。章子厚倒是想學，但他這個人心術不正，學會了只會害人！我寧可讓絕學失傳，也不能教他！」

臨終，他把這方面的著作燒了。因爲：不得其人而傳，有害無益！

據傳，他有一組十首的《梅花詩》，是對未來時事的預言。且看第十首：

數點梅花天地春，欲將剝復問前因。寰中自有承平日，四海為家孰主賓。

不管預言之說，這詩也自有一番哲理。

人生到處知何似，恰似飛鴻踏雪泥（蘇軾、蘇轍）

蘇軾有兩句非常有名，且常被引用的詩句：

人生到處知何似？恰似飛鴻踏雪泥。

這兩句詩，是他年輕時的作品，題目是〈和子由澠池懷舊〉。「大蘇」蘇軾（字子瞻），四川眉山人。和他的父親「老蘇」蘇洵（字明允）、弟弟「小蘇」蘇轍（字子由）都以文章享譽當代，合稱「三蘇」。也都在「中國文學史」上列入「唐宋八大家」。

宋仁宗嘉祐元年，蘇軾二十一歲的時候，他的父親蘇洵，帶著他和不到二十歲的弟弟蘇轍，從四川出發，到汴京去參加進士考試。他們途中經過澠池（河南三門峽）時，曾經寄居在老和尚奉閒的廟裡。他們兄弟，並曾在居留期間，在廟裡的壁上題詩。那時，他們都還很年輕，對未來充滿了好奇與憧憬。

考期到了。他們兄弟倆從小一起讀書，思想、見解也很相近，很擔心會因文章內容雷同，而使其中一人落榜。他們的父親蘇洵說：「我有辦法讓你們兩個的文章，彼此不受影響；題目發下來，你們一個從正面寫，一個從反面寫，就不會雷同了。」

就等於辯論的正辯、反辯一樣，各執一端，當然就不會雷同了。果然，兄弟兩人，雙雙考上了進士。一夜之間，兩個人的名字傳遍士林，名動公卿，都以與他們結交爲榮。讓本身沒有考上進士的「老蘇」蘇洵也不覺感慨：「被譽爲『鯉躍龍門』的進士考試，對有些人來說『難如登天』。對另一些人來說，卻『易如拾芥』！」

他們考上進士的當年，母親去世了。依照當時的禮制，他們隨著父親回四川眉山服喪守制。到第三年「除服」之後，才又陪侍父親入京。

朝廷給蘇軾派了官職，外放到河南的福昌縣去當主簿。但他沒有去上任，跟弟弟留在京師，準備參加朝廷的「制科」考試。

宋朝的「制科考試」，是十分特殊的一種考試，要求非常嚴格。連能取得參加考試的資格，都非常不容易！即使已考中進士的人，也不能自己報名應考，而要由朝中有相當身分地位的官員推薦參加；他們兩個就是由恩師歐陽修推薦，參加「賢良方正能直言極諫科」的制科考試的。

制科考試由皇帝親自出考題，選拔眞正有學問、見解、才幹，又能直言極諫的人才。唐、宋兩朝都非常重視進士科名，讀書人都以得中「進士」爲貴。但比起制科考試，「進士」科舉卻又顯得微不足道了！進士考試三年辦一次，宋朝參加科舉考上「進士」的，前後有四萬多人！而不定期舉辦的制科考試，總共只辦過二十二次，通過考試錄取的，總共只有四十一個人；等於進士錄取率的千分之一！

當年，同時被薦參加制科考試的人不少。當時的宰相韓琦，說了一句話：

「有二蘇在此，竟還有這麼多人敢來參加較量？」

由此可知，他們兩人當時的名氣有多大！韓琦的言下之意顯然是：這些人未免太「自不量力」了！聽他這麼一說，退出那一屆考試的竟達八、九成。制科考試向例訂在八月。沒想到，考期將屆的時候，蘇轍卻生病了，而且病情相當嚴重，眼見他就要失去了這一次應考的機會了。韓琦很著急，上奏皇帝：「制科考試的目的在於簡擇賢才。像蘇轍這樣的人才，不能參加考試，將是國家的損失。請陛下將考試延期，以便他能參加！」

當時是宋仁宗在位，宋仁宗是中國歷史上著名的「好皇帝」之一。竟也「從善如流」，答應爲了蘇轍延期，以便讓他能參加制科考試。

照說，皇帝這樣的破格恩遇，蘇轍應該感激涕零才對！「初生之犢不畏虎」的蘇轍，卻在應試的文章裡，批評皇帝：荒怠政事，喜好聲色，賦歛繁重……種種缺失。

初試的考官看了這「罵皇帝」的文章嚇壞了，主張罷黜不列入評等。司馬光和另一位大老范鎮，則認爲應列爲「四等」，據理力爭。最後決定請皇帝親自決定！仁宗皇帝看了他的文章，說：「我們設『直言極諫』科考試，不就爲了徵召能『直言極諫』的人才嗎？用這個理由徵選，又因他的直言極諫而罷黜，以後別人會說我是個什麼樣的皇帝？」

結果，蘇軾在這一次的「制科」考試中，得到了「三等」，蘇轍「四等」；可別以爲「三等」好像很差！制科考試共分五個等級，事實上，一、二等根本是虛設名目，從來沒有人得過！從宋朝開國以來，入「三等」的，在蘇軾之前，也只有一個吳育。蘇軾是有宋以來入列入「三等」的第二人！

取得這個資格，蘇軾兄弟才正式的進入了仕途！蘇軾與弟弟子由從小感情非常好，兩人幾乎從來沒有分開過！然而「一入仕途，身不由己」，必得各奔前程了。

嘉祐六年，二十七歲的蘇軾，奉派到鳳翔（陝西寶雞）去當簽判。蘇轍則請求留京侍奉老父。那時是十二月，正是霜嚴雪厲的冬天。蘇轍從開封到鄭州的西門郊外給哥哥送行，兩人依依而別。蘇轍知道他會經過澠池，在回程中，想起往事，就寫了一首詩寄給他。詩題是〈懷澠池寄子瞻兄〉：

相攜話別鄭原上，共道長途怕雪泥。歸騎還尋大梁陌，行人已度古崤西。曾為縣吏民知否？舊宿僧房壁共題。遙想獨遊佳味少，無方騅馬但鳴嘶。

詩中講到：他在鄭州西門郊外的鄭原送別蘇軾時，因爲那時正是十二月冬天，兩個人談起蘇軾這一路長行，恐怕沿途滿地的雪泥，路不好走；或許也由此想到可能面對的仕途艱阻吧？他自己還在回開封的歸途上時，恐怕蘇軾已經過了崤關之西了。

蘇轍曾經放官爲福昌縣主簿，因爲沒有上任，恐怕百姓們也未必知道。又想起當年和哥哥一起經過澠池，住在廟裡，還曾在壁上題詩的往事。那時，他們是結伴同行的；一路兄弟相伴，是多麼幸福的事！想到現在哥哥一個人獨自長行，連個旅伴都沒有。一路上陪伴他的，就只有馬兒的嘶鳴之聲了！

蘇軾接到這首詩，依韻和了一首：

人生到處知何似？恰似飛鴻踏雪泥。泥上偶然留指爪，鴻飛那復計東西。老僧已死成新塔，壞壁無由見舊題。往日崎嶇還知否？路長人困蹇驢嘶。

由弟弟講到路途上的雪泥，他想到人生。人生像什麼呢？大概就像飛鴻偶然停息在雪泥上吧？因此在雪泥上，留下了爪印。而這隻留下爪印的飛鴻，後來飛向什麼方向，飛到那裡去了，又有誰知道呢？他也告訴子由，他經過澠池，又到了那座他們曾經投宿的廟裡。可是老和尚已經已死了，廟中建了一座新塔供奉靈骨。而當時他們題詩的那一堵牆，卻已經損壞，看不到當時題的詩了！他也想起了當年行路的艱難；路又長，人又累，只有載著他們的跛腳驢，不住的嘶鳴！可是，那時身邊還有子由相伴呀！

這首詩還眞像是他後半生的預言，長處於「雪泥」的坷坎考驗中，而留下了他的鴻爪（詩詞文章）給後人！

他們兄弟都非常優秀，又同時出道，所以當時的文壇人士，就稱蘇軾爲「大蘇」，蘇轍爲「小蘇」。兩個人非常友愛，但個性完全不同。相較起來，蘇軾曠達率眞，不拘小節。蘇轍則比他厚重沉穩得多。蘇軾總是因爲他的熱誠、不能忍事，路見不平就要說、要管而惹出是非。他的盛名，使他的詩詞、文章一出，馬上天下傳抄。入仕之後，不論在朝或任地方官，總不斷的遭人從他的詩文中搜剔羅織罪名，受到攻擊、打壓。乃至入獄、貶謫，還牽累朋友。當然最受牽累的，就是弟弟子由了！雖然蘇轍也不時勸他謹言愼行，尤其寫詩作文更要小心，不要惹事。但並不因受牽累而有所怨恨。他非常了解哥哥愛國愛民的用心，也一直非常崇拜敬愛哥哥，以哥哥爲榮。

蘇轍曾被任命爲賀遼國國王生辰的使節，他出使之前，蘇軾作詩：〈送子由使契丹〉：

雲海相望寄此身，那因遠適更沾巾。不辭驛騎凌風雪，要使天驕識鳳麟。沙漠回看清禁月，湖山應夢武林春。單于若問君家世，莫道中朝第一人！

因爲他自知已名滿天下，怕如果遼國國王愛才，可能將蘇轍留在契丹不放他回來，所以要他不要提自己的家世。但蘇轍到達之後，所遇到的遼國官員，都對他熱誠接待。而且見到他的人，都會問他：「大蘇學士安否？」

他才發現：哥哥的名氣竟然有這麼大；連遼國的官員都對他那麼尊敬，甚至對自己這個弟弟都「愛屋及烏」！於是寫了一首詩給蘇軾：

誰將家譜到燕都？識底人人問大蘇。莫把聲名動蠻貊，恐妨他日臥江湖。

他們之間的友愛，也曾經感動過皇帝，還因而救了蘇軾一命：

那時宋神宗在位，王安石當政，厲行新法，在民間製造了許多問題。尤其青苗法，更使得農民幾乎因而「民不聊生」。蘇軾是地方官，親眼見到百姓的痛苦，就作了許多詩爲百姓鳴不平。因此被窺伺他的人一一箋註，指他「訕謗朝廷」，對朝廷的「良法美意」不但不認同，還處處挑剔，煽動百姓反對政府。他也因此被捕下獄；史稱「烏臺詩獄」。

當時「新黨」有許多人想致他於死地。當然也有許多人不以爲然，設法奔走營救，因此一直無法定讞。當情勢非常危急的時候，他也認爲自己大概是活不成了。就寫了兩首幾乎算是「遺書」的詩留給子由：

聖主如天萬物春，小臣愚暗自亡身。百年未了須還債，十口無歸更累人！是處青山可埋骨？他時夜雨獨傷神。與君世世為兄弟，更結來生未了因。

柏臺霜氣夜淒淒，風動琅璫月向低。夢繞雲山心似鹿，魂驚湯火命如雞。眼中犀角真吾子，身後牛衣愧老妻。百歲神遊定何處？桐鄉知葬浙江西。

當皇帝看到這兩首詩，尤其看到「與君世世為兄弟，更結來生未了因」非常感動，認爲這樣性情眞摯，又友愛手足的人，怎麼會如那些必置他於死的人所說的「十惡不赦」？

宋神宗的祖母，當時的「太皇太后」，是宋仁宗的皇后曹氏。聽說蘇軾因文字賈禍入獄，對宋神宗說了一段往事：當年，仁宗皇帝在「制科」放榜之後，回到後宮，非常高興的告訴她：「我這一次錄取了蘇軾、蘇轍兩兄弟，爲子孫留下了兩個好宰相！」

曹氏說著，帶著責備的語氣對神宗說：

「官家！祖宗那麼器重的人才，你怎麼能不多加愛惜？」

宋神宗聽祖母「太皇太后」曹氏說起仁宗皇帝對蘇氏兄弟的器重，也認爲蘇軾批評時政，是基於愛國之心而求全責備。是那些「政敵」嫉恨他文章好又深得民心，才想殺他。因此沒有殺蘇軾，只把他貶謫到黃州去。

我們肯該爲他貶謫黃州慶幸；如果沒有這一貶，就沒有他在黃州時作的〈念奴嬌・大江東去〉，也沒有前、後〈赤壁賦〉了！更沒有「東坡」這個號；這個號，是因爲他在黃州時，是「罪官」沒有薪俸，幾乎無以爲生。當時黃州的太守徐大受很敬愛他，給了他一塊東邊的坡地，讓他學陶淵明「躬耕」。而且，他還親自參與，興建了一座「東坡雪堂」，才取了「東坡居士」爲號的！

宋

滿城風雨近重陽（潘大臨）

從古至今，詩人多不勝數。以唐代來說，《全唐詩》收錄的詩就有四萬八千九百多首，詩家超過兩千兩百人。請注意：這還不是完整的資料；失傳的詩更不知有多少！

詩人雖然那麼多，但能留名傳世的詩人與詩，還眞是不多！但也有並不是著名詩人，他的「詩」也沒有傳世，卻因爲所作的「一句詩」，就成爲流傳千古的「名句」；宋朝詩人潘大臨，就是以「一句詩」傳世的！

潘大臨，字邠老，是湖北黃州人。他的父親潘鯁是位畫家，在蘇東坡貶謫黃州時，與蘇軾結爲好友。因此，潘大臨也曾跟著蘇軾習詩。他詩宗杜甫，在當時也有小有名氣。蘇軾，和「蘇門四學士」之一，當代以「詩」和蘇軾齊名，並稱「蘇黃」的黃庭堅，都非常讚賞他的詩。

他爲人十分耿直，詩也寫得很好。卻因科考落第，沒有功名，一生布衣，也一世清貧。他的詩友很多，與跟他同樣不得志的謝逸（字無逸）是「詩文知己」。兩個人常通信，並交換詩作欣賞。

有一次，他在重陽節收到詩友謝逸寫給他的信。問他：新近有沒有什麼佳作可以分享？他回了一封信，感嘆說：

「秋日的風景最好，觸目所及，都可化爲佳句；只怕被俗人俗事干擾！重陽前，在家閒臥，聽窗外林中的風聲、雨聲，覺得眞是天然好詩句！於是，欣然起床，在壁上題詩。不料，才寫了一句『滿城風雨近重陽』，忽然聽到門被捶得咚咚作響。原來是如狼似虎的俗吏，前來催繳所欠的租稅。好不容易把他們敷衍走了，原本的詩興，已被這一干擾敗盡，再也接不下去了。只好就寄上這一句我自覺得意，卻又無以爲繼的詩給你！」

謝逸自己也是個失意的詩人，讀了他的信，非常感嘆：「說什麼『文窮而後工』！欠的租稅付不出，窮得連飯都快沒得吃了，還能有什麼詩興！」

但也有些人，聽說這件事，卻笑他太迂闊不切實際了。也有人笑他：明明是自己才華不夠，寫不下去，還找理由！

但寫作的人都了解：「靈感」眞的是稍縱即逝的！蘇東坡可是一代文宗，從古至今，也很難找到第二個像他那樣才華蓋世的「千古風流人物」了吧？他出門時，隨身都帶著筆硯（這也是古代文人的習慣；所以才有那麼多的「題壁詩」），就爲了在心靈受到觸動時，能把一閃即沒的靈感抓住。他還曾經寫了一首詩給他杭州孤山的詩僧朋友惠勤，詩中有兩句，寫的正是捉摸不定的「靈感」：「作詩火急追亡逋，情景一失後難摹。」

認爲作詩的靈感就像追逃犯一樣，一旦追丟了，就再也找不回來了！

潘大臨在當代雖小有名氣，是屬於以黃庭堅爲首「江西詩派」的詩人。但後世的名氣並不大，知道他的人也並不多；除了這「一句詩」，也還眞不知有其他什麼「名作」傳世！但只這「一句詩」，就足以爲他在文學史上留名了；許多當代與後代的詩人都非常欣賞他這「一句詩」，宋代著名的詩人呂本中就說：「文章之妙，到此極矣！」

另一位宋代詩人趙蕃，則爲稱賞他的這句詩，寫了一首五言的長詩〈重陽近矣，風雨驟至，誦邠老「滿城風雨近重陽」之句〉來歌頌他：

> 好詩不在多，自足傳不朽。池塘生春草，餘句世無取。詩家黃州潘，蘇黃逮師友。六義極淵源，一貫相授受。秋風有奇思，簞瓢忘巷陋。奈何催租人，敗之不使就。我謂此七字，已敵三千首……

以「池塘春草生，餘句無足取」之說來推論：他當時若完成了全詩，這一「不朽名句」得不到適當的烘托突顯，反而可能像他其他的詩一樣，也「無以傳世」的被湮沒了！

他在寫下這一「名句」不久之後，就在窮愁潦倒中去世了；都還不到五十歲。直到他死，這「一句詩」也沒有後續完成。有許多當代與後世的詩人，在爲這「一句詩」驚豔之餘，都非常惋惜，覺得美中不足，有心爲他補足。這些「續補」的作品中，有七言律詩，有七言絕句，也有「詞」。但這些「續詩」，卻常被人譏爲「狗尾續貂」，也都沒能廣爲流傳。而其中寫得最眞摯、最能貼近他心情的，應該還是他的摯友謝逸作的吧？他在第二年重陽前的風雨聲中，以「滿城風雨近重陽」爲第一句，寫了三首悼詩：

滿城風雨近重陽，無奈黃花惱意香。雪浪翻天迷赤壁，令人西望憶潘郎。

滿城風雨近重陽，不見修文地下郎。想得武昌門外柳，垂垂老葉半青黃。

滿城風雨近重陽，安得斯人共一觴。欲問小馮今健否？雲中孤雁不成行。

因爲潘大臨是黃州人，蘇軾寫〈赤壁賦〉的赤壁就在附近，又離武昌很近，所以詩中特意寫出了這兩個地名。「修文郎」則指有文采、學問的人，死後在陰間被任命爲掌管文書的官名。有人認爲，詩中的「小馮」，指的是謝逸的堂弟。但就全詩的語意來看，應該是指與潘大臨同爲「江西詩派」詩人的弟弟潘大觀；古人習用「雁行」指兄弟。因爲潘大臨已去世了，只剩下潘大觀了，所以才問「小馮（也許是小名，但找不到相關資料）今健否」，而感嘆：他已成爲雲中「孤雁」，沒有哥哥爲伴，而「不成行」了。

此心安處是吾鄉（王鞏、柔奴）

「此心安處是吾鄉！」這一詞句，出於蘇軾寫的〈定風波〉：

常羨人間琢玉郎，天應乞與點酥娘。自作清歌傳皓齒，風起，雪飛炎海變清涼。萬里歸來年愈少。微笑，笑時猶帶嶺梅香。試問嶺南應不好，卻道：此心安處是吾鄉！

但這句富有智慧哲理的話，並不是蘇軾說的，他只是引用；說這話的是個女子，名叫柔奴，是蘇軾好朋友王鞏（字定國）家的歌姬，也是他的愛妾。

王鞏，字定國，他出身於高官世家。他的祖父王旦當過宰相，父親王素當過工部尙書。岳父張方平是當代大老，姑母嫁給「一門四相」的韓家。並且非常受司馬光的器重，推薦他以「蔭官」入仕。

他跟蘇軾是好友，在早年蘇軾爲徐州太守的時候，就老遠的跑去看他，盤桓同遊，蘇軾常說王鞏是他的「少年朋友」。蘇軾是個憂國憂民，又心直口快的人。還加上他在當時，被視爲「一代文宗」，詩文既出，天下傳抄。因此，每每爲人窺伺，從詩文中挑眼，羅織罪名。以前有「連坐」之法，因此，他也就總是牽累朋友。

他反對王安石的新法，尤其激烈反對「青苗法」。被有心的新黨人士從他的詩文中挑出許多詩句，斷章取義的指爲「訕謗朝廷」，而下「烏臺獄」。雖然，宋朝有「不殺士大夫」的「祖宗家法」，當時那些恨他的人，還是羅織罪名，慫恿皇帝殺了他。最後，還是因皇帝愛才開恩，否則恐怕性命都難保。

當時皇帝的處置，是把他貶到武漢附近的黃州。在這一案中，牽累了許多人。而受到的處分竟比「禍首」蘇軾還重的，就是王鞏。他被貶謫到嶺南的賓州（廣西賓陽），而且一去五年！

中國從古以來，都以「中原」黃河流域爲政治、經濟、文化中心。江南，還是人人嚮往的富庶地區，「嶺南」，指五嶺之南，福建、廣東、廣西一帶地方。對這些生活在中原的人來說，那是「蠻荒瘴癘」之地，也是「重犯」的流放之地。官廷官員，一聽說貶到「嶺南」，幾乎都不敢存「生還」之望。可以想像：對生長在乾燥寒冷北方的人來說，首先要面對的就是天氣潮溼悶熱，「水土不服」的問題。還加上心理因素。因此，有許多人貶謫到嶺南，在抑鬱恐懼之下，眞的都沒有「生還」。

蘇東坡對這位朋友，一直心存歉疚；是他牽累了王鞏！而且，他聽說王鞏在貶謫期間，有一個兒子死於貶所，另一個沒跟他南行的兒子死在家中，更是非常難過，寫信向王鞏致歉。豈知王鞏反而安慰他，還跟他大談養生之道。兩人常書信往來，還彼此以詩唱和。他有一首和王鞏的五言律詩，寫得眞摯感人：

欲結千年實，先摧二月花。故教窮到骨，要使壽無涯。久已逃天網，何而服日華。賓州在何處？為子上棲霞！

表示願意也到那「不知在何處」的「蠻荒之地」賓州去陪伴王鞏！可知他們之間友情的深摯。

到宋神宗去世，兒子哲宗繼位。因皇帝年幼，由祖母「太皇太后」高氏垂簾。她堅持「以母改子」，廢了王安石那一套新法，將新黨人士貶斥出京。起用當時因反對新法，而被貶謫的忠貞舊臣；首先起用民間期盼「如大旱之望雲霓」的司馬光爲宰相，以寬厚的仁政治國，以「與民蘇息」；讓老百姓能自苛刻的新法中解脫，能輕鬆的喘口氣。蘇軾重新受到重用，回到京師。王鞏也得到寬赦，回到了京師。

蘇軾聽說王鞏回來了，急忙去探訪他。本來以爲他在嶺南受了那麼大的罪，不知道衰頹憔悴成什麼樣子了！沒想到，完全相反；王鞏滿面紅光，好像比過去還年輕！但他也承認：

「若不是柔奴陪著我，我也撐不過來。」

當年他貶嶺南，家裡的姬妾紛紛求去。堅持追隨陪他去嶺南同甘共苦的，就是能歌善舞的愛妾柔奴。他與蘇軾本是「通家之好」，蘇軾過去也見過柔奴，欣賞過她的歌舞。見到蘇軾，王鞏又喚柔奴出來，再爲蘇軾獻歌；唱他自己在嶺南作的詞。讓蘇軾驚異的是：不但最重養生的王鞏不老，柔奴竟也跟他一樣，嬌柔清麗如昔。五年的貶謫歲月和困苦的生活，都沒有在她身上留下痕跡。她依然青春美貌，而且更勝當年。

聽了她的歌，蘇軾問她：「柔奴！你姓什麼？是那裡人？」

柔奴回答：「柔奴姓宇文氏，是京師人。」

從繁華的京師，到窮荒的嶺南賓州；從當年高官厚祿人家的錦衣玉食，到窮鄉僻壤的粗茶淡飯！蘇軾爲之惻然。問：「嶺南風土如何？」

「四季皆夏，又溼又熱。」

「那就是瘴癘之氣了！難爲你在那麼不好的地方受苦。」

柔奴凝眸微笑：「陪著官人，此心安處，便是吾鄉！」

蘇軾望著柔奴，感動得不得了；這是何等深情，又是何等智慧！因而立時索取紙筆，爲柔奴寫下了〈定風波〉。並在前面寫了小序：

王定國歌兒柔奴，姓宇文氏。眉目娟麗，善應對，家住京師。定國南遷歸，余問柔：「廣南風土，應是不好？」柔對曰：「此心安處，便是吾鄉。」因為綴詞云。

王鞏與柔奴堅貞的愛情故事，也因而流傳。

春衫猶是，小蠻針線，曾溼西湖雨。（蘇軾、小蠻）

賀方回，是宋代詞人賀鑄的字。賀鑄的〈青玉案〉可以說他最著名的一闋詞，當時傳唱非常之廣：

凌波不過橫塘路，但目送，芳塵去。錦瑟年華誰與度？月橋花院，瑣窗朱戶，只有春知處。

飛雲冉冉蘅皐暮，彩筆新題斷腸句。若問閒情都幾許？一川煙草，滿城風絮，梅子黃時雨。

蘇軾也有一闋非常美的〈青玉案〉，這闋詞，有一個小題：〈和賀方回韻，送伯固歸吳中〉。序中的「伯固」，與他同宗，姓蘇名堅。算是他的晚輩朋友，也是一位詩人。他守杭州當太守的時候，蘇堅是他屬下的一個小官。

他十八年前，曾經擔任過杭州通判，由於他的親和愛民，並爲當時對百姓產生重大傷害的王安石新法，時有批判，使當地的士民百姓都非常愛戴他。因此，在他因這些詩文賈禍，下「烏臺獄」的時候，也坦然不懼，繼續支持他。到他因此而貶謫黃州，還一年兩度集資派人專程到黃州去探望他，並帶給他大量的杭州土產，給他精神和物質的支援，使他在窮愁困窘之中，非常感動。

十八年後，他以杭州太守的身分再來到杭州時，發現杭州正面臨著存廢興亡的嚴重危機：大半個西湖，都成了長滿雜草的淤泥葑田。杭州的地下水因爲靠海，是鹹苦的，不能當飲用水。一向靠竹管引四圍山上的山泉水，注入六個儲水池裡供民生飲用，稱「六井」。而六井因爲竹水管日久腐壞，也漸次廢壞；有發生飲水問題的危險。本來靠西湖水灌注來行舟的運河，現在因爲西湖本身爲葑田淤泥湮沒，只好取水於錢塘江潮。而江潮是夾泥帶沙的，過一陣就會把運河淤塞得無法行舟，危及百姓生計。

蘇軾是一個看不得民間疾苦的人，決定在他的任內，一定要把這幾個事關西湖存廢，杭州民生的嚴重問題解決。他多方的請教當地的父老和有識之士，商討解決的辦法，在詳細考量規劃後，修復「六井」，把引導山泉的竹管改爲瓦管，外面用土壓實穩固，則不會再產生竹管腐壞的問題。把西湖的葑田淤泥挖出來，利用這些淤泥，在湖中修築了一條從南山通到北山；現在稱爲「蘇堤」的長堤。堤中建了六座橋，以便湖水隔而不斷，方便橋上行人，橋下行舟。堤上則種了楊柳和木芙蓉（不是桃花），用以固堤，並美化環境。又疏濬了運河，隔絕江潮入河，使運河不再有淤塞之患。當時，對水利工程有獨到研究的蘇堅，就是爲他規劃他整治西湖、修復六井、疏濬運河最得力的幫手！

工程完成，蘇堅告辭，要回吳中（蘇州）去了。蘇軾對他的才情非常賞識，對他的正直誠懇的人品也非常欽敬，把他當作自己的子侄一般看待，因此格外依依不捨。特別在煥然一新的西湖爲他設宴送行。

蘇堅知道蘇軾對蘇州也很有感情；他不曾任官蘇州，卻十分喜歡蘇州的山水和風土人情。蘇州本來就是人文薈萃之地，他也有許多朋友在蘇州。蘇軾的故鄉雖然在四川眉山，入仕之後，只在父母亡故時，因「丁憂」回鄉守制。再度回到仕途之後，就只能隨著朝廷的任命東漂西泊；在制度上，官員是不會任命他在故鄉任職的，以防弊端。除非致仕退休，是沒有返鄉的機會了。反而對蘇州、杭州有著深厚的感情；對他來說，蘇州也像杭州一樣，有如第二故鄉。因此，蘇堅建議他：不妨計劃日後就在蘇州終老；事實上，他這一生也眞沒有再回四川。雖沒有在蘇州終老，卻在離蘇州不遠的陽羨（常州）買了田宅，最後，他的子孫們是落戶陽羨的！

談到蘇州時，蘇軾想起在十年前，他由杭州通判改官密州太守的時候，經過蘇州，曾寫過一闋〈阮郎歸〉：

一年三度過蘇台，清尊長是開。佳人相問苦相猜，這回來不來？　情未盡，老先催，人生真可咍。他年桃李阿誰栽，劉郎雙鬢衰。

一闋〈醉落魄〉：

蒼顏華髮，故山歸計何時決？舊交新貴音書絕。惟有佳人，猶作殷勤別。　離亭欲去歌聲咽，瀟瀟細雨涼吹頰。淚珠不用羅巾裛，彈在羅衣，圖得見時說。

由這兩闋詞，讓我們也知道：當年，蘇軾在蘇州，曾有一段若有若無的「舊情」難忘；臨別時，這位佳人還曾贈送給他一件親手縫製的衣服。

因此，他在送別之際，又爲喜歡賀鑄〈青玉案〉的蘇堅，寫了〈和賀方回韻，送伯固歸吳中〉的〈青玉案〉：

三年枕上吳中路，遣黃犬，隨君去。若到松江呼小渡，莫驚鴛鷺。四橋盡是，老子經行處！　輞川圖上看春暮，常記高人右丞句。作個歸期天定許，春衫猶是，小蠻針線，曾溼西湖雨！

在詞中，他寫下了對蘇州的眷念；甚至想學陸機一樣，派一隻黃狗，跟著蘇堅回去，給他蘇州的親朋好友們傳個平安信。這當然只能想想，於是，他叮囑蘇堅：到松江，呼渡過江的時候，不要驚嚇了那些棲息在江邊的水鳥，因爲，他們都是他的老朋友呀！而蘇州的四橋，也讓他念念難忘；他曾經多次的經過那兒！

在他的心目中，暮春的蘇州，美得像王維的輞川圖一樣。使他想起了王維那許多超塵脫俗的詩句。他許諾蘇堅：有一天，他要回蘇州去！這願望，上天應該也會答應吧？

而由這些對蘇州的懷念，他想起了贈他親手縫製衣服的「佳人」。他多麼希望那位佳人知道：這件衣服，一直跟著他。當他在杭州整治西湖的時候，這件還常穿在身上的衣服，也曾被西湖的雨水沾溼過！

「小蠻」是白居易以擅舞聞名的家妓，所謂：「櫻桃樊素口，楊柳小蠻腰」。由蘇軾這一闋〈青玉案〉，我們知道：這位「佳人」，想必也是一位能歌擅舞的歌妓；所以蘇軾稱她爲「小蠻」。唐、宋兩朝，「青樓」女子有宮妓、官妓、營妓、私妓、家妓之分。許多歌妓，都是列入教坊樂籍，是屬於官方的「官妓」。宋朝的制度，這些歌妓們有出席官員邀宴的義務，或歌舞助興，或侑酒勸觴。朝廷不禁官員跟這些歌妓們交遊應酬，詩詞贈答，談笑雅謔。但，也有「官箴」設限：除非她脫離了樂籍，不能與官守「及於亂」；那可是十分嚴重的罪名！而且制度上也「良賤不通婚」。因此，他們心裡都知道：兩人之間是不可能有什麼「結果」的。也可以說：不論蘇軾對她，或她對蘇軾，出發點都是很「純情」的。

蘇軾是個很重感情的人，小蠻贈他羅衫的時候，他自己只是個出道不太久的小官，養一大家人，生活相當艱窘，不可能對她有什麼承諾。但有人以這樣的深情對他，他一定會感念的。而當時的蘇軾已文名滿天下，家中也有妻兒。佳人贈衣之舉，當然不是無情，但也只是以此表達對他才華欽慕的成份居多；即使私心戀慕，也未必存什麼「非份之想」。

時間隔了那麼久，「小蠻」必然已經從良嫁人，甚至「綠葉成陰子滿枝」了。但，對蘇軾而言，這些都不是那麼重要。這樣淡淡卻又深深的情誼，卻讓蘇軾一直感念不忘。也讓我們在一千年後，在讀到「春衫猶是，小蠻針線，曾溼西湖雨」的時候，也深深感動。

後來事實也證明，他對蘇堅的賞識，眞是有「知人之明」。蘇軾後來倒楣到貶謫到當時的「南極」——海南島的儋耳時，蘇堅特地趕到南華（廣東韶州）去等著見他、送他。而「蘇門四學士」之一的黃庭堅，貶謫宜州（廣西宜州），死於貶所。也是蘇堅親赴嶺外迎靈，才得歸葬。風義如此，也怪不得蘇軾對他依依不捨了。

後世對他這闋〈青玉案〉的評價極高。的確！不僅是文詞的清豔，而且情深意摯，令人更縈心迴腸！

枕前淚共階前雨，隔個窗兒滴到明（聶勝瓊、李之問）

由於「女子無才便是德」的傳統觀念，幾千年來，中國的「才女」並不多。而有相當大比例的「才女」，出於「青樓」。因爲，古代的教育本來就不普及，就一般男人，都以不識字的人居多。除非出身在開明的書香家庭，有讓女子識字讀書的環境，一般人家的女孩子是沒有機會識字讀書的。而且，中國傳統觀念，認爲女孩子的「教育」，應該是在「操持家務」的範圍之內；在實務上，要學燒茶煮飯、刺繡裁衣，以便成爲「主中饋」的「主婦」。另一方面，要學待人接物的「人際關係」，懂得「敬上睦下」以便與公婆、姑叔、妯娌和樂相處。讀書？是不被認爲有「必要」的。甚至認爲那會讓女孩子因而心高氣傲，不服「管教」。就我們所了解：具「才女」之名，而有好歸宿、好境遇的，還眞不多！讓人覺得這種想法，似乎也不是完全沒有道理。但到底是因爲她們心高氣傲，無法與人相處。還是因爲她們具有獨立的思考、見解，不能像一般無知無識的女子，唯唯諾諾的順服，讓身邊的人因爲不了解，心生反感，而排斥她們？卻還是讓人存疑。

一般家庭的女子可以不讀書、不識字，「青樓女子」則不同。尤其，想要成為「名妓」，除了美麗的姿容之外，還得以「才藝」來博取「盛名」。這些名妓們，經常應邀參與酒宴，在杯觥交錯間，得隨時展現「詩書琴棋畫」的才藝。她們言談風雅，知情解意，卻不輕易「許身」；要能得到她們傾心，甘願以身相許，還相當不容易。而且，能讓她們傾心的，往往是才學之士，而不是財主富商。

「青樓女子」也有三六九等。上等賣藝，中等賣笑，下等才輕易「賣身」。有錢就「賣身」，在「青樓」是上不了台盤的。會被取笑：那是「身價」，而不是「聲價」。而且，許多青樓女子，也不輕易為金錢動心；當她們本身具有這樣高的才學修養與藝術品味的時候，自然眼界也養得很高。如果只是有錢，在她們看來，那只是「銅臭」十足的「俗客」，是得不到她們的垂青，真心接待的。

「賣藝」的必備條件，除了吹彈歌舞之外，琴棋書畫、詩詞歌賦都得涉獵。聲價高的名妓，更得具備高人一等的才藝造詣，甚至能與當代的名士、才子們應酬唱和。博得這些名士才子們的稱許讚美，贈以詩詞，為她們揚名。

這些名士們在酒邊筵前，彼此酬唱，即席吟詩、填詞是尋常的事。她們得有把這些「剛出爐」的新作拿到手，看兩遍就即席演唱的本領，因此一定得識字知書才能應付。在唐朝時，妓女的聲價與認識多少字，能唱些什麼當代詩人的作品是成正比的。據傳，有一位名妓就曾驕傲的說：「我能唱白樂天的〈長恨歌〉、〈琵琶行〉，豈是別人能相提並論的？」

宋代，以蘇軾為例，他常在宴席上被這些官妓、營妓們包圍，拿出她們的扇子或手帕、領巾請求題詩。有一則故事：

蘇東坡貶謫黃州的時候，雖然是「待罪之身」，但因為他的文名，時常被當地的官員邀請赴宴。歌妓們仰慕他的文名，也常會拿出身邊的扇子、手帕、領巾求詩。其中有一位歌妓李琪，人頗為美貌聰慧，知書達禮。也許心性內斂，不主動要求，因此雖然常參與宴會，也認識蘇軾，卻從沒得他的題詩。

到蘇軾接到皇帝下的手詔，將離開黃州赴汝州上任，太守為他餞行的時候，李琪知道再不求得墨寶，就永遠失之交臂了。於是在酒酣耳熱之際，取出領巾來拜求蘇軾題詩。蘇東坡注視了她一會兒，要她磨墨。她大喜，只見蘇軾在她的領巾上寫：

東坡七載黃州住，何事無言及李琪？

寫到這兒，有人過來跟他說話，他又忙著寒暄應酬去了。有位客人看到他題的兩句，笑他給李琪寫的兩句「太平常了，又沒寫完」。李琪也不知他到底打算如何品評她。到快散席的時候，再度拜請。他笑了起來：「哦！我幾乎忘了，你還沒出場呢！」

說著，提起筆來就往下寫：

恰似西川杜工部，海棠雖好不留詩！

結果滿座的人爲之擊節稱賞，李琪也因他一詩之褒，成爲當地最知名的紅歌妓了。在女子的詩詞選集中，很少有漏掉聶勝瓊〈鷓鴣天〉的。

聶勝瓊是宋代的一位汴京名妓。當時，有一位官員李之問，原官任滿，到汴京等候新的任命。與她相識之後，對她的容貌才情大爲傾倒，兩人可說是一見投緣，兩情相悅。等到新任命頒下，他也該走了。但他還是依依難捨，在聶勝瓊的挽留之下，又多住了一個多月。

他的妻子詫異：爲什麼新的任命下來那麼久了，他還不趕快回家接眷上任？來信相催。在這情況下，他眞不能不走了。聶勝瓊無可奈何，在汴京的「蓮花樓」爲他設宴餞別。兩情依依，聶勝瓊爲他唱出了王維的〈陽關曲〉：

渭城朝雨浥清塵，客舍青青柳色新。勸君更盡一杯酒，西出陽關無故人！

當然，他與王維送別的情況是不同的。但傷別的心境，卻是一樣。聶勝瓊歌聲哽咽，淚流滿面，卻也無法再留得住他了。

他走了之後，聶勝瓊茶不思飯不想，夜夜失眠，難以入夢。時逢雨季，窗外的雨聲瀟瀟，更添惆悵感傷。她是個多情又多才的女子，因此拿出了紙筆，塡了一闋〈鷓鴣天〉，寫下了自己的一往情深，與相思之苦。照著他的行程，把〈鷓鴣天〉寄給他。

他在半路上收到了聶勝瓊的詞箋，卻也無可奈何；他已有了妻室，他的經濟環境，雖然因爲進入仕途，不算太差。但還得養家活口，又何力爲像聶勝瓊這樣聲價的名妓贖身從良？所以，只能把這一葉詞箋收在自己的書箱底下，把這份感情埋藏在自己的心深處。

他回到家之後，悶悶不樂。他的妻子對他的強顏歡笑，感覺十分詫異；他升了品階，又回到了家，不是應該很高興的嗎？她是大家閨秀出身，也是讀書識字的。爲了找出原因，就去搜撿他的書箱。在箱底找到了一葉詩箋，上面題著〈鷓鴣天．寄李之問〉：

玉慘花愁出鳳城，蓮花樓下柳青青。尊前一唱陽關曲，別箇人人第五程。　尋好夢，夢難成，有誰知我此時情？枕前淚共階前雨，隔個窗兒滴到明。

下面的署名是「聶勝瓊」。她一看，心裡就明白了！他爲什麼遲遲不歸？他爲什麼悶悶不樂？她一再的讀著這一闋詞，感覺「我心戚戚」；這不也是他出門之後，她自己的心境嗎？憐才之心，油然而生。

她拿著這詞箋，去追問李之問。李之問看她已經把「證據」搜出來了，也只好坦白承認：他在京師，的確交了這一位出身青樓的「紅顏知己」聶勝瓊！

出於他意外的，妻子並沒有像一般妒婦大吵大鬧，反而拿出了她陪嫁的私房錢來，說：「看了她的詞『我見猶憐』！你就趕快爲她贖身從良，把她接回來吧！」

於是聶勝瓊有了青樓女子們最羨慕的歸宿；得以在李之問妻子的資助之下，脫籍從良，嫁給她所愛的人爲妾。這些名妓，大都是寧可嫁傾心的寒士爲妾，也不願嫁富商爲妻的！只是她們都不是自由之身；一則，她們的名字列入官方的「樂籍」，想要「從良」，必得官方同意，才能自樂籍中除名嫁人。另一方面，她們往往都是從小被「假母」買來的，都有一紙「賣身契」抓在假母手裡的。從小假母花了多少心血錢財調教培養，好不容易成了「名妓」，就等於是假母的「搖錢樹」。沒有一筆讓假母滿意的「贖身銀子」，假母怎麼會肯放手？

因此，大婦的包容和義舉，讓聶勝瓊非常感激！到了李家之後，洗淨鉛華，恭順地敬事大婦，專心一意做李家的侍妾，來報答她的包容與救拔之恩！

天遙地遠，萬水千山，知他故宮何處（宋徽宗）

裁翦冰綃，輕疊數重，冷淡胭脂勻注。新樣靚妝，豔溢香融，羞殺蕊珠宮女。易得凋零，更多少無情風雨！愁苦。問院落淒涼，幾番春暮？ 憑寄離恨重重，這雙燕，何曾會人言語！天遙地遠，萬水千山，知他故宮何處？怎不思量，除夢裡有時曾去。無據，和夢也新來不做。

在中國歷史上，有幾位皇帝，稱得上是「藝術家皇帝」：

第一名，應該是唐玄宗（李隆基）。他可說是音樂家兼戲劇家，並在後宮成立了「梨園」，親自培訓「演藝人員」，這些人被稱爲「梨園子弟」。所以，直到現在，他還被「梨園行」尊爲「祖師爺」。

第二名，是南唐後主（李煜），他最大的成就在於塡詞。「詞」，最初只是在民間歌樓酒坊演唱助興，以男女情愛爲主題，不「入流」的「曲子詞」。因爲先有曲，後有詞（照

「詞牌」的樂句寫詞），所以稱「塡詞」。在晚唐、五代文人參與創作之下，慢慢改頭換面，擺脫了市井的俚俗趣味，文字也日趨清新典雅。王國維《人間詞話》認爲：詞到李後主「眼界始大，感慨遂深」，使當初只稱「詩餘」的「詞」，在思想深度和感情境界上，都有了大幅的提昇。到了宋代，更因著當代文人、士子乃至官員大量的投入創作，終於成爲可與「唐詩」分庭抗禮的宋代主流文學「宋詞」。

第三名，就數到宋徽宗（趙佶）了，他的主要成就在書畫方面。他創了書法上的「瘦金體」，也擅長繪畫，尤工花鳥。成立了「畫院」；〈清明上河圖〉就是當年供奉畫院的畫家張擇端的作品。還「主導」編撰了一部登錄當時內府典藏畫作的譜錄《宣和畫譜》。除此之外，他也兼擅詩詞。但亡國後的作品，因怕有人告發他思念故國，不願「認命」的臣服金國，會被金帝迫害（眞是一報還一報！當年，李後主就因在詞作中流露「故國之思」，而被宋太宗賜「牽機藥」毒死的），因此大多燒掉了。只殘留了少數作品流傳。

巧合的是，他與南唐李後主兩人的身世、際遇都有非常多的相似之處。他們都出生於「帝王家」；從出世就「生於深宮之中，長於婦人之手」，不知民間疾苦。本來都輪不到他們繼位，卻在特殊機緣轉折下當了國君。他們都具有文學與藝術的天才，唯美浪漫，在文學與藝術領域中，都有非凡的成就。也都非常「迷信」宗教，到「兵臨城下」時，還相信「天兵天將」會來救援的「昏君」！最後也都成爲「亡國之君」，被俘到敵國，受盡折磨與羞辱而死！

相傳，他的父皇宋神宗（趙頊）曾經駕臨秘書省觀賞書畫。在看到李後主的畫像時，認爲他人物俊雅，再三嘆賞。元豐五年的端午節，夢見李後主前來拜謁。醒來後，聽說後宮生了一個皇子——他的第十一子，取名「趙佶」。因爲中國傳統上，認爲在五月五日出生是不吉祥的，因此，後來他對外「宣稱」他生於十月十日。封爲「端王」，後來他的哥哥宋哲宗駕崩，由他繼位，成爲後世的「宋徽宗」。

前人有個說法：他是李後主前來投胎報怨；蓄意要讓迫害他至死的宋朝「亡國」的。只是照此一說，先後兩次投胎，都當了亡國之君，都受盡淩辱迫害，也未免太悲慘了吧？

照中國的宗法制度，皇帝之位，原則上都是「以父傳子」。北宋卻兩度「以兄傳弟」；第一次，是宋太宗（趙光義）以弟弟的身分，繼承了哥哥宋太祖（趙匡胤）之位。那次傳位，表面上是因趙光義於建國有大功，而且太后一力主張。但許多史家認爲，宋太祖死因不明；因爲他當日白天還好好的，毫無病痛的徵兆，卻在半夜「暴崩」。在歷史上，也留下了「燭影斧聲」的疑案。

後世曾有人編了一齣《賀后罵殿》，演宋太宗登基之後，又逼死了太子趙德昭，被他的皇嫂賀氏皇后，在金殿上當著文武大臣，歷數罪狀痛罵的故事。戲很精彩，但不符合歷史；宋太祖的「孝惠皇后」賀氏，死得很早；她死的時候，宋朝還沒有開國呢！她是太祖趙匡胤的髮妻，因此，宋太祖在建國之後，追封她爲「皇后」。她爲太祖生的兒子趙德昭，是宋太祖的次子，在宋太宗「太平興國」四年時，被皇帝叔叔（趙光義）逼迫自殺。與他異母的四弟趙德芳，也於兩年後「病死」。但一直有史家認爲他們兄弟兩人都死得不明不白，暗指爲太宗所害。

在傳統戲劇中，趙德芳在「賀后罵殿」後，被他問心有愧的「叔皇」封爲「八賢王」（八千歲），一生正直忠義，大力支持國之忠良，還在「狸貓換太子」一案中協助包拯，主持正義。但這些故事，完全出於「虛構」，於史無據。宋朝的宗室親王稱「大王」，當時的確是有個「八大王」，但不是太祖之子趙德芳，而是太宗之子趙元儼。稱「八大王」，只是因他排行老八。

第二次，以兄傳弟，則是宋徽宗（趙佶）繼哥哥宋哲宗（趙煦）之位。哲宗幼年登基，由太皇太后高氏主持政事。在太皇太后薨逝之後，哲宗親政。二十四歲駕崩，無子。哲宗有好幾個弟弟，本來不一定輪得到當時封「端王」的趙佶繼位。弟弟中最年長的，是大寧郡王趙佖。但趙佖有眼疾，一隻眼失明，向太后認爲，他相貌上有缺陷，觀瞻不雅，不宜爲君。而提出了當年十九歲的「端王」趙佶。當時，大臣章惇立刻表示反對，理由是：

「端王輕佻，不可以君天下！」

他建議的人選，是哲宗的同母弟趙似。但向太后堅持要立端王趙佶，大臣也聲稱「聽太后處分」，無人能爭。

章惇在歷史形象上，是個頗有爭議的人，依附王安石，迫害「舊黨」不遺餘力。但他當時的確一言指出了趙佶性格上的重大缺失；「輕佻」之說，眞不算冤枉他。後世史家也認爲：若非當時向太后固執己見，歷史可能因而改寫；若傳的不是「胡作非爲」導致「天怒人怨」的趙佶，雖有金人在北方窺伺，或許宋朝還不至於發生「靖康之難」這樣天翻地覆的巨變，也不會亡得那麼快，又亡得那麼慘！雖然後來康王趙構南渡建立了「南宋」，但宋朝也等於是亡過一次了，而且是亡於趙佶之手；「靖康」雖是欽宗（趙桓）的年號，但那個已經糜爛到「神仙救不了」的爛攤子，卻是徽宗丟下來的。

宋徽宗這個皇帝，在歷代皇帝中，是以流連青樓，迷戀當代京師的第一名妓李師師出名的；可眞當得章惇所形容的「輕佻」二字！

當時，詞人周邦彥詞名甚著，汴京的名妓們都喜唱他作的新詞，也都慕名與他結交。當時，長安青樓名花中的「花魁」是李師師。她色藝雙絕，但以「冷豔」出名；喜著黑衣，素雅清麗。端莊高潔，不苟言笑。雖是青樓女子，卻不是有錢就能「買笑」，見到她面的！她不慕富貴，卻敬斯文，「蘇門四學士」之一的秦觀，是當代著名的詩人，曾贈詩：「看遍穎川花，不似師師好！」周邦彥與李師師，更可說是「才子佳人」，彼此愛慕。李師師有心許身嫁周邦彥，但當時妓女都列名「樂籍」，想要「從良」必得官府批准。而且也都有「假母」，像她這樣的「搖錢樹」，想要自由婚嫁，也得花上一大筆錢，才能買得自由之身！以周邦彥一個芝麻綠豆的九品小官，也無力「量珠爲聘」替她贖身。所以，兩人雖情投意合，卻無法成就良緣。但周邦彥還是因著李師師的垂青，得以常在她的香閨盤桓。

某次，他正在李師師的香閨談笑，聽說「官家」（宋朝臣民對皇帝的稱呼）微服私訪李師師。周邦彥一時躲避不及，只好藏在床底下。皇帝與李師師之間的酬答調笑，字字句句都傳入周邦彥的耳中。他當然很不是滋味。事後，他在大醉的情緒發洩中，在當時最著名的酒樓「樊樓」上，題下了一闋「繪聲繪影」的〈少年遊〉；寫的就是他耳聞目睹，皇帝跟李師師之間調情的細節。

并刀如水，吳鹽勝雪，纖手破新橙。錦幄初溫，獸煙不斷，相對坐調笙。　低聲問：向誰行宿？城上已三更。馬滑霜濃，不如休去，直是少人行。

就像現在當紅的「流行歌曲」一樣，向來周邦彥的新詞一出，就立時傳唱九城。更何況，他當時題詞的地方是酒樓，而且當時就由著名的歌姬申宜奴演唱，驚動了所有的酒客，包括了駙馬都尉王詵。皇帝也很快的，在到他姑父駙馬都尉府赴宴時，聽到了這一首新詞。

別人不知道詞中所寫的內情，皇帝可是「心知肚明」的！老羞成怒之下，本來準備嚴懲周邦彥。在李師師求情，並承諾以後不再與周邦彥來往後，才饒了他。

相傳，後宮后妃聽到此詞，問徽宗：「李師師到底有多美？」

他說：「若跟你們一樣的打扮，也許還不那麼明顯。若是大家都洗淨鉛華，穿著黑衣裳，就看出她的清豔絕俗了！」

向來皇帝有「後宮佳麗三千人」之說。而宋徽宗在退位時，「放出」的後宮宮女，就達六千之眾！就制度來說，這六千可能都還是未經臨幸的宮女；通常一經皇帝臨幸，就有了名位，大概也不會輕易放出宮了！相傳，當時留在後宮沒放出的，還有四千！可想而知，他有多麼的喜愛女色！

好文藝、喜美色，都還算是「人之常情」。但他還不僅於此！李後主有「佞佛」之名，他則崇信道教。在被稱爲「金門羽客」的道士們恭維奉承之下，上「道君教主」尊號，他也就自封爲道教的「教主」。宋朝制度，皇后被廢，則在宮中出家，稱「教主」。他好端端的自封爲原本屬於「廢后」的專屬名號「教主」，只能說他眞是沒個忌諱，也不嫌晦氣！

他即位之初，才十九歲，沒有兒女。想到哥哥哲宗無子的事，很爲「皇嗣」的問題擔心。因爲英宗（趙曙），就是因仁宗（趙禎）無嗣，而從宗室中簡擇入嗣的。哲宗（趙煦）也因無嗣而由他繼位。

他聽道士們說：汴京地處平原，所以皇嗣不廣。根據「風水」之說，如果在皇宮的「艮位」（東北角）堆一座山，以爲皇家園林，可以「廣皇嗣」（這倒似乎言而有徵；好色的趙佶，在宋亡之前，先後就生了三十一個兒子，三十四個女兒。相傳，到了胡地還又生了不少）。於是他大興土木，更在大臣與太監們想方設法的拍馬逢迎，推波助瀾之下，計劃滾雪球似的擴大。從江南，用一艘接一艘的大船，運送高達數丈的太湖石到汴京開封。光是征用拉縴的民伕，就數以千計。用這些千里迢迢運到開封的太湖石，堆砌成人工的「假山」。爲妝點園林，又搜羅民間的名花奇木，珍禽異獸，勒令上貢（《水滸傳》所謂的「花石綱」）。可想而知：有多少貪官酷吏，假此名目，向民間勒索壓榨，掠奪財物，使得民不聊生，更製造出多少「官逼民反」的問題！這些「猛於虎」的苛政，正是造成《水滸傳》中宋江等「賊眾」聚嘯於梁山泊「造反」的時代背景！

耗竭天下民力、財力，目的是在原本的平原上，爲皇帝堆砌起了一座皇家園林「艮嶽」。「艮嶽」的周長六里，面積約爲七百五十畝，高九十步（以唐代的標準，「一步」約一公尺半）。這位「藝術家皇帝」，本來就工繪山水花鳥。便以他腦海中的山水、園林爲藍圖，創造出自古以來前所未有，美如仙境的「皇家園林」；疊石爲山，鑿地爲池，亭台樓閣、名花奇木、珍禽異獸，無不羅致其中。全不顧內憂外患，民窮財盡，只管竭天下之財，爲一己享受。也因此爲宋朝埋下了亡國之禍；就這一點而言，李後主在梅花林中安置紅羅小亭，與小周后卿卿我我的風雅情趣，可眞太「小兒科」了！

他一心享樂，把國政交在逢迎他的佞臣手中。其中之最，被民間稱為「六賊」的有：蔡京、童貫，王黼、梁師成、李邦彥，朱勔；《水滸傳》中著名的大壞蛋高俅，都還是「小角色」，不夠列名其中的資格呢！

他們逢迎皇帝，魚肉百姓，欺下瞞上的一手遮天。又貪瀆弄權，迫害異己。當時的宰相蔡京，甚至慫恿皇帝，把從司馬光起，所有認同舊黨，反對新法的三百零九個人，都刻上名字「示眾」，稱「元祐黨籍碑」（又稱「黨人碑」）；碑上方的「元祐黨籍」四字，是宋徽宗的御筆。內文則是蔡京自己寫的，立碑的目的，在於告訴天下百姓：這些人都是「奸邪」！京師及各州縣，都奉命刻「黨人碑」放在通衢大道上，讓天下百姓都看得到，並「唾棄」這些列入「黑名單」的「奸邪」。

不料，得到的卻是「反效果」：百姓們才是最了解事實真相的人，因為他們曾在不同的人「執政」時，身受其惠，或身受其害。因此，他們也是最公正的仲裁與評論者。而當時的百姓，都認為這些列入「黨人碑」的舊黨官員，都是愛國愛民的「忠良賢臣」！當時掌權執政的新黨權貴，才是「奸佞」！甚至有石工奉令刻碑，卻拒絕照例在石碑上刻自己的名字，表示他們的不認同，不想沾邊。而這些「黨人」的子弟們，雖受迫害，甚至不許留在京城，不許參加科考。但他們還是以自己的父兄列入「黨人碑」為榮。甚至在天上星變（出現彗星；古人視為災變的不祥徵兆）示警，皇帝和這些奸佞都害怕了，毀黨人碑，解除禁令之後，這些「黨人」子孫後代，還復刻「黨人碑」，引以爲榮！

當時因「官逼民反」，到處「民變」；最有名的就是「梁山泊」。除了這些內憂，北方還有遼、金、西夏等外患環伺。因爲這些北方民族，彼此之間也時有戰爭。這些自以爲有機可趁的佞臣，還想要小聰明，搞小動作；拉這國，打那國的從中取利。又反反覆覆，不守盟約。這些作爲，使得當時北方的遼、金、西夏都恨之入骨。

就在這段期間，出現了一些預言或詩讖，後來竟一一應驗：

宣和元年，道士告訴皇帝：道觀中有「金芝（金色靈芝）生」，他命駕到道觀中觀賞，然後臨幸宰相蔡京家。君臣都爲有「祥瑞」之名的「金芝生」十分興奮。蔡京先作詩，徽宗即席賜和：

> 道德方今喜造興，萬邦從化本天成。定知金帝來為主，不待春風便發生。

詩中頭兩句，指「道家」興旺，德化萬邦。「秋」的主神原稱「白帝」。但因秋風起自「西方」，在陰陽五行之說中，西方屬「金」，因此，又稱秋風爲「金風」，秋日之主爲「金帝」。

在他當皇帝的第二十五年（宣和七年），中秋節賞月時，作過一副對聯：「日射晚霞金世界，月臨天宇玉乾坤。」

當年，金人就開始大舉攻打宋了。在宣和七年冬，十二月二十五日攻陷了汴京城。當時，時序還不到「立春」。眞應驗了：「定知『金帝』來為主，『不待春風』便發生」的詩讖，也果然是「日射晚霞『金世界』」了。後來他被俘並安置在「五國城」（黑龍江省依蘭縣）那冰天雪地的地方。用「月臨天宇『玉乾坤』」形容，也相當「寫實」吧？

他在情勢緊急之際，連忙把帝位禪讓給兒子趙桓。有一說，原因是皇帝的目標太大。太上皇則尊榮照享，但情況緊急時，「落跑」容易；所以，到事態緊急的時候，他就硬把這爛攤子丟給了兒子。

他退位之後，迷信不改，還是常召道士，或民間能預言吉凶的人入宮說法、卜卦。有一個姓孫的，是個賣魚的小販，人家都喊他「孫賣魚」。他聽說「孫賣魚」說出的事常應驗，也將他羅致入宮。有一天，宋徽宗跟道士們談得太久了，感覺有些餓。「孫賣魚」從懷裡掏出一個蒸餅來，說：「官家餓了，就吃點蒸餅當點心吧！」

錦衣玉食慣了的他，怎麼肯吃這粗糲的民間粗食？孫賣魚卻笑道：

「吃吧！以後能有這個吃，都是難得的了！」

這些詩讖、預言竟一一成眞。他的〈燕山亭．北行見杏花〉：

……天遙地遠，萬水千山，知他故宮何處？怎不思量，除夢裡有時曾去。無據，和夢也新來不做。

這只是他「苦難」的開始；當時，他和被俘宋朝皇家「趙氏」的鳳子龍孫們，還在半路上；「苦」的日子，還在後面呢！

他們到了「虜庭」，金國皇帝以「勝國」之君，在「上京」會寧府（今哈爾濱）行獻俘受降的「牽羊禮」。當年南唐李後主被俘後，是「白衣紗帽」待罪於「明德樓」下。而如今，金國皇帝如法炮製，而且更加羞辱：叫他和隨行的千餘宗室，赤裸上身，披著羊皮，朝拜「金帝」金太宗（完顏吳乞買）。當此之際，他大概會想起一個場景：

御花園宮樹下，曾掘出巨大的茯苓，上千的人形茯苓聚生，褐色的外皮上，還長著短毛。他曾視爲吉兆，將這些茯苓分賜宗室。而如今，這些隨著他跪伏於「虜庭」，數以千計披著羊皮的趙氏皇族宗室，正像那一大塊叢生的人形茯苓……

他被金太宗封爲「昏德公」。比李後主當年被封爲「違命侯」更加不堪。那時雖尚未「蓋棺」，這一「封號」，也可眞說是對他當皇帝時的作爲，作了一針見血「誅心」定論！

而他的文才，和自創的書法「瘦金體」，在他的餘生，也只能在「金帝」賜點什麼東西給他的時候，用來寫卑躬屈膝、感恩戴德的「謝表」了。

三十功名塵與土，八千里路雲和月（岳飛）

中國人幾乎沒有人不知道：宋朝有位母親在他背上刺著「精忠報國」四字，期勉他爲國效命。「靖康之難」後，對抗金兵，屢戰屢勝。一心爲國家雪恥，爲百姓復仇，並迎回「二聖」（宋徽宗趙佶、宋欽宗趙桓）。後來卻被奸臣秦檜所害，冤死在「風波亭」的忠臣岳飛。也都讀過或唱過他充滿慷慨激昂，鬱勃忠憤之氣的〈滿江紅〉：

> 怒髮衝冠，憑欄處，瀟瀟雨歇。抬望眼，仰天長嘯，壯懷激烈。三十功名塵與土，八千里路雲和月。莫等閒白了少年頭，空悲切！　靖康恥，猶未雪！臣子恨，何時滅？駕長車，踏破賀蘭山缺。壯志飢餐胡虜肉。笑談渴飲匈奴血。待從頭收拾舊山河，朝天闕！

岳飛，相州湯陰（河南湯陰）人。因爲他出生的時候，有大鳥如鵬，在他家屋頂上盤旋飛鳴，他的父親因而給他命名爲「飛」，字「鵬舉」。他還沒滿月，黃河潰堤。他的母親姚氏，抱著他坐於大缸中飄浮，而得免於溺水。

他的父親務農，是個忠厚而善良的人。家中並不富有，卻不與人爭，常濟助窮苦鄉民。出身「耕讀世家」的他，小時候沉默寡言，喜愛讀書。特別喜歡讀《左傳》和《孫子兵法》。又天生勇力，還沒成年，就能挽三百石的強弓。跟著當時著名的射箭高手周同學射，不久就學會了所有的本領。周同死後，他每個月的朔（初一）望（十五）都為周同設祭。他這份感恩念舊之心，使他的父親很欣慰。對他說：

「你日後若能為國家所用，一定會是個忠於國家，不惜赴義，為國捐軀的忠臣！」

他好武，又時逢亂世，因此投軍報國，出身於行伍。後來隸屬於開封府留守宗澤麾下，屢建戰功。宗澤看出他作戰的優長與缺失，對他說：

「你的智勇雙全，古代名將也不過如此了。但你太好野戰，不能計出萬全，是很危險的。」

於是親自教他如何行軍佈陣。他對宗澤說明他的見解：「先佈陣的戰法，是一般的常態。但有時也要看當時的情況決定戰略；運用之道，是存乎一心的！」

這個說法，也得到宗澤的認同。

「靖康之難」時，太上皇趙佶（徽宗）、皇帝趙桓（欽宗）雙雙被金人俘虜。數以千計的宗室諸王、皇子、皇孫，后妃、帝姬（公主）分乘八百多輛的牛車，被驅策到漠北的「五國城」（今黑龍江依蘭縣）。

當時，封為「康王」的皇子趙構正巧領兵在外，不在京師，因而逃過一劫。康王輾轉逃到了江南，文臣武將以「國不可一日無君」，推戴他自立登基，並改元「建炎」。

當時，岳飛只是一個小軍官，卻上書建議皇帝：應該趁著金人在北方根基尚未穩定，率領兵馬，渡江親征。士氣必然大振，則中原可復。大概那時一路被追趕，好不容易逃出虎口的趙構，已被金兵嚇破了膽，那肯再往虎口裡送！所以結果是：以「越級言事」為罪名，讓岳飛罷官而歸！

雖然罷官，他還是心繫國家安危，再度投效軍旅。幾經周折，又歸於宗澤麾下。但不幸，不久之後宗澤就死了。宗澤死的前一天，長嘆吟出杜甫〈詠懷古蹟〉五首中為諸葛亮寫的詩句：「出師未捷身先死，長使英雄淚滿襟！」

第二天，風雨大作。宗澤臨終，完全沒有交代家務事，只連呼了三聲：「渡河！渡河！渡河！」齎志而歿。

宗澤死後，由杜充接任。杜充不但沒有宗澤的韜略，也沒有宗澤的愛國情操，一味退縮，不肯進取。岳飛在處處掣肘之下，還是屢次取勝。對他說：「中原的土地，我們一分一寸都不能退讓。現在腳跟一動，土地就不是我們的，再想取回可就難了！」

杜充不聽；不久之後，他就乾脆投降金人了。諸將沒了節制，成了亂兵，到處搶掠百姓。只有岳飛的軍紀嚴明，所到之處，秋毫無犯。即使是餓著肚子，也不願擾民。許多原先已被金人收編的漢人，都知道有這麼一位愛國愛民的將領，因感恩戴德，而稱他為「岳爺爺」，一有機會就向他投誠。

金兵渡江南下，進攻常州、鎮江，都被他擊退，又收復了建康（今南京）。他上書建議皇帝：要在建康布置重兵固守，並且一定要守住淮河防線。高宗嘉納其言。金兀朮因戰事不利退兵，他一路進擊，漸次收復了山東、河北、河東，向京畿逼進。

名將張浚向皇帝推薦岳飛可以重用，他也果然也不負期望。他的主要戰功，還不僅是對抗金人。事實上，南宋退守江南之後，因為國家遭難，民生凋敝，盜賊四起；根據歷史的記載，稱當時「盜賊如麻」！有些竟能聚集十萬人眾，騷擾地方。他常奉命征剿。有一次，賊勢猖獗，他先設下埋伏，以兩百騎兵誘敵。賊兵欺他兵少，追近時，伏兵突起。他派人在陣前大喊：「願歸降的人就地坐下，我不殺你們！」

當場坐下歸降的，竟達八萬餘人！

他因平亂，建了許多戰功。許多地方受到騷擾，都向他求救。有時他率兵趕到，根本還沒打，賊兵看到他的「岳」字旗幟，就相顧失色，逃之夭夭了。因而平定了無數內亂。

他領兵渡江，對抗金兵，也是連戰皆捷，一路收復了許多州郡城鎮。皇帝當然大喜，還親自寫了「精忠岳飛」四字賜給他！他入朝面聖的時候，又加封「太尉」，他也面奏恢復中原的戰略。高宗對他說：「我有你這樣的忠臣，還有什麼可憂慮的？你在軍中要進要退，可隨機處置，我不會從中制止。」

又說：「中興的事，全都交給你了！」

因此，「岳家軍」的旗幟，除了「岳」字旗，又加上「精忠」旗！

像這樣的「君臣恩義」，是什麼時候逆轉的呢？就是從原本被金人俘虜的御史中丞秦檜，號稱「逃出虎口」，回到南宋，受到宋高宗重用開始。

事實上，他根本不是「逃」回南方的。而是被金方蓄意放回，利用他來倡議「和談」。一開始，他的意見並沒有被接納，甚至還被彈劾下台。在宋朝將士用命，一直有所斬獲的情況下，燕京以南，金的號令已不能讓軍民遵行了！金人甚至商議，願意把中原和陝西都歸還給宋，可見當時情勢是對大宋是相當有利的。岳飛也勉勵屬下：「我們要直搗黃龍，在那兒痛飲慶功！」

事實上，在那一段時間，岳飛展現了他無比的軍威；金國的太子完顏宗弼以「拐子馬」在朱仙鎮與岳飛對戰，被岳飛殺得大敗。宗弼本對他的「拐子馬」大軍信心十足；「拐子馬」可以說從沒嘗過敗績。卻沒想到被岳飛破了。因而非常傷心，準備棄守汴京。有一個書生攔住他的馬頭，對他說：「太子慢走！自古以來，沒有權臣在內掣肘，大將還能立軍功於外的！岳飛自己恐怕都不免於『功高震主』遭皇帝疑忌而死，又怎麼可能成功呢！」

經這「漢奸」的提醒，使整個局勢逆轉；金人發現：打不過岳飛，但可以從宋朝內部的昏君、權臣下手，殺掉岳飛！

金人原本曾在北方立了劉豫爲「齊帝」，想「以漢治漢」。後來發現，劉豫非常不得人心。跟宋兵作戰，又屢戰屢敗，沒有利用價值，於是把他廢了。正當此時，金人發現了宋高宗有個說不出口的「心病」：其實，他並不怕劉豫在北方稱帝；他一再宣稱那是「僞政權」，也口口聲聲的喊著要「恢復中原」！他眞正怕的，甚至也不是「大金」；因爲各方勤王兵馬的反攻，一再奏捷。而且金人也發現：深入江南，對他們並不利；北方胡人，在南方有嚴重的「水土不服」問題。使他們了解：他們是無法眞正的佔領統治江南的。而且岳飛一直在打勝仗，他們已無力南犯，對南宋，可說已沒有太大的威脅了。

那，趙構眞正怕的是什麼呢？是他的哥哥趙桓！因爲他是自己在南方「自立稱帝」。而跟著「太上皇」趙佶一起被俘的哥哥趙桓，卻是他的父皇趙佶親自傳位的！所以，趙桓才是宋朝「正統」的皇帝！

就在這時候，岳飛又有大破「拐子馬」的捷報傳來。岳飛是一心要「直搗黃龍」，秦檜卻勸高宗「趁勝議和」！宋高宗當然是樂意讓岳飛爲他平定內亂，爲他北伐中原的。但岳飛是個耿直而忠義的人，不知道自己「迎回二聖」的口號，讓宋高宗心裡有說不出的痛恨和恐懼！當時，他的父親趙佶已在紹興五年死於「五國城」了，要迎回，也只是靈柩。但如果岳飛眞打敗了金國，迎回了他還活著的哥哥趙桓，那，他何以自處？這糾結的「幽暗私心」，他說不出口，金人與秦檜卻洞如觀火。所以，當秦檜倡議「議和」，而金人也威脅：如果他不同意，就要在北方立他的哥哥爲皇帝；看誰是「正統」，誰是「僞政權」的情況下，他心虛了；也才會有連下「十二道金牌」召岳飛班師回朝之舉。

岳飛眞正可說是身經百戰，而且連戰皆捷！當他看到連續而來的十二道金牌，知道朝廷已下定了決心議和，不允許他抗命了。他流著淚，對攔著他的馬頭，求他不要走的百姓說：

「費了十年之力取得的戰果，要毀於一旦了！」

果然！他班師之後，馬上黃河以南又淪於金國之手！

岳飛回臨安之後，宋高宗立刻給了他一個「少保」和「樞密副使」的虛銜，解除了他的兵權，不再讓他領兵。

完顏宗弼得到了那書生的提示後，致書秦檜：

「你們一直說要議和，但岳飛卻一心一意要圖謀河北。一定得殺了他，議和才能達成！」

不僅如此，金國還威脅宋高宗趙構：「再拖下去，我們就要讓你哥哥趙桓復位了！」

於是，秦檜的黨徒們，出面誣告岳飛謀反。又誣告他不甘兵權被奪，要屬下張憲據襄陽叛變。宋紹興十一年十月，岳飛被捕下獄。因爲查不出證據來，一直拖到十二月也不能定讞。後來秦檜傳了一張紙條入獄，當晚岳飛就被絞死在風波亭了。他的兒子岳雲、部下張憲同時遇害。他的女兒銀瓶，聽說父親冤死，也投井殉父了。

韓世忠聽說了這消息，質問秦檜：「岳飛有什麼必死的罪名？」

秦檜實在答不出來，就含混的說了一句：「莫須有。」

意思是「說不定有」。

韓世忠厲聲指責：「『莫須有』何以服天下人心？」

秦檜也無言可答。事實上，當岳飛被害的消息傳出，當時就「天下冤之」，百姓都爲他悲痛哀悼。甚至金國來使，問岳飛是怎麼死的？奉命陪伴使臣的館伴回答說：「謀反」。連金國使臣都不相信！而且認爲這是宋朝「自毀長城」！

大家當然都讀過〈滿江紅〉。其實岳飛還有另一闋詞〈小重山〉，寫在議和之說興起，他開始感受到處處掣肘的壓力的時候：

> 昨夜寒蛩不住鳴，驚回千里夢，已三更。起來獨自繞階行，人悄悄，簾外月朧明。白首為功名，舊山松竹老，阻歸程。欲將心事付瑤琴，知音少，絃斷有誰聽？

宋高宗的獨子早夭，無人繼位。後來在宗室中，挑選了「宋太祖」嫡系裔孫趙昚（伯琮）立爲儲君；其實，宋高宗自己本身是「宋太宗」一脈的直系子孫，至此，才又歸宗於「太祖」嫡系。而且，他也並沒有遵照一般傳統「死後傳位」，而是自己退位，把帝位讓給這位千挑百選出來的養子趙昚（宋孝宗）。趙昚即位後，當即爲岳飛復官平反；平反時，距他遇害已二十一年了！那時，宋高宗還是以「太上皇」的身分在幕後把持國政。宋孝宗「敢」於爲岳飛「平反」，必然也是得到宋高宗的支持與認同的；或許，他自己也在金人得寸進尺，予取予求的壓力之下，爲當年殺岳飛的事後悔了吧？

到了淳熙六年，又賜給岳飛「武穆」的諡號。並懸賞找到當年同情他的獄吏偷偷埋葬，並做了記號的遺骨，爲他遷葬到現在的「岳王墓」。寧宗嘉泰四年，更追封岳飛爲「鄂王」。

當眞相大白，岳飛雖死，而英烈不泯，成爲百姓心目中的「武聖」戰神！現代人都以爲「關羽」是「武聖」，其實那是因爲在清太宗皇太極自定國號爲「清」之前，原來的國號是「後金」；事實上，「後金」與岳飛所對抗的「前金」都屬「女眞」族。清朝入主中原後，不想讓漢人因著岳飛抗「金」，影響對與「金」同一血源「大清」的觀感，才刻意打壓岳飛，以「桃園結義」強調「滿漢一家」。刻意抬舉關羽，才「製造」出來的！

關羽對劉備固然說得上是「忠義」，但本身可議的性格瑕疵太多。甚至，就因爲他的驕狂傲慢與剛愎自用，破壞了與東吳之間的同盟，使雙方因而反目。不但把自己陷入進退失據，敗走麥城的死亡陷阱之中，也造成蜀漢傾危的嚴重後果；蜀漢自此而一蹶不振。由此看來，不論是忠愛國家，英勇善戰，與「安邦定國」的貢獻，關羽都是無法與岳飛相比的。若不是因著清朝蓄意鼓吹，「武聖」的尊榮也是輪不到他的！

秦檜則不僅自己遺臭萬年，甚至遺羞子孫。清代有個杭州撫台姓秦，有一天他到岳王廟，先看到岳王廟中香火鼎盛，百姓們爭相稱揚祭拜。又到岳飛墓前，看到秦檜夫婦的跪像，百姓們百般指罵羞辱，爲之百感交集。當即作了一副對聯：「人從宋後少名檜；我到墓前愧姓秦。」

岳飛墓上還有一副對聯，是清代一位姓徐的女子寫的：「青山有幸埋忠骨；白鐵無辜鑄佞臣。」

也寫出了千古以來，來到這兒的人，回想這段歷史時的心聲。

中國人自古以來，受制於「爲君親諱」（避免提皇帝和尊長的過失）的傳統，使許多的眞相無法呈現。就像殺岳飛一事，只能歸咎於秦檜。秦檜當然是可惡的奸臣，也想殺他。但眞正殺他的人，卻不是秦檜，而是宋高宗！當時的人不敢質疑，也不敢明說。但在後世人的追究之下，卻眞相漸明。明朝著名的畫家文徵明也有一闋〈滿江紅〉，就毫不隱諱的，直指宋高宗才是殺害岳飛眞正的兇手：

拂拭殘碑，敕飛字依然堪讀。慨當初，倚飛何重，後來何酷！果是功成身合死，可憐事去言難贖：最無辜堪恨更堪悲，風波獄！　豈不念，中原蹙；豈不恤，徽欽辱？但徽欽既返，此身何屬？千古休談南渡錯，當時自怕中原復。笑區區一檜亦何能？逢其欲！

他直指：宋高宗擔心「徽欽既返，此身何屬」，才是岳飛眞正的死因！秦檜不過是逢迎他的幽暗之心罷了。他爲了自己的私心，不惜拿大好江山當陪葬品，眞讓人無言以對！

若得山花插滿頭，莫問奴歸處（唐與正、嚴蕊）

宋朝制度，政府有「官妓」，軍中有「營妓」，這些青樓女子，都需要登記列入「樂籍」；等於取得「營業執照」。直到得到官府允許除籍「從良」，才許自由婚嫁。

而且，宋朝還有一種很特別的傳統：在新「太守」到任之前，這些隸屬「樂籍」的歌妓們，就會出發到前一站去迎接新太守到任。官府中的宴會，這些歌妓們都要聽候差遣，到場侑酒獻藝，以娛嘉賓。平素官員們與這些青樓歌妓們往來談笑酬唱，也都是當代風氣所允許的。但不可以「及於濫」；也就是說，當她們還在「樂籍」的時候，不可以發生男女關係。如果違犯，那是有辱「官箴」，罪名很重的。

宋朝的文風很盛，許多青樓名妓，不但精於琴棋書畫、音律歌舞等才藝，而且雅擅文詞，能與官員或文士們即席應和酬唱；她們甚至能以文采出眾贏得聲譽，博得很高的「聲價」，爲士林欽重。

南宋孝宗時，浙江有位台州太守唐與正（字仲友），本身就是一位擅長詩文的官員。他流傳的詩並不很多，但作品中，詠〈蠟梅〉的絕句就有十五首；雖然是和另一位詩人陳天予一組《蠟梅詩》的原韻，但古人多「以詩言志」，其中自然可能有所寄託。由此，也頗能了解他的爲人與心性，也可以說他是以開在冬天的蠟梅自許的。而他另有一首七言律詩，也是詠〈蠟梅〉：

凌寒不獨早梅芳，玉豔更為一樣粧。懶著霓裳貪野服，自然仙骨有天香。輕明最是宜風日，冷淡從來傲雪霜。欲識清奇無盡處，中間深佩紫羅囊。

他擔任台州太守時，台州有位名妓，姓嚴名蕊，字幼芳。她琴棋歌舞、絲竹書畫無一不能，也無一不精，是當地聲價第一的名妓；所謂的「仕女班頭」。

唐仲友曾經在春日宴會中，指著瓶中插的紅白桃花，命嚴蕊即席吟詠。她立時就吟唱出了一闋〈如夢令〉回應：

道是梨花不是，道是杏花不是。紅紅與白白，另是東風情味。曾記，曾記，人在武陵微醉。

梨花色白，杏花色紅，這是眾所周知的。她先提出這兩種花，點出題目中的「紅」與「白」。然後說「不是」；既不是梨花，也不是杏花。最後用〈桃花源記〉的典故，指出這紅紅白白的是「桃花」，可知她不但有文采，還有捷才，眞不是虛有其名。唐仲友爲之大喜，立時命人取出兩匹絲絹賞給她。當有朋友到台州，都要「獻寶」，介紹這位他認爲能爲台州增色的名妓。

唐仲友的個性疏放，不拘小節。有時說話不免太率直，得罪人而不自知。有一次，他的一位詞人朋友陳亮到台州訪問，他非常高興，竭誠招待，當然也表示要爲他設宴洗塵，請嚴蕊參加。陳亮卻表示：他對嚴蕊不感興趣，所喜歡的是當地排名第二的名妓趙娟。原來，他在唐仲友沒上任的時候，就到過台州，也見過嚴蕊。卻在嚴蕊面前碰了一鼻子灰！

當時，他請嚴蕊即席演唱他自覺得意的詞〈水龍吟〉。不料，嚴蕊卻諷刺他不時放言高論「恢復之志」，並以此博取了盛名。所作的詞卻纖弱柔靡「不類其人」。而且，嚴蕊當時沒有唱他的詞，唱的卻是另一位愛國詞人張孝祥所作，充滿忠憤愛國情操的〈六州歌頭〉，讓他相當難堪。而另一位名妓趙娟，則對他非常恭維，表示是他的仰慕者，不待他提出要求，就演唱了他的另一闋名作〈思佳客〉，總算爲他扳回了一點面子。他這一次到台州，名義上是訪唐仲友。實際上，主要的目的，在與趙娟重敘舊情。

唐仲友知道他喜歡的是趙娟，倒也願意成全，讓這位名妓「從良」，嫁給他爲妾。但經過私下了解：才知道這位趙娟其實重視的是「有貝」之「財貨」，而並不是「無貝」的「才華」。她恭維陳亮，也不過是因爲當時陳亮的名氣很大，可以爲她增光。若說婚嫁，那又另當別論。她甚至明言，她是不能「食貧」過窮日子的，要嫁，就要嫁入豪門。而陳亮家裡並不富裕，甚至他與趙娟來往的開銷，都還得靠唐仲友背後支援。

當唐仲友有了這一番了解，就好意勸陳亮：不要沉迷聲色，在沒有眞心的人身上浪擲金錢與感情。而那趙娟在聽說這位「恩客」原來是個「空殼子」，態度也立刻就冷淡了。陳亮不怪趙娟認財不認人，卻怪唐仲友扯他後腿。一怒之下，就跑到當時唐仲友的頂頭上司朱熹那裡去告狀。朱熹是個道學先生，本來就和才氣縱橫，率性豪邁的唐仲友氣味不投。陳亮又從旁搧火，說：「唐某說：你的文章，連台州的營妓嚴蕊都比不上！」

朱熹這個「道學先生」，對這些青樓女子是看不起的。聽說唐仲友不但把他比青樓妓女，還說他「比不上」！這一下可把朱熹氣壞了！就不斷的搜剔罪名訐告他。偏偏唐仲友雖然詩酒風流，卻不但能幹，也很勤政愛民，是個官聲良好的官員。爲了「公報私仇」，朱熹就行文到當地刑台，以唐仲友與嚴蕊之間有「曖昧關係」，有辱「官箴」爲罪名，要他「嚴審」。可想而知：若是唐仲友眞的有虧職守，還需要用這種不入流的手段嗎？

刑台爲了討好「上官」，立時派人把嚴蕊抓來，逼她承認與唐仲友之間發生過曖昧關係。嚴蕊不肯承認，他下令「動刑」，又把一身刑傷的她關進了監獄。老獄吏見多識廣，知道他們「動刑」的目的，根本不是爲了尋求事實眞相，而是爲了從嚴蕊口中取供，陷害唐仲友！心中不忍，勸她說：「刑台承命取供，你不肯招，他們是不會放過你的。你一個嬌滴滴的女子，又何必白受這些罪呢？」

嚴蕊流淚道：「我不過是個低賤的風塵妓女，就算是跟太守有濫，也罪不至死。但有就是有，沒有就是沒有，怎麼可以因爲受刑，就誣攀無辜的士大夫？唐大人是個愛民如子的好官，我就算死，也不能冤枉唐大人！」

奉命取供的刑台聽說了，更是大怒。再度提審，嚴刑逼供。竟把一個如花似玉的嬌弱女子打得體無完膚。但她還是不肯「屈打成招」的「咬」唐仲友。這一來，卻激起了台州士民百姓的公憤；本來唐仲友就很受到百姓的愛戴。嚴蕊的才情，也深受當地士民的肯定。尤其知道她因爲不肯誣攀唐仲友，竟寧願承受如此非刑拷打，眞可說是「風塵俠女」的作爲！就爲她到處鳴冤，說朱熹「酷逼娼流」以誣陷唐仲友。以致於風波越鬧越大。最後，這案子竟鬧到了皇帝面前去了。皇帝也覺得這事可疑；「酷逼娼流」已然太不入流，竟然這「娼流」竟堅毅剛烈到寧受酷逼，也不肯屈招！讓他們使盡了非刑，還達不到目的，實在太丟臉了！嘆氣說：「這嚴蕊雖然出身風塵，卻眞是心性剛烈！就像被大石頭壓住的筍子，斜著生長，也要從石頭底下冒出頭來，成長爲竹呀！」

命宰相想辦法解決。宰相了解：這根本就是朱熹跟唐仲友賭氣，才牽累了嚴蕊。就釜底抽薪，把朱熹調職，另命岳霖審理此案。

岳霖是岳飛的後代，爲人正直。他早聽說這件事，認爲根本就是朱熹意氣用事的冤案，對嚴蕊非常同情。審案時和顏悅色，命她作一闋詞來作自我陳述。

她當即口占了一闋〈卜算子〉：

不是愛風塵，似被前緣誤。花落花開自有時，總賴東君主。　去也終須去，住也如何住？若得山花插滿頭，莫問奴歸處！

岳霖聽了大爲感動，也了解她的心意：不想再在青樓迎來送往了。當即判決：嚴蕊從良！脫離樂籍，許她自由婚嫁。

她出了獄，回家養傷。當地人對她都非常感佩，認爲她是「俠妓」。雖然她脫離了樂籍，成爲自由之身，名氣卻更大了。不僅在台州，甚至整個南宋，都享有一時無兩的聲譽。常有當地士紳去探望慰問，對她十分禮遇敬重。

當時，有一位宗室，與妻子非常恩愛。妻子死後，一直抑鬱不樂，也不肯再娶。聽說了她的故事，十分欽佩她的正直俠義，特地到台州去探望她。相談之下，十分投緣。但以他的「宗室」身分，不可能娶曾爲營妓的嚴蕊爲正妻，只能納她爲妾。皇帝聽說了，也欣然贊同，還很高興地說：

「反正你也不打算再娶了，妻也好、妾也好，反正就她一個，還不都一樣！」的確！嚴蕊是府中唯一的妾，事實上，也與正室夫人無異了！

當地人聽說這件事，都非常欣喜，認爲這是嚴蕊正直俠義的善報呢。

天地有正氣（文天祥）

文天祥，南宋末期名臣，吉州廬陵富川（今江西吉安縣）人，初名雲孫，字天祥。選中貢士後，以天祥為名，改字履善。寶祐四年，在殿試中被宋理宗拔為「第一」（狀元），再改字「宋瑞」，後因喜愛曾住過的文山，而號「文山」。是宋朝末代宰相，被封為「信國公」。

他小時候，看到學校裡，供奉著本鄉前賢：歐陽修（諡「文忠」）、楊邦乂（諡「忠襄」）、胡銓（諡「忠簡」）的畫像。而這些人的諡號裡，都有個「忠」字。敬佩的說：

「若我死後，不能在這些人中間，享後人祭祀，就算不得大丈夫！」

他十八歲，在廬陵鄉校的考試中得第一名。二十歲就中了進士；在殿試的時候提出，應該以天為法則；天是「生生不息」的，所以世間政治的運作，也應該法天的「生生不息」，不能荒怠。這一篇文章，有一萬多字，他連草稿也不打，一揮而就。宋理宗親自選拔為第一名「狀元」；考官為此還特別向皇帝祝賀，說這個人：「忠肝如鐵石」！

那時已是宋朝末年了。元軍大舉渡江來犯，有個宦官建議遷都，文天祥認爲這會造成人心渙散的恐慌，請斬這個宦官，來表明宋室抗元的決心。朝廷把他的奏章壓下「留中」；也就是不置可否，不做處置。

後來，權臣賈似道稱病請求致仕（退休）；其實他一直是掌握朝政的權臣，「退休」只是準備用「以退爲進」的方式來挾持皇帝。果然，皇帝下詔不許他退休。文天祥當時正承當寫詔書的工作。在慣例上，像這樣的詔書，都要先給宰相看過。文天祥卻不給他看，並在詔書裡暗諷賈似道。賈似道大怒，指示心腹官員彈劾文天祥，罷免他的職務。文天祥覺得在這樣奸佞當道的朝廷裡，也無法有所作爲，也請求「致仕」；那時他才三十七歲。

過了好多年，朝廷又起復他爲湖南提刑。當時，有位曾當過宰相的老者江萬里，非常賞識他。感嘆說：「我已經老了！看天象、人事，國家將面臨重大的變局。我這輩子見過的人太多了！維持世道的責任，恐怕就在你的身上了！」

過了一年，局勢緊急，朝廷下詔，要求天下各路兵馬勤王。他當即號召義兵起事。他的朋友勸他：「現在的局面，你率這些烏合之眾抗敵，等於驅羊餵虎，自不量力！」

他說：「我知道這是自不量力！但是，我大宋立國三百多年，沒有虧待臣民。在這危急存亡之秋，若竟然沒有人響應勤王的號召，會讓我感覺憾恨的！如果因我爲勤王一死，能感悟天下的忠臣義士聞風而起，以保社稷，國家才有希望！」

又說：「與別人歡樂時共歡樂的人，在別人憂患時，也應該憂人之憂！我既然食大宋之祿，也該死大宋之事！」

他一再上奏章建言：「早先，爲了防範軍閥割據，尾大不掉，而削藩鎮、建郡縣。可是就因爲這樣，州、縣各自爲政，兵力都不足。敵人來襲，攻一州就破一州，攻一縣就破一縣，以致於中原陸沉。現在應分天下爲四鎮，各建都督統御，以長沙統合廣西、湖南；以隆興統合廣東、江西。以番陽統合福建、江東、以揚州統合淮西、淮東。這樣彼此聯合支援，敵兵要分四路進攻，必疲於奔命。而我們除了四鎮，還有義軍不時出沒其間，這樣才有卻敵的希望！」

可是，他的苦心規劃，卻被視爲虛浮誇張的言論，又「留中不發」，被朝廷湮沒了。

這時，元軍已經南下，他只能盡自己的力量抗敵。宰相陳宜中、留夢炎，召他到臨安，拜他爲「右丞相」，派他往元營與伯顏談判。他希望以正使的身分，便於觀查虛實，刺探軍情。在談判過程中，文天祥據理力爭，怒責伯顏侵宋，被伯顏拘留。卻不知：兩個月之後，臨安城破，皇太后和小皇帝趙㬎都被挾持到北方；朝廷已經向元朝投降了！

大臣陳宜中、陸秀夫、張世傑逃走，建立了流亡政府，領兵抗元。文天祥也逃出伯顏的掌握，開始了他三年輾轉抗元的事業。抗元期間，風聲鶴唳，驚險百出。有一次，外傳有位「丞相」爲元朝勸宋臣投降（應是留夢炎）。一位忠義大臣以爲是他，本想殺了他，但後來想想，又覺得他一向忠貞，所以先跟他談話；準備他若是提出勸降之言，就殺了他。但他一直說的都是如何抗元，所以釋放了他。

又有一次，他正在行軍中，被元軍追趕。結果寡不敵眾，妻子、兒女都被俘了。元軍想：他一定也在軍中，就要搜索他。忽然，看到他妻兒的轎子後方，走出一個人來。對元軍說：「你們在找姓文的？我就姓文！」

這個人，並不是他，而是他的參謀趙時賞；爲了救他，挺身而出，冒名頂替。後來趙時賞被殺殉國了。他則因而得以逃脫，繼續領義軍抗元。

因爲「國不可一日無君」，在太后向元遞了降表，連同小皇帝趙㬎一起被俘北上之後，南宋樞密副使張世傑，立了九歲的益王趙昰爲皇帝（史稱宋端宗）。這個小皇帝，在戰事緊急時，由張世傑保護著，向海外逃亡。不幸在海上遇颶風，小皇帝嚇出病來，不久就病死了。左丞相陸秀夫又立了益王的弟弟，八歲的衛王趙昺爲皇帝，封文天祥爲信國公，加少保。但因文天祥與張世傑、陸秀夫政見不合，覺得跟著他們這居無定所的流亡「政府」，到處奔逃沒有意義，還不如自己率領義軍進行抗元的事業，也一樣是爲大宋盡忠。

他在宋景炎三年（元至元十五年）冬，率領義軍，於五坡嶺（廣東海豐）結營。在軍隊造飯時，遭到元將江東宣慰使張弘範的部隊突擊，他當場被俘。被俘後，他曾呑下具有毒性的冰片自殺，昏迷，但沒有死。甦醒後，被押進張弘範的大營。元軍吆喝著要他向張弘範下跪，他抵死不肯屈膝。張弘範敬他是條漢子，也沒有勉強他，反待以「賓客之禮」，帶著他隨軍同行。領兵到了當時被立爲皇帝趙昺所在的厓州。張弘範要文天祥寫一封信招降張世傑。文天祥說：「做爲一個臣子，朝廷等於是父母。我已深覺慚愧不能保全父母，還能勸另一個兒子背叛父母嗎？」

張弘範不理他，令人拿紙筆給他，堅持要他寫信勸降。他提筆，寫下了一首七言律詩：

〈過零丁洋〉

辛苦遭逢起一經，干戈寥落四周星。山河破碎風飄絮，身世浮沉雨打萍。惶恐灘頭說惶恐，零丁洋裡嘆零丁。人生自古誰無死？留取丹心照汗青。

這是〈正氣歌〉之外，文天祥最著名的作品。

第二年，在元軍進逼之下，走頭無路的陸秀夫，揹著小皇帝趙昺投海自殺。小皇帝的母親楊太后聽說兒子死了，哭著說：

「我忍死流離到現在，就爲了趙家這一脈血胤。現在還有什麼指望呢？」也投海自殺。張世傑本想逃到廣東，再想辦法抗元。不料，在海上遇颶風，他嘆息：

「看來，宋朝氣數已盡，亡國是天意了！」

張世傑在颶風中墜海而死；立國三百二十年的宋朝，至此眞正亡了！

張弘範聽說這事，在軍中大張酒宴慶賀。對文天祥說：「你一生忠愛，可是現在宋朝已經亡了，你也算已盡了身爲大宋臣子的忠愛之責。你若能以對宋朝的忠心，效忠我大元朝的皇帝，陛下一定還是會讓你當丞相的！」

文天祥流淚說：

「國亡而不能救，爲臣子的，死有餘辜！還能逃避罪責，存有二心嗎？」

張弘範知道他抵死不肯投降，自己也勸不了他，就遣兵馬押送他到元朝的京師「大都」（今北京）去。他路上絕食八日，不死。到了京師，他覺得：或許上天還要用什麼苦難來考驗他的志節，結束絕食，開始飲食。

他初到京師，元朝對他供應的衣履、飲食都非常豐盛。而他視若無睹，堅拒投降。因此，被關押在北京大牢裡，想用折磨他身心的苦難，來改變他的心志。他在又溼、又髒、又悶、又亂，衛生條件極差，各種濁惡的氣味混雜，非人所能忍受，他在土牢中，拘囚了四年，始終堅守初衷，不肯屈服。曾在寫給他妹妹的信中說：「收柳女信，痛割腸胃。人誰無妻兒骨肉之情？但今日事到這裡，於義當死，乃是命也。奈何？奈何！……可令柳女、環女做好人，爹爹管不得。淚下哽咽哽咽。」

〈正氣歌〉就是他在獄中時作的。前並有序：

余囚北庭，坐一土室，室廣八尺，深可四尋，單扉低小，白間短窄，汙下而幽暗。當此夏日，諸氣萃然：雨潦四集，浮動床几，時則為水氣；塗泥半朝，蒸漚歷瀾，時則為土氣；乍晴暴熱，風道四塞，時則為日氣；簷陰薪爨，助長炎虐，時則為火氣；倉腐寄頓，陳陳逼人，時則為米氣；駢肩雜遝，腥臊汗垢，時則為人氣；或圊溷、或毀屍、或腐鼠，惡氣雜出，時則為穢氣。疊是數氣，當之者鮮不為厲。而予以孱弱，俯仰其間，於茲二年矣，幸而無恙，是殆有養致然爾。然亦安知所養何哉？孟子曰：「吾善養吾浩然之氣。」彼氣有七，吾氣有一，以一敵七，吾何患焉！況浩然者，乃天地之正氣也，作〈正氣歌〉一首。

天地有正氣，雜然賦流形。下則為河嶽，上則為日星。於人曰浩然，沛乎塞蒼冥。皇路當清夷，含和吐明庭。時窮節乃見，一一垂丹青。在齊太史簡，在晉董狐筆。在秦張良椎，在漢蘇武節。為嚴將軍頭，為嵇侍中血。為張睢陽齒，為顏常山舌。或為遼東帽，清操厲冰雪。或為出師表，鬼神泣壯烈。或為渡江楫，慷慨吞胡羯。或為擊賊笏，逆豎頭破裂。是氣所磅礴，凜烈萬古存。當其貫日月，生死安足論。地維賴以立，天柱賴以尊。三綱實繫命，道義為之根。嗟予遘陽九，隸也實不力。楚囚纓其冠，傳車送窮北。鼎鑊甘如飴，求之不可得。陰房闃鬼火，春院閟天黑。牛驥同一皂，雞棲鳳凰食。一朝蒙霧露，分作溝中瘠。如此再寒暑，百沴自辟易。哀哉沮洳場，為我安樂國。豈有他繆巧，陰陽不能賊。顧此耿耿在，仰視浮雲白。悠悠我心悲，蒼天曷有極！哲人日已遠，典型在夙昔。風簷展書讀，古道照顏色。

元朝一再請當時已經降元的南宋大臣，包括南宋隨太后和小皇帝降元的丞相留夢炎，出面勸降。結果這些人都遭到文天祥的痛罵。後來元朝住帝甚至派出已經被俘北上的宋恭帝趙㬎勸降，文天祥也置之不理。

元世祖忽必烈非常崇慕有學問的宋臣，曾問降臣王績翁：誰是南宋最有才華和學問的大臣？王績翁說：「沒有誰比得上文天祥丞相！」

忽必烈就命他去勸降。在再三勸說之下，文天祥提出要求：

「國亡，死是我分內的事！如果一定要留下我的性命，就放我歸山吧。我回到故鄉，出家當道士修行。以『方外』之身，可以當顧問。」

王績翁覺得這也是個可行之道。就邀集許多降元的宋臣，想一起上奏，提出以這個條件來釋放文天祥。但當初跟著太后和小皇帝投降的丞相留夢炎堅持反對，說：「文文山對遺民具有極大的號召力。如果放他歸山之後，他又出面號召天下抗元，我們怎麼交代？」

忽必烈愛其才，已先後派出元朝的重臣平章政事阿合馬、丞相孛羅招降，都被文天祥堅拒。至元十九年十二月八日，忽必烈親自召見文天祥勸降。文天祥堅貞不屈，忽必烈問他：

「你有什麼願望嗎？」

他答道：「我雖蒙陛下賞識，但身受大宋厚恩，拜為丞相，怎能靦顏為二臣，事二姓？請賜一死，以全忠節，別無所求！」

忽必烈嘆息之餘，決定「成全」他的忠節。次日押赴刑場（柴市口），文天祥神色莊重的向著南宋首都臨安的方向跪拜，然後從容就義，得年四十七歲。行刑後不久，有快馬飛奔而來，原來忽必烈想想，還是捨不得讓他死，下令快馬前來阻止行刑。可是晚了一步，文天祥已經身首異處。當然，對文天祥而言，是「求仁得仁」，他並不希望行刑受阻。但忽必烈卻非常惋惜，說：「好男子！不能為我所用，殺了他，實在太可惜了！」

文天祥的妻子歐陽氏，到刑場收屍時，在他衣帶上，發現了他的絕筆：「孔曰成仁，孟曰取義；惟其義盡，所以仁至。讀聖賢書，所學何事？而今而後，庶幾無愧！」

文天祥著有許多作品，以七言律詩〈過零丁洋〉，和在獄中所題〈正氣歌〉最為人稱道，尤以前者的「人生自古誰無死，留取丹心照汗青」，被後世視為萬世流芳的千古名句。

宋朝最後三個忠臣：選擇「捨生取義」的文天祥，與陸秀夫、張世傑，在歷史上被並稱為「宋末三傑」。

問人間情是何物（元好問）

問人間情是何物？直教生死相許！天南地北雙飛客，老翅幾回寒暑。歡樂趣，離別苦，是中更有癡兒女。君應有語，渺萬里層雲，千山暮雪，隻影為誰去？　橫汾路，寂寞當年簫鼓。荒煙依舊平楚。招魂楚些何嗟及，山鬼自啼風雨。天也妒，未信與鶯兒燕子俱黃土。千秋萬古，為留待騷人，狂歌痛飲，來訪雁丘處。

「問人間情是何物？直教生死相許！」兩句詞，問進了天下有情人的心底。是呀！「情」到底是什麼呢？讓人能為他生，為他死！短短十三個字，引發了無數人的共鳴。寫下這十三個字的，是金代最著名的文學家元好問。

元好問，字裕之，號遺山，是金代秀容（山西忻縣）人。他的「元」這個姓，可上溯到北魏的「拓跋」氏；北魏孝文帝漢化之後，改的漢姓，就是「元」。

他生長在北方，是具有女眞人血統的「金人」。生性聰明好學，七歲就會作詩。二十歲，已通曉百家經傳。詩文俱佳，成爲當代著名的才子。金宣宗時考上了進士，進入仕途。那時，蒙古已經興起。二十多年之後，立國一百二十年的金國被元所滅。他是個很有氣節的人，在金亡於元之後，不肯出仕於元，而致力於爲金「修史」的資料收集。金代的文學家中，元好問可說是其中的佼佼者！

很奇特的，這闋〈摸魚兒〉中，讓他發出「問人間情是何物」慨嘆的「主角」，並不是「人」，而是一隻大雁！他在詞的前面寫了一篇小序，說明原委：

泰和五年乙丑歲，赴試并州。道逢捕雁者云：今日獲一雁，殺之矣。其脫網者，悲鳴不能去。竟自投于地而死。予因買得之，葬之汾水之上。累石為識，號曰「雁丘」。時同行者多賦詩。予亦有〈雁丘詞〉舊作無宮商，今改定之。

他在〈序〉中爲我們講了這個感人的故事：

金泰和五年，他跟一群朋友，一起到并州去參加考試。路過汾水。遇到一個捕雁的人，望著地上的死雁發呆。他們覺得很好奇，問他緣故。這捕雁人對他們說：

「今天我捕了一隻雁，已殺了。脫網而去的那一隻雁，卻沒有飛走，一直在天上盤旋悲鳴。到後來，竟從天上俯衝下來，投地自殺而死！」

元好問非常感動，就向捕雁者買下了這一隻死雁，在汾水邊上掩埋了，用石頭堆好，作爲記號，並題名爲「雁丘」。當時的朋友都作了詩。他自己也作了一首〈雁丘詞〉。因爲當時沒有照詞譜塡，所以又重新改寫爲這一闋〈摸魚兒〉。

中國自古以來，獵人有一條不成文法：不捕「孤雁」；也就是失去了伴侶的雁。因爲，雁是最忠貞的鳥類，失偶成爲孤雁之後，就不再覓偶，堅貞的情操令人欽佩。

成爲「孤雁」之後，牠會成爲雁群的守望者。在雁群棲息時，在周圍巡守。有「情況」的時候，就大聲鳴叫，向棲息於沼澤水草中的同伴發出警示。捕雁者爲了順利的獵捕大雁，就利用這一情況來設計：要讓這些孤雁失去雁群的信任。他們會故意去驚擾孤雁。當孤雁發出警示時，捕雁故意藏匿，讓雁群誤以爲是孤雁是謊報或誤判，騷擾牠們的休息。如此三番五次之後，往往就會引發雁群的「眾怒」，把孤雁「驅逐出境」。孤雁含冤被逐，雁群也不再有戒心之後，捕雁人才出動撒網捕雁，往往將雁群「一網成擒」。

而這隻雁更爲特異，在牠的配偶被捕殺之後，在明明已脫網而去，可以逃走的情況下，卻選擇自投於地殉情了！

元好問聽了這個故事，不禁感慨：不僅是「人」有情，會殉情。原來在鳥類中以堅貞爲人稱道的大雁，也是會殉情的！他在詞中「擬人化」的想像：

這一雙雁，過去南來北往，比翼雙飛，曾共同經歷了多少冬寒夏暑？當牠的配偶被捕殺之後，也許牠會想：以後的日子，千山萬水，形單影隻的，牠能為誰繼續振翅飛翔？又怎麼活得下去呢？因而，牠選擇了投地殉情同死！

「雁丘」位於汾水畔。在歷史上記載著：當年漢武帝曾經在汾水上泛樓船，大宴群臣，並作〈秋風辭〉。而辭中「橫中流兮揚素波，簫鼓鳴兮發棹歌」熱鬧繁華的盛況，而今安在？剩下的，只是一片蔓草荒煙，和潺湲流水而已！

都說：上天是嫉妒美好的事物的！或許也就因此，這一雙比翼雙飛的大雁，陷入了捕雁人的羅網；當其中一隻當場被殺了，另一隻雖脫網而去，卻承受了牠難以禁受的「折翼之痛」。

世情、世物畢竟還是有高下之別的！像這樣一隻堅貞高潔的大雁，怎麼能跟那些平凡的鶯鶯燕燕一樣，同歸於泥塵，而被湮沒遺忘？他相信，「雁丘」的故事會流傳下去！千百年後，還是會有詩人墨客到這兒來狂歌痛飲，作詩憑弔與他們有相似堅貞高潔靈魂的同道伴侶！

他的信念是正確的！太原附近的雁丘，不但他重遊舊地時還在。後來還不斷有人重修雁丘，因此，直到清朝，「雁丘」都還存在！也由此可見他這一闋詞的影響力了！

明

卿須憐我我憐卿（馮小青）

新妝竟與畫圖爭，知在昭陽第幾名？瘦影自臨春水照，卿須憐我我憐卿。

這是明代薄命才女馮小青的詩。從這首詩中，看出她對姿容的自負與自憐，和心境的寂寞淒苦。

馮小青是揚州人，名玄玄，「小青」是她的字。她從小就非常聰明穎慧。十歲的時候，家裡來了一個老尼姑，教她《心經》。她馬上就學會了，一字不漏的背誦出來。老尼姑對她母親說：「這孩子天生穎慧，卻命小福薄。最好讓她出家，跟著我學佛！」

她是獨生女，母親非常疼愛她，捨不得讓她年紀小小就削髮出家，過青燈黃卷的日子，當然不肯答應。老尼凝視了她半晌，嘆口氣說：

「既然如此，千萬不要教她識字，也不要嫁人，或者她可以活到三十歲。」

她的母親本身就是個讀書識字的「女塾師」，跟她母親讀書的，都是當地大戶人家的閨秀淑媛。自己膝下獨生的寶貝女兒，怎麼可能不讓她讀書識字？她又特別的聰明穎慧，各種才藝，一學就會，因此得到身邊所有人的鍾愛。

可惜好景不常。因父親去世，家道中落。無可奈何之下，只好嫁給杭州的豪門公子爲妾。這公子也姓馮，因有同宗之嫌，就只稱她「小青」。

這位馮公子，雖然出身富家，卻是個粗魯不文的人，而且十分懼內。大婦是個妒婦，不論小青如何委屈求全，大婦還是處處挑剔她，折磨她。

有一次，大婦到杭州天竺燒香還願，問她：

「我聽說，西方神佛無數。世人卻特別敬禮觀音大士，是爲什麼？」

小青答：「因爲觀音大士特別慈悲。」

大婦認爲她故意譏諷自己，就冷笑著說：「那就讓我好好的慈悲慈悲你吧！」

馮家在孤山有一座別墅，幾乎與世隔絕，大婦就把小青幽禁在那裡。對她說：

「沒有我的命令，郎君來了，不許進門！有信來，也不許收！」

小青知道，時時都有大婦派的人窺伺她，挑她的錯。所以她非常收斂，壓抑情緒，謹言慎行的過日子，以免被大婦抓到凌虐折磨她的理由。

大婦有時邀親友女眷遊西湖，常要她隨行伺候。雖然同遊的女眷們喧鬧說笑，特別是看到年輕俊秀的少年，總故意指東說西，想吸引他們注意。小青總靜靜地低眉垂目，端坐不語，恍若不見不聞。

這一切，都看在一位大婦的親屬某夫人眼裡，非常同情她。遊湖時，大婦總會在船中設宴，招待這些親友女眷。某夫人故意鬧酒，把大婦灌醉。見大婦醉倒睡著了，就邀小青陪她到船樓上看風景。四顧無人，悄悄對她說：「章台柳氏是李王孫寵愛的家姬，還忍不住倚紅樓盼望韓君平夫子呢。你怎麼像坐在蒲團上的小尼姑，心如止水？」

小青低聲說：「賈平章的劍鋒可畏。」

賈平章是宋理宗時的權臣賈似道，家中養著無數家姬。曾因著一位家姬李慧娘在隨舟遊湖時，見到另一船上一位俊美書生，隨口說了一句：「美哉少年！」就把她殺了，還把她的頭給其他家姬傳閱，以儆效尤。這故事流傳民間，後來被編成了〈紅梅閣〉的戲曲。因此小青以此爲喻。

夫人笑了：「賈平章不可畏，女平章才可怕呢！以你這樣的才華品貌，怎麼能長時間處在這樣的羅刹地獄裡受罪？讓我來想個辦法，救你脫出火坑；只怕她還巴不得拔去眼中釘呢！難道天下還少了才貌相當的韓夫子來匹配你嗎？」

小青輕輕地嘆口氣：「我小時候，曾經夢見摘了一枝花，隨即花枝就在我手中凋萎飄零，順風逐水而去了。想來，這就是我的命運吧？也是我前世未修！難道姻緣簿能是我的如意珠，事事稱心？我又怎能再製造新聞，讓人說閒話？」

夫人知道她心性高潔，不願意落下蜚短流長的閒話，只能默然。久久，才嘆息：

「你這話說得也對。你千萬記得：她對你不好，你還安全一點。她如果忽然和顏悅色，好言相向，反而更爲可慮。你千萬要特別小心！」

小青被幽禁在孤山，只有一個老僕婦侍候作伴。而不久，她最知心的某夫人也隨著做官的丈夫赴任離開了杭州。她心中的悲苦幽怨，只能寄託在詩詞裡。「卿須憐我我憐卿」，就是她寂寞自憐的寫照。讓人彷彿看到她對著水中清影自問自答，自言自語的孤單寂寞。

當時，坊間《牡丹亭》戲曲出版，她反覆再三的誦讀，作了一首詩：

冷雨幽窗不可聽，挑燈閒讀《牡丹亭》。人間亦有癡於我，豈獨傷心是小青？

又作了一首詩，向觀音大士祈求：

稽首慈雲大士前，莫生西土莫生天；願為一滴楊枝水，灑作人間並蒂蓮。

在這樣悲苦的處境中，她並不爲自己求什麼，只希望世上的有情人，都能終成眷屬，也可知她心性的善良。

因著孤寂落寞，她抑鬱成疾。大婦「善心大發」，找了大夫來給她治病，還派人送了藥來。她想起某夫人的提醒，假意感謝。大婦派的人走了之後，她把藥包丟在床頭，嘆息道：

「就算我並不想活，也要乾乾淨淨的死。難道還能被她用一杯毒藥，生生斷送殘生？」

至此，她更無求生之念，病情也更沉重了。每天只喝一小盞梨汁維繫生命。雖然身體非常衰弱，她也不肯不梳不洗的躺著，每天還是梳洗得清清爽爽，穿得齊齊整整的起身。有一天，她要伺候的僕婦傳話給馮公子，要他找個畫師來給她畫像。畫師來了，她穿著最美麗的衣飾，打扮得如天仙化人，讓畫師畫。第一張，她說只是「形似」。第二張雖然「神似」，卻不靈動。

她要畫師暫時別畫，看著她。她起身，隨意走動，跟僕婦說笑，煽火烹茶、讀書寫字，調朱弄粉……然後再畫。終於，她滿意了，覺得把她畫活了。

畫師走後，她把這幅畫掛在牆上，在几上焚了清香，又供上一杯梨花酒。想到《牡丹亭》中杜麗娘因畫像牽合，而終與柳夢梅團圓的故事，她向畫像下拜，嘆息：

「小青！小青！這中間，可有你的緣份嗎？」

支撐著病體，她扶著几案，凝視自己的畫像，淚下如雨，隨即悲慟氣絕，含恨而歿。死時才十九歲。

馮公子聽到了消息趕來，只見她容顏如生，依然明豔動人。又看到她留下的詩稿、畫像，哭著喊：「小青！我對不起你！對不起你！」

大婦聽說，也趕來了。索取她的詩稿、畫像，一把火燒了。幸好，她畫了三張畫像，只燒了第一張。而她的詩稿，大多都被燒了。也幸好，在她自知不起，想選幾件首飾送給僕婦的女兒時，隨手用幾張詩稿包著送給她，卻因而逃過了火劫。這火劫殘留下的幾首詩，被刻成了詩集，名《劫餘》。

她還有一首〈絕命詩〉傳世，是她寫給某夫人的：

百結迴腸寫淚痕，重來唯有舊朱門。夕陽一片桃花影。知是亭亭倩女魂！

青山憔悴卿憐我，紅粉飄零我憶卿（吳偉業、卞玉京）

這兩句詩中的「憔悴青山」，是明末遺臣，被迫仕清爲「二臣」的詩人吳偉業（字梅村，號鹿樵生）自喻。而「飄零紅粉」，則是他戀慕一生，也抱一生情恨的江南名妓卞玉京。

卞玉京，原名卞賽，又稱卞賽賽；字雲裝。自號「玉京道人」（當代風氣，「道人」之號，不一定是眞正「出家人」專屬，只是表示自己的信仰，和對道家無爲淡泊心志的嚮往。像鄭板橋也自號「板橋道人」，他可並非「出家人」）。因著這個「號」，她又稱「卞玉京」。明末，她是名列江南「秦淮八豔」（馬湘蘭、顧橫波、李香君、董小宛、寇白門、柳如是、陳圓圓、卞玉京）之一的名妓。據考，她出身良好，原本是仕宦人家的名門閨秀。因遭家變，與妹妹卞敏雙雙淪落於青樓。

在明末，文風薈萃於江南，連青樓女子也都有著不凡的文化素養，過人的眼界與氣節；經過明朝亡國的考驗，許多名妓的高潔心志；如《桃花扇》裡的李香君、戀慕抗清志士陳子龍，不恥降清「夫婿」錢謙益，後來更影響了錢謙益投入復明抗清大業的柳如是，都是其中風骨嶙峋，響錚錚的代表人物！她們雖是青樓妓女，但志節更勝於仕宦名流，眞令那些「讀聖賢書，所學何事」的讀書人爲之汗顏！

明代由自許「氣節」的讀書人組成的「東林黨」，和與宦官掛鉤的「閹黨」嚴重對立。東林黨以「清流」自許，不時批判朝政與當權者，而被權臣與依附宦官的佞臣恨之入骨。江南文士更組成了「復社」，以諫諍國是爲務，等於是「東林黨」的分支。江南青樓之中，當代竟有「家家夫婿是東林」之說；可知這些青樓名妓所傾慕的，不是權勢富貴，利祿功名，而是這些氣節超卓，才華過人清流名士。由此可以想見，當時這些名妓的眼界和水準！「八豔」中最著名的幾對「才子佳人」有：侯方域與李香君；冒辟疆先與陳圓圓，後與董小宛；龔鼎孳與顧橫波；陳子龍與柳如是（後嫁錢謙益）；吳梅村與卞玉京，「八豔」中竟有六人與當代的「東林名士」結下深厚情緣！

以卞玉京爲例，她名列「秦淮八豔」，身邊圍繞的巨商富賈、公子王孫、達官貴人還會少嗎？她卻眼及於頂，都看不上眼。爲人矜重自持，不輕許可。她能詩能文，琴棋書畫無所不精，尤擅畫蘭，書法則精於小楷，頗爲當代士林欽慕。她個性內斂，平日不輕應對。只有在遇到意氣相投的「東林」名士，酒酣耳熱之際，才蘭言蕙語，談笑雅謔，吐屬如雲，令人傾倒。

崇禎十五年，她應邀參加了爲原任浙江慈溪知縣的吳繼善，調任成都任知縣而設的歡送酒宴。酒酣耳熱之餘，大家作詩歡送。她當時坐在吳繼善的堂弟吳梅村身邊，表示她也要作一首歡送詩。即席就在扇子上寫了一首七絕：

剪燭巴山別思遙，送君蘭楫渡江皋。願將一幅瀟湘種，寄與春風問薛濤。

這份才情，讓名重一時的詩人吳梅村也爲之驚豔。崇禎四年，吳梅村才二十三歲，就以會試第一名「會元」，殿試一甲二名「榜眼」進士及第！這位文采風流的青年才俊，也讓卞玉京爲之傾心。在酒酣半醺之際，她倚著几案，滿眼柔情，凝視著吳梅村，率直的問出一句話：「你也對我有意嗎？」

以當時青樓「家家夫婿是東林」的風氣，這一問，大可玩味。當然，所謂的「夫婿」，不一定是正式迎娶入門。但彼此間，目成心許，往來頻密，甚至「包養」，並有了具體的婚嫁承諾，才當得「夫婿」二字。這些名妓，即使當時沒有正式「從良」，但有這樣的「東林夫婿」陪在身邊，也算是一片芳心有了歸屬，就不再「接」不相干的「客」了。

吳梅村其實並不是不愛慕卞玉京，只是本身是個懦弱又優柔寡斷的文士，有著非常多的顧慮。因此，他當時的反應是：好像沒聽懂；對這麼明確的表示，沒有作肯定的回應。或許正是他對卞玉京的尊重，不想「虛與委蛇」的用應酬話敷衍。但這反應，對心高氣傲的卞玉京來說，無疑是很傷感情，也很傷自尊的。因此卞玉京沉默半晌，凝視著他，低嘆一聲，不再說話。

多年後，吳梅村寫到這段「往事」，直接寫出的是：「與鹿樵生一見，遂欲以身許」。可知，他當時並不是眞沒聽懂卞玉京這句話的意思。那又爲什麼有那麼冷淡傷人的反應呢？

據傳：讓吳梅村遲疑的原因，一則是當時崇禎的田貴妃，請父兄在江南物色美女，想獻給皇帝以固寵。而田家鎖定的對象就是陳圓圓與卞玉京。吳梅村不敢與炙手可熱的「外戚」爭鋒，只好假裝聽不懂，辜負了卞玉京的一片深情。二則，可能也顧慮自己的「官員」身分，不敢與這樣的豔名遠播的「名妓」論婚嫁吧？總之，因著他的態度，傷了卞玉京的心，絕口再也不提此事。

就後人研究，他們後來並不是沒有交往。吳梅村早年有些「豔情詞」，被懷疑是爲卞玉京寫的。如〈西江月．春思〉：

嬌眼斜回帳底，酥胸緊帖燈前。匆匆歸去五更天，小膽怯誰瞧見？　臂枕餘香猶膩，口脂微印方鮮。雲蹤雨跡故依然，掉下一床花片。

雖然他們還是來往，而且有著這樣的「肌膚之親」。但因爲吳梅村的態度遲疑，似乎也就只能算是名妓與「狎客」間的「親密關係」，難以歸類於「東林夫婿」了。

大約過了一年多，崇禎十七年（清順治元年）春，李自成攻破北京，明崇禎皇帝朱由檢煤山自縊，明朝亡了。吳三桂引清兵入關，清順治皇帝福臨入主北京城，清朝取代了明朝。

福王朱由崧在南京登基，但這年號「弘光」的「小朝廷」，不但不知發憤圖強，還任用奸佞，公報私仇的迫害異己。而且登基之後的福王，留下最有名的事績，就是搜求美女入宮，供他享樂！種種作爲，眞可說「不亡沒天理」！果然，所謂的「弘光朝」只維持了一年，就在清兵攻陷南京後亡了。當此天翻地覆，國難當頭之際，士民百姓，男女老少，各自逃生，求在亂局中苟延殘喘都來不及。一切過去的錦繡繁華，昇平歌舞，也都「風流雲散」，更談不到「兒女私情」了。

江南「小朝廷」的高官，不乏主動降清之輩；像與吳梅村齊名，合稱「江左三大家」之一的錢謙益，就是變節降清的「禮部尙書」。與他一起開城迎降的，還有位等宰相的「東閣大學士」王鐸。吳梅村倒不像他們那樣腆顏無恥，當時也曾自殺殉國，但被家人救下。於是，他攜家帶眷的東逃西躲，直到順治十年，才在清廷的逼迫下，無奈赴京仕清成爲「二臣」；這也成爲他一生最大的恥辱和痛苦，過去詩酒風流的種種，至此都已不堪回首。

在明亡後的七、八年，吳梅村曾到老朋友錢謙益家作客。錢謙益的如夫人，是與卞玉京同爲「八豔」之一的柳如是。當年的「八豔」，彼此都是知心的「閨蜜」姐妹淘。錢謙益跟吳梅村也本來也是老朋友，對這一段其實兩人都心存遺憾的舊情知之甚深，想藉機爲他們撮合。就假借柳如是之名，派車迎接卞玉京到家裡來參加爲吳梅村設的宴會。

吳梅村懷著忐忑又欣喜的心情，期待著卞玉京出現。不久，家人傳話，告訴主人：卞玉京已經接來了。但她要先到柳夫人的臥室更衣補妝，再出來相見。主客都非常期待，邊喝酒，邊等她出來。但一等再等，卻又傳出消息：說她舊疾復發，已經回去了。

吳梅村心中非常惆悵；他不知道，她是眞病了，還是心高氣傲的她經過這段時日的流離飄泊自傷憔悴，覺得「相見不如不見」？心中懊惱無比，卻又聽柳如是傳話，卞玉京說：如果她想見他時，會寫信相約。在這種惆悵懊憾中，他寫下了《琴河感舊》詩四首，並附了一段序言。

楓林霜信，放棹琴河。忽聞秦淮卞生賽賽，到自白下。適逢紅葉，餘因客座，偶話舊遊。主人命犢車以迎來，持羽觴而待至。停驂初報，傳語更衣。已託病痁，遷延不出。知其憔悴自傷，亦將委身於人矣。予本恨人，傷心往事。江頭燕子，舊壘都非；山上蘼蕪，故人安在？久絕鉛華之夢，況當搖落之辰。相遇則惟看楊柳，我亦何堪；為別已屢見櫻桃，君還未嫁。聽琵琶而不響，隔團扇以猶憐。能無杜秋之感、江州之泣也！漫賦四章，以志其事。

其一

白門楊柳好藏鴉，誰道扁舟蕩槳斜。金屋雲深吾穀樹，玉杯春暖尚湖花。見來學避低團扇，近處疑嗔響鈿車。卻悔石城吹笛夜，青驄容易別盧家。

其二

油壁迎來是舊遊，尊前不出背花愁。緣知薄倖逢應恨，恰便多情喚卻羞。故向閒人偷玉箸，浪傳好語到銀鉤。五陵年少催歸去。隔斷紅牆十二樓。

其三

休將消息恨層城，猶有羅敷未嫁情。車過捲簾徒悵望，夢來褵袖費逢迎。青山憔悴卿憐我，紅粉飄零我憶卿。記得橫塘秋夜好，玉釵恩重是前生。

其四

長向東風問畫蘭，玉人微歎倚欄杆。乍拋錦瑟描難就，小疊瓊箋墨未乾。弱葉懶舒添午倦，嫩芽嬌染怯春寒。書成粉箑憑誰寄，多恐蕭郎不忍看。

他們再次見面，在數月之後。卞玉京身著道裝，攜著一個明慧貼心的婢女柔柔抱琴前來。在爲吳梅村彈琴後，訴說了這些年的經歷見聞：明朝覆亡，福王的小朝廷奸臣當道，不思恢復，還忙著徵歌選舞。不久，清兵南下，明朝亡了……

兩人經過了天翻地覆之變，見面談的，不再是兒女柔情，而是家國之變了。這次相見，吳梅村又爲卞玉京寫了一首詩〈聽女道士卞玉京彈琴歌〉，敘述了這一次見面的情形，和卞玉京對他講述的故事：

駕鵝逢天風，北向驚飛鳴。飛鳴入夜急，側聽彈琴聲。借問彈者誰？云是當年卞玉京。玉京與我南中遇，家近大功坊底路。小院青樓大道邊，對門卻是中山住。中山有女嬌無雙，清眸皓齒垂明璫。曾因內宴直歌舞，坐中瞥見塗鴉黃。問年十六尚未嫁，知音識曲彈清商。歸來女伴洗紅妝，枉將絕技矜平康，如此才足當侯王。萬事倉皇在南渡，大家幾日能枝梧。詔書忽下選蛾眉，細馬輕車不知數。中山好女光徘徊，一時粉黛無人顧。豔色知為天下傳，高門愁被旁人妒。盡道當前黃屋尊，誰知轉盼紅顏誤。南內方看起桂宮，北兵早報臨瓜步。聞道君王走玉驄，犢車不用聘昭容。幸遲身入陳宮裡，卻早明填代籍中。依稀記得祁與阮，同時亦中三宮選。可憐俱未識君王，軍府抄名被驅遣。漫詠臨春瓊樹篇，玉顏零落委花鈿。當時錯怨韓擒虎，張孔承恩已十年。但教一日見天子，玉兒甘為東昏死。羊車望幸阿誰知？青塚淒涼竟如此！我向花間拂素琴，一彈三歎為傷心。暗將別鵠離鸞引，寫入悲風怨雨吟。昨夜城頭吹篳篥，教坊也被傳呼急。碧玉班中怕點留，樂營門外盧家泣。私更裝束出江邊，恰遇丹陽下渚船。翦就黃絁貪入道，攜來綠綺訴嬋娟。此地繇來盛歌舞，子弟三班十番鼓。

月明弦索冷無聲，山塘寂寞遭兵苦。十年同伴兩三人，沙董朱顏盡黃土。貴戚深閨陌上塵，吾輩漂零何足數！坐客聞言起歎嗟，江山蕭瑟隱悲笳。莫將蔡女邊頭曲，落盡吳王苑裡花。

雖然詩題是〈聽女道士卞玉京彈琴〉，但由吳梅村在卞玉京死後寫的〈過錦樹林玉京道人墓並序〉知道：當時卞玉京並未出家；在這次相見後，卞玉京還曾嫁過一位諸侯爲妾，後來才正式出家爲女道士。但由「云是當年卞玉京」之句，我們也知道：她在過去「卞賽賽」的時代，就已有了「玉京道人」之號，「卞玉京」之名也已廣爲人知了。也因爲這一次見面，她是穿著道裝出現的，所以吳梅村的詩題用了「女道士卞玉京」字樣。那時他大概也沒想到，後來卞玉京眞的出家了。

二年後，卞玉京嫁給了一位諸侯。或許因爲她才華過人，人品高潔，而且感情別有所屬，很難屈己求寵。因此雖然才高貌美，在夫家卻並不得意。後來，將侍女柔柔獻給這位諸侯，自己則請求皈依空門，在蘇州正式出家爲「女道士」。依附年已七十餘歲的名醫鄭保御，鄭築別宮安置她，並給她豐足的經濟支援。卞玉京從此一心向道，持課誦經，戒律甚嚴。爲報鄭氏之恩，精擅小楷的她，曾用三年時間爲篤信佛教的鄭氏「刺舌血」書《法華經》。此舉，讓當時信佛的僧俗都非常感動敬佩。由此，亦可知卞玉京是多麼重情尙義的人，眞正是「受人涓滴，湧泉以報」！她晚年隱居於無錫惠山，出家十餘年後病逝，葬於惠山柢陀庵錦樹林。

吳梅村是在順治十年被迫入京仕清的，他在清朝仕途並不得意；事實上，他也志不在此。以他的氣質，並不是熱中權位的人。倒是因為感時傷事，詩風相較過去的吟風弄月，幾乎判若兩人。留下了許多堪稱「史詩」的鉅著；像寫吳三桂引清兵入關一事的〈圓圓曲〉，眞是無愧「詩史」之名的經典之作！寫幾位明代公主際遇的〈蕭史青門曲〉，也寫盡了明朝公主們亡國之後的雲泥之判。

他直到三年後，順治十三年底，才得因繼母去世，以「丁憂」之名返回江南守制，從此退出仕途。

當他知道卞玉京去世的消息，曾特意到「錦樹林」拜卞玉京墓。寫下了〈過錦樹林玉京道人墓〉並序：

玉京道人，莫詳所自出。或曰秦淮人，姓卞氏。知書工小楷，能畫蘭，能琴。年十八僑虎丘之山塘，所居湘簾棐几嚴淨無纖塵。雙眸泓然，日與佳墨良紙相映徹。見客初亦不甚酬對，少焉諧謔間作，一坐傾靡。與之久者，時見有怨恨色。問之，輒亂以它語。其警慧，雖文士莫及也。與鹿樵生一見，遂欲以身許。酒酣拊几而顧曰：「亦有意乎？」生固為若弗解者。長嘆凝睇，后亦竟弗復言。尋遇亂別去，歸秦淮者五六年矣。久之，有聞其復東下者。

主于海虞一故人，生偶過焉。尚書某公者，張具請為生必致之。眾客皆停杯不御。已報曰：「至矣！」有頃，回車入內宅，屢呼之終不肯出。生悒怏自失，殆不能為情，歸賦四詩以告絕。已而嘆曰：吾自負之，可奈何！逾數月玉京忽至，有婢曰柔柔者隨之。嘗著黃衣作道人裝，呼柔柔取所攜琴來，為生鼓一再行。泫然曰：吾在秦淮見中山故第有女絕世，名在南內選中，未入宮而亂作，軍府以一鞭驅之去。吾儕淪落分也，又復誰怨乎？坐客皆為出涕。柔柔莊且慧，道人畫蘭，好作風枝婀娜，一落筆盡十余紙。柔柔侍承硯席間如弟子然，終日未嘗少休。客或導之以言，弗應。與之酒，弗肯飲。逾兩年渡浙江歸於東中一諸侯。不得意進柔柔奉之，乞身下髮，依良醫保御氏于吳中。保御者年七十余，侯之宗人，築別宮資給之良厚。侯死，柔柔生一子而嫁。所嫁家遇禍，莫知所終。道人持課誦戒律甚嚴，生於保御中表也，得以方外禮見。道人用三年力，刺舌血為保御書《法華經》，既成，自為文序之，緇素咸捧手讚嘆。凡十餘年而卒，墓在惠山祗陀庵錦樹林之原後，有過者為詩吊之。

龍山山下茱萸節，泉響琤琮流不竭。但洗鉛華不洗愁，形影空譚照離別。離別沉吟幾回顧，遊絲夢斷花枝悟。翻笑行人怨落花，從前總被春風誤。金粟堆邊烏鵲橋，玉娘湖上蘼蕪路。油壁香車此地游，誰知即是西陵墓。烏柏霜來映夕曛，錦城如錦葬文君。紅樓歷亂燕支雨，綉嶺迷離石鏡雲。絳樹草埋銅雀硯，綠翹泥涴鬱金裙。居然設色迂倪畫，點出生香蘇小墳。相逢盡說東風柳，燕子樓高人在否。枉拋心力付蛾眉，身去相隨復何有。獨有瀟湘九畹蘭，幽香妙結同心友。十色箋翻貝葉文，五條弦拂銀鉤手。生死旃檀衹樹林，青蓮舌在知難朽。良常高館隔雲山，記得斑騅嫁阿環。薄命只應同入道，傷心少婦出蕭關。紫台一去魂何在，青鳥孤飛信不還。莫唱當時渡江曲，桃根桃葉向誰攀。

不但對卞玉京，甚至對她的侍婢柔柔，也用了相當的筆墨描寫她的端莊美慧。當然，我們可以理解：柔柔的「優質」，也是卞玉京一手調教出來的。也因此，後來才能被當作卞玉京的「替身」，爲那位諸侯接納，而讓卞玉京得以脫身，如願出家。

吳梅村生逢亂世，一生遭際堪憐。後人以「春秋責備賢者」的大義，認爲他不能像陳子龍挺身抗清，被捕後投水殉國。又不能如黃宗羲、顧炎武、王夫之隱居著述講學；此舉，不但成就了他們明末清初「三大思想家」的學術地位，也因他們不曾出仕清朝，志節無虧，備受尊崇！吳梅村的屈節仕清，不但讓自己失去了「一代冠冕」的榮銜，也爲自己的一生留下了「二臣」的敗筆。其實，這一點何嘗不是他自己的一生最「痛」？而他與卞玉京的一段情，更成爲他一生難彌的恨事。

他臨終寫下的〈絕命詩〉，寫盡了心中的痛苦：

忍死偷生廿載餘，而今罪孽怎消除？受恩欠債應填補，總比鴻毛也不如。

所留下的遺言，也讓人讀之爲他扼腕痛惜：

吾一生遭際，萬事憂危，死後殮以僧裝，葬我鄧尉靈岩之側。墳前立一圓石，題曰：『詩人吳梅村之墓』，勿起祠堂，勿乞銘。

他遺言「殮以僧裝」，是否與卞玉京出家，與刺舌血寫《法華經》相關（《法華經》是佛教經典）？無可查考。但可以了解的是：他自己的確是已心如槁木死灰了。過往一切，都無顏再提，因此，只以「詩人」爲自己定論，倒也是名副其實的！

不亦快哉（金人瑞）

金人瑞，生於明末，是是蘇州吳縣人。據傳，他原本不姓金，本名也不叫「人瑞」，而是姓張，單名：「喟」。到明亡入清之後，才改姓名的。這個名字，或許較不為人知，但提起他的字：「聖嘆」，可就大大有名了！

古人的「字」，一定與「名」有「聯想」性的關聯；比如說：宋代的詞人韋「莊」，字「端己」；劉「過」，字「改之」等。「喟」本是「嘆息」之意，所以他字「聖嘆」。

古代除非是直系長輩，一般禮貌上，稱人都是稱「字」、稱「號」，而不稱「名」的。甚至皇帝，對他所尊重的臣子，都稱卿、稱官銜，稱字、號，或稱排行，而不直接「稱名道姓」。

或許，他因著文才，「聖嘆」這個「字」已廣為人知。所以後來雖改名為「人瑞」，卻沒有改「字」。也曾有人問他「聖嘆」何義？他答：「《論語》中，有兩處『喟然而嘆』。一見於〈子罕〉篇：顏淵喟然而嘆：『仰之彌高，鑽之彌深。瞻之在前，忽焉在後。』這是

『嘆聖』。一見於〈先進〉篇：夫子喟然而嘆曰：『吾與點也！』這一嘆，是爲了讚羨曾皙春風沂水之志，這才是『聖嘆』！我呢，大概就是曾皙那一類，會令孔夫子也不禁讚美欣羨『喟然而嘆』的人吧！」

他的文才，爲當世所重，對「詩」極有研究，自己也寫得很好，試舉一例，他曾作過一首詩〈詠桐〉：

紫鳳西飛竟不歸，冰根雪幹欲何依？不如斷作雷家樣，一曲廣陵天下稀。

他的性格幽默而不拘小節，就像「史傳」中《滑稽列傳》中的人物。科考，是自唐朝以來，被視爲讀書人「入仕」的正途。明代，考的是「八股文」，有嚴格的制式規範。大家都得四平八穩「引經據典」的作文章，以顯示博學，贏得試官的好感，博取功名。所以一般士子進了考場，都是戒懼謹愼的寫文章。而他卻是個例外；甚至在科考的試卷上，都表現得十分「異類」；與眾不同。

有一回，出的題目是〈以如此則動心否乎〉？他寫：

空山窮谷之中，黃金萬兩；露白葭蒼而外，有美一人。試問夫子動心否乎？曰：動動動動……

他一連寫了三十九個「動」字。考官不解，他解釋：「孟子不是說『四十不動心』嗎？我寫三十九個『動』，比四十少一個。目的就在點出『四十不』這三個字呀！」

又一次，題目是：〈孟子將朝王〉。這一次，他答得更妙：只在卷子的四個角上，各寫了一個「吁」字，中間則完全空白，就交卷了。考官看不懂，就問他這是何意？他說：

「『孟子』，題目上已經有了，不必提。孟子見過梁惠王、梁襄王、齊宣王，都是『朝王』，這是大家都知道的，也不用提了。那，題目中的五個字，只剩下一個『將』字，可以作文章。宗師（士子對考官的尊稱）沒見過舞台上演戲嗎？『王』要出場之前，都會先上四個內侍，左右分立。口中同時發出『吁』聲。我就是爲了突顯『將朝王』那個『將』字，不是非常切題嗎？」

他每每在考場中玩花樣搞怪，考官大怒，問：「你這秀才，是誰錄取的？」

當時，男孩入學塾讀書識字，稱「童生」；這是不論年齡的。「童生」參加科舉考試的第一關，稱爲「童試」，需要經過了縣、府、院三次考試。錄取了，稱「生員」或「秀才」，便取得了參加「鄉試」的資格。若沒有文才，也可能一輩子都考不過，而當一輩子的「老童生」。「鄉試」錄取稱「舉人」，取得「舉人」的資格，才可以參加「會試」，也就是「進士」考試。

聽試官這樣問，他直接了當報出了考官的姓名：「王某某！」有科舉考試以來，「考官」與所錄取的「舉子」間的關係，是視如「師生」的；自稱「門生」，而稱試官爲「座主」、「宗師」，或「先生」。古人最敬禮的，是「天地君親師」，「師」的地位十分崇高。一般人之間都不直接的「稱名道姓」了，更何況對有「師」身分的考官！他卻連名帶姓的叫出來。因此考官怒斥他「無禮」。他卻理直氣壯的答：

「子貢稱孔子爲『仲尼』，而不稱『先生』。莫非賢如子貢，也是無禮？」

考官一下被問倒了。老羞成怒，罵他：「你強辭奪理，恃才傲物！」

金聖嘆一步都不讓，反唇相稽：「晚生固無可恃之才，宗師也非可傲之物！」

試官忍無可忍，下令革除他的功名——取消參加「鄉試」的「秀才」資格。他卻不以爲意，高興地對朋友說：「這下可還我『自由身』了！」

還列舉前代有多少詩人用過「自由身」三個字，以證明這是人人嚮往，天大的喜事。

他爲什麼要在考場中這樣「搞怪」呢？難道不知道這是有礙「功名」的嗎？其實，可以說：他就是因爲不想要「功名」才這麼「惡搞」的！

古人很相信「夢兆」；認爲有些特別的夢，是具有「預言」性質的。傳說，他在考上秀才之後，曾到明代賢臣于謙的祠中祈夢；很可能他「祈夢」所想問的，就是功名。而他夢到的是：一隻鳥，棲於樹上。他醒來之後，自己解夢：「『鳥』在『木』上，合成一個『梟』

字。『梟』，一解是『鴞』，猛禽也。二解是『梟勇』；武將勇猛之意，都與我無關。三解，則是『梟首』；就是『殺頭』。」

想到「伴君如伴虎」；入仕做官的話，一不小心，觸怒了皇帝，就可能被皇帝砍了腦袋（梟首）。不如做個老百姓，只要不殺人放火，做奸犯科，要不了腦袋。他故意惹麻煩，在考場中搗亂，就因爲他知道：以他的文才，即使是隨便作文章，也可能「不小心」就考中了。中了舉，就會選派去做官。卻沒想到：他到頭來結局，還眞應了夢兆的「鳥在木上」（梟首）；被貪官冤殺了！倒是「老天有眼」，這個冤殺了他的貪官，後來派到雲南去做官。在「三藩之亂」吳三桂起兵時，不但被殺了祭旗，還分給軍士煮了吃，屍骨無存。還眞是大快人心！

他受刑前，見到兩個兒子跪在面前哀哀悲哭，作了一副非常有名，讓人替他一掬同情之淚的對子：「蓮（憐）子心中苦，梨（離）兒腹內酸。」

卻又還是不改他滑稽幽默的本性，留下的「遺書」是：

「字付大兒看：醃菜與黃豆同吃，大有胡桃滋味（另一說：花生米與五香豆乾同嚼，有金華火腿滋味）。此法一傳，我無遺憾矣！」

他認爲，古往今來有六本書，是不可不讀的「才子書」：《離騷》、《莊子》、《史記》、《杜詩》、《西廂》、《水滸》。

他有心一一批註，批註的次序，卻是倒著批起。首先批的是《水滸》，其次是《西廂》。《杜詩》才批了一半，就被冤殺斬首了。所以「六才子書」實際批全的，只有施耐庵的小說《水滸傳》，和王實甫的戲曲《西廂記》。

他本是放誕率眞，不拘禮法的人。此二書一經他批註，頓然身價百倍。卻惹來衛道人士「誨盜」、「誨淫」的攻擊。

而附在《西廂．拷豔》中的三十三則「不亦快哉」，卻膾炙人口，消痰化氣。試摘錄數則：

十年別友，抵暮忽至。開門一揖畢，不及問其船來陸來，並不及命其坐床坐榻。便自疾趨入內。卑辭叩內子：君豈有斗酒如東坡婦乎？內子欣然拔金釵相付。計之可作三日供也。不亦快哉！

子弟背誦書爛熟，如瓶中瀉水，不亦快哉！

朝眠初覺，似聞家人嘆息之聲，言某人夜來已死。急呼而訊之，正是一城中第一絕有心計人。不亦快哉！

重陰匝月，如醉如病。朝眠不起，忽聞眾鳥畢作弄晴之聲。急引手搴帷，推窗視之。日光晶瑩，林木如洗。不亦快哉！

夏日，於朱紅盤中，自拔快刀，切綠沉西瓜。不亦快哉！

久欲為比丘，苦不得公然吃肉。若許為比丘，又得公然吃肉，則夏月以熱湯快刀淨割頭髮。不亦快哉！

一寒士來借銀，謂不可啓齒。於是唯唯亦說他事。我窺見其苦意，拉向無人處，問所需多少？急趨入內，如數給與。然後問其必當速歸料理是事耶？為尚得少留共飲酒耶？不亦快哉！

久客得歸，望見郭門。兩岸婦童，皆作故鄉之聲。不亦快哉！

看人作擘窠大書，不亦快哉！

作縣官，每日打鼓退堂時，不亦快哉！

還債畢，不亦快哉！

看〈虬髯客傳〉，不亦快哉！

所舉之事，都十分「家常」，事也甚小，卻的確痛快淋漓，「不亦快哉」！

處處敲門索輓詩（袁枚）

所謂「輓詩」，是在人亡故之後，親朋好友為了追思、哀悼亡者而作的詩；當然都在人「身後」才會作；一般人，是不會看到，也不會知道別人為自己作的「輓詩」內容的。如果有人冒犯禁忌，在別人生前，就為他作「輓詩」，等於是詛咒，不被罵死才怪！

偏偏清代乾隆朝，有位百無禁忌的老詩人袁枚（字子才，號簡齋，晚年自號「隨園老人」），不但自己在生前就作了「自輓詩」，還寫信給他的詩朋文友，到處討「輓詩」！

他為自己寫「輓詩」的原因，是他四十多歲的時候，曾有一位有名的相師胡文炳為他算命，提出了兩點預言：

第一、他六十三歲的時候，會生一個兒子。

第二、「七十六歲」是他的大限（死亡）之期。

他本來有點將信將疑；六十三歲生兒子，就當時來說，機率是很小的。而在他六十三歲時，他的一個妾，真為他生了兒子。他大喜之餘，給這孩子命名「遲」。過了十幾年，他七十六歲了，看著這「老來子」，想起另一個預言：他的「大限」是七十六歲！

偏偏從那年秋天起，他得了嚴重的痢疾，病得奄奄一息。心想：他六十三歲生子的預言已然應驗。那，「大限」不也就在眼前了？想到晉代詩人陶淵明在晚年病重時，曾作「自輓詩」。於是也寫了一首很長的五言輓詩，題目是〈腹疾久而不愈，作歌自輓，邀好我者同作焉。不拘體，不限韻〉。他把這首詩，廣發給詩朋文友，還邀人和他；也就是邀人「輓」還活在人世的他！

他是個放誕不拘小節的人，別人不是呀！尤其，他的朋友都知道算命先生說他「大限」是「七十六歲」的預言，又知道他正在病中。爲他作「輓詩」，豈不等於「催命符」？因此人人避諱。他的「自輓詩」寄出後，竟沒有人「理」他！他正在病中，也無可奈何。

中國人以「除夕」爲一年的結束；過了除夕，就增加一歲。他在除夕吃年夜飯時，眞是欣喜欲狂！因爲，過了這一夜，他就七十七歲，逃過「七十六歲」的「大限」這一「劫」了！除了他自己，他的家人當然也都非常高興。妻妾、兒子袁遲都向他敬酒祝賀。他八十三歲的老姐姐，更樂得眉花眼笑。他隨手就寫下了幾首詩，題目是〈除夕告存，戲作七絕句〉，另有小序：

三十年前相士胡文炳道予六十三而生子，七十六而考終。後生子之期絲毫不爽，則今年七六之數，似亦難逃。不料天假光陰，已居除夕矣。桑田之巫不召，狸辰之夢可占。將改名為劉更生乎？李延壽乎？喜而有作。

天上匆匆守歲忙，天公未必遺巫陽。屠蘇酒熟先生笑，此是盧循續命湯。

八十三齡阿姊扶，白頭內子笑提壺。倘非造化丹青手，誰寫《隨園家慶圖》。

手種梅花四十春，暗香疏影盡纏綿。花神似向諸天奏，還乞林逋管數年。

生壙司空久造成，家家生挽和淵明。如何竟失閻羅信，唱殺《陽關》馬不行。

過此流年又轉頭，關心枕上數更籌；諸公莫信袁絲達，未到雞鳴我尚愁。

天上堂題辛刺使，海中黿待白香山。主人久別不歸去，未識籬門關不關。

相術先靈後不靈，此中消息欠分明。想教邢璞難推算，混沌初分蝙蝠精。

這七首詩，除了陶淵明的生前「自輓」之外，還用了幾個典故：

「暗香疏影」，是宋朝隱士「和靖先生」林逋所作的「詠梅」詩中的名句。他是位有才德而隱居於杭州西湖孤山，不肯接受朝廷徵召出仕的「處士」。相傳他一生未娶，最愛梅花，在孤山以植梅養鶴自娛。自稱：「梅是我妻，鶴是我子。」而傳出「梅妻鶴子」的典故。「和靖先生」是他去世後，宋仁宗賜給他的諡號。他有一首〈山園小梅〉的七言律詩，尤以「疏影、暗香」一聯，被視為詩家「詠梅」絕唱：

眾芳搖落獨喧妍，佔盡風情向小園。疏影橫斜水清淺，暗香浮動月黃昏。霜禽欲下先偷眼，粉蝶如知合斷魂。幸有微吟可相狎，不須檀板共金樽。

袁枚自得的認為：因為他和林和靖一樣愛梅、種梅。所以花神也把他視如當年的林和靖，捨不得他死，求上天多給他幾年壽命！

「生壙司空」，「司空」指的是唐末的高士「司空圖」。當時天下大亂，他隱居於中條山的王官谷中，預為「生壙」；也就是人還活著，就為自己修墳，作了墓壙。還不時邀約親友在墓壙中喝酒。這當然是一種曠達，卻也是生逢亂世的無可奈何。

袁絲，指西漢的袁盎；袁盎字「絲」，因此又稱「袁絲」。他是漢文帝、景帝時的一代名臣。自己謹守禮教，對人卻有另一番寬宏大量的心胸。曾有一個屬下，與他的婢女私通，因害怕被他發現而逃走。他覺得青年男女彼此相愛，是正常的事，不但沒有怪罪，反而把那屬下找回來，勸他不要害怕，並把婢女嫁給他。後來，他被人陷害，派來殺他的，正是此人。為感念他的厚恩，反而放他逃走。

漢景帝和梁孝王劉武，都是竇太后生的。漢景帝曾表示想要傳位給生母竇太后所寵愛的親弟弟梁孝王。但袁盎堅決反對，力主應立景帝之子劉徹（後來的漢武帝）爲太子。因此被梁孝王的屬下暗殺了。

袁枚用「袁絲」的典故，其實主要是藉「袁」姓自喻。向朋友們承認：自己並沒有那麼「勇敢」；在雞沒有叫，天還沒亮之前，其實心裡還是很害怕的。

跨過了年，他的病竟然眞漸漸好了。病好之後，他可就「神氣」了，又作了幾首〈催輓詩〉，向欠他「輓詩」的朋友「討債」：

久住人間去已遲，行期將近自家知；老夫未肯空歸去，處處敲門索輓詩！
輓詩最好是生存，讀罷猶能飮一樽。莫學當年癡宋玉，九天九地亂招魂！
莫輕詩人萬念空，一言我且問諸公；韓（愈）蘇（軾）李（白）杜（甫）從頭數，誰是人間七十翁？
臘盡春歸又見梅，三才萬象總輪回。人人有死何須諱？都是當初死過來。

乾隆朝，與袁枚、蔣士銓稱齊名，並稱爲「江右三大家」的趙翼，也是被他「催索輓詩」的人之一。還眞爲他作了幾首「輓詩」。其中三首：

旣筆閻羅未及勾，遂叫人網漏吞舟。笑他袍笏風流宰，換作人間夜不收！
年是新年人是陳，過年只算再來人；便將來世連今世，省得輪迴又換身！
生平花月最相關，此去應將結習刪。若見麻姑休背癢，恐防又謫到人間。

趙翼這一開端，可就熱鬧了，姚鼐、孫士毅、錢維喬、法式善、洪亮吉、錢大昕等當代名家，都紛紛跟進，爲袁枚作「輓詩」。

這一鬧，又鬧出了個笑話來。蘇州有些崇慕他的士子：徐朗齋、王西林、林遠峰等，看到這麼多輓他的詩，誤以爲他眞的死了，非常難過，相約祭奠。不但爲他立了牌位，又爲他作了「輓詩」：

名滿人間六十年，忽聞騎鶴上青天。騷壇痛失袁臨汝，仙界爭迎葛稚川。著作自垂青史後，彭殤早悟黑頭先。望風不敢吞聲哭，但祝遲郎繼後賢。

「袁臨汝」指的是晉代的文學大家袁宏，在當代他被尊爲「一代文宗」。他在隨桓溫北征時，奉命作報捷的「露布文」。他倚在馬前，筆不停揮，片刻就寫了七張紙。後來的成語「倚馬千言」指的就是他。「葛稚川」則是道家的養生大家葛洪的字。道家認爲他後來修成正果成仙了，所以當他離世，天上的仙家都來迎接。這一聯的前一句稱讚袁枚的文章。後一句，則因他重視養生，認爲他應該也成仙了。

袁枚讀到這首詩，爲之大樂。說：「宋朝時，范蜀公（范鎭），聽到誤傳的蘇東坡死訊，放聲大哭。這一誤哭，雖有淚而無詩。今天諸位也誤聽了我隨園老人的死訊，雖然詩中有『不敢吞聲哭』之句，但無淚卻有詩！這詩也可以流傳千古了！」

絕憐高處多風雨，莫到瓊樓最上層（袁克文）

大家都知道，袁世凱是個大野心家。作爲大清的臣子，他是「賣國賊」。作爲中華民國的總統，他用權術奪得了這革命黨拋頭顱、灑熱血，艱辛取得的成果之後，與革命黨對立的情況越來越嚴重。宋教仁之死，造成了革命黨人的危機意識，而有了「二次革命」。但「二次革命」不幸失敗。革命黨領袖各有意見，無法整合，處於不利狀態，無力牽制袁世凱。他在有心人的鼓吹之下，又想復辟，恢復帝制當皇帝。於是，民國四年八月，成立了「籌安會」，開始鼓吹帝制，也引起全國輿論大譁。

其實，當時反對他稱帝的，不僅是革命黨人和百姓。他有個兒子，就非常反對帝制。曾作過兩首詩，從詩中可以看出他對他父親稱帝的不認同與幾諫之意。詩題是〈乙卯秋，偕雪姬游頤和園，泛舟昆池，循御溝出，夕止玉泉精舍〉：

乍著微棉強自勝，古台荒檻一憑陵。波飛太液心無著，雲起摩崖夢欲騰。偶向遠林聞怨笛，獨臨虛室轉明燈。絕憐高處多風雨，莫到瓊樓最上層。

小院西風送晚晴，囂囂歡怨未分明。南回寒雁掩孤月，東去驕風黯五城。駒隙留身爭一瞬，蛩聲催夢欲三更。山泉繞屋知深淺，微念滄浪感不平。

這首詩的作者，是袁世凱的次子袁克文。他的詩友，當代才子易順鼎，將兩首詩合成一首，題名〈感遇〉：

乍著微棉強自勝，陰晴向晚未分明，南回寒雁淹孤月，西去驕風黯九城。駒隙留身爭一瞬，蛩聲催夢欲三更。絕憐高處多風雨，莫到瓊樓最上層。

〈感遇〉詩，當時就傳唱九城，甚至成爲反對帝制人士的口號。袁克文寫出「絕憐高處多風雨，莫到瓊樓最上層」的句子，是勸已當了總統的袁世凱，不要再「更上一層樓」妄想稱帝了。他將蘇軾〈水調歌頭〉中的「高處不勝寒」，改爲「高處多風雨」，等於提出了警告和預言：事實上，也眞說中了袁世凱稱帝之後面臨的風暴。

袁克文，字豹岑，號寒雲，是河南項城人。袁世凱在甲午戰爭之前，曾任大清駐朝鮮的外交武官，駐節漢城，並納了一個朝鮮籍的金氏爲三姨太；袁克文就是金氏所生的。他從小接受中國世家子弟的傳統教育，天生穎慧的他，幾乎有一目十行，過目不忘的天賦。熟讀四書五經，也精通書法、繪畫。詩詞歌賦，吹彈吟唱無所不好、也無所不精。又喜愛鑑賞收藏古玩，完全是富貴人家「公子哥兒」的派頭，被目爲當代「民國四公子」之一；另三位是：張伯駒、張學良，溥侗。袁世凱有十七子，十五女。時人公認爲他最寵愛的，就是文才出眾的次子克文！

他文采風流，所交往的，多爲當代社會名流、梨園名角、青樓名妓。還曾加入當代最有勢力的幫派「青幫」，他在「青幫」中的輩份很高，連杜月笙都算他的「徒孫」輩。

袁世凱當了總統還意有未足，開始設「籌安會」鼓吹帝制。他的長子袁克定極力贊同支持，因爲他是嫡長子，也以「太子」自居。對下面的弟弟們，特別是對比他小十二歲，深受父親寵愛，又具有相當社會聲望的二弟克文，頗有疑忌之心。其實，袁克文對政治是沒有興趣的，完全是個倜儻風流的貴家公子。時人比擬他們兩兄弟之間的關係，如「三國．曹魏」的曹丕、曹植。當然，也暗指袁世凱是「曹操」；這可眞抬舉他了，他不配！

一則，曹操當年可以說是有「安邦定國」之功的。董卓之亂後，因爲有他，而使社會動盪的局面漸次安定。二則，漢獻帝九歲被董卓殺了他的哥哥，硬「拱」上帝位。他一生，可以說不論被誰挾持，也都只是個「虛銜皇帝」，從沒有擁有過軍、政兩權。曹操還是最「禮遇」他的人！至於說「挾天子有令諸侯」更是天大的笑話；曹操的軍、政兩權，是靠著自己的實力打下來的！漢獻帝自己可以說「什麼都沒有」，諸侯怕的，是曹操的智謀和兵力，與他全不相干！這麼說，只是當成「政治口號」而已！但曹操雖然大權獨攬，但終其一生爲漢室「魏王」，並未篡漢，自立爲皇帝。

袁克文雖然詩酒風流，流連於秦樓楚館，教坊梨園，看似不問世事，但對民心的向背是心裡有數的。並對此十分憂慮，又無力勸阻。也因此，才寫下了這首被易順鼎改爲〈感遇〉的詩。

他寫下此詩之後，一直窺伺著他，想抓他把柄的袁克定，可得意了！馬上就將這首詩抄送給袁世凱，並以此證明老二「不忠不孝」，公然反對父親稱帝！袁世凱正在想當皇帝的熱頭上，當即大怒，將袁克文軟禁在北海。

袁克定的政治野心，甚至超過袁世凱。爲了不讓父親知道民間反對帝制的聲浪，而特別爲他的父親「僞造」了另一個版本的《順天時報》。這份特意製作的報紙，一面倒都是鼓吹、贊成、擁護帝制的文章。用以蒙蔽、誤導袁世凱，讓他自以爲「萬民擁戴」的支持他當皇帝；袁世凱也眞的因此越陷越深。袁家不但袁世凱本人看的是假《順天時報》，其他家人看的，也一樣是這份僞造的「版本」，以免穿梆。

袁克定蓄意讓全家人都「與世隔絕」，不知道外面反對帝制已經鬧翻天的眞相。他原本最擔心的，是成天在外面走動的袁克文「壞事」，因此千方百計的防範他。當袁克文被父親軟禁之後，袁克定大喜，認為這一下就萬無一失了！卻沒想到「人算不如天算」；拆穿他編假報紙欺騙父親把戲的，不是二弟克文，卻是另一個袁世凱十分寵愛的三妹袁靜雪。

說來也是「無巧不成書」：袁靜雪有個貼身丫頭，告假回家探望她的父親。因為靜雪非常喜歡吃外面賣的「五香酥蠶豆」，就吩咐她：回府的時候買一包「五香酥蠶豆」帶回來。這丫頭為了討好「公主」，買回了一大包。包蠶豆的紙，正是一整張前兩天的《順天時報》。袁靜雪一邊吃蠶豆，一邊隨意瀏覽報紙。卻發現：報紙的內容、論調，跟她平日所看的不同！心中深覺疑惑，特別找出家中同一天的報紙來一一比對。發現：除了「報名」和「日期」相同，其他內容完全不一樣！她覺得非常詫異，就去找同母的二哥袁克文，告訴他經過。問：「這是怎麼回事？」

袁克文嘆口氣：他早就知道外面的《順天時報》，與府裡的不一樣了！也知道，這是袁克定弄鬼。只是他被大哥疑忌，又為作詩，讓父親不滿，不敢告訴父親。他說明了這一段情由，和自己的難處後，猶豫了一下。問這個在女孩中最受寵的三妹：

「我不敢說，你敢不敢？」

袁靜雪從小受寵，又一向親近二哥，討厭大哥。毅然道：「我敢！」

當晚，她就帶著這份報紙走進了袁世凱的書房。

袁克定對弟弟們去見父親防範甚嚴，特別是他列為「假想敵」的克文、克權等受父親鍾愛的弟弟們。妹妹們，他倒是不曾防範；反正「公主」遲早是要嫁人的，也威脅不了他「東宮太子」的地位！而且，靜雪本來就是深受父親寵愛的，她沒事到父親書房裡去撒撒嬌，是常有的事。卻沒想到，這一見，他的把戲就「穿梆」了！

見到了袁世凱，靜雪攤開了報紙，讓袁世凱看「正版」的《順天時報》。而且直接了當的說：「爹！這才是眞的《順天時報》！大哥給我們看的是假的！」

一看之下，袁世凱氣得發抖。立刻把袁克定叫來，把報紙摔到他面前。拿起鞭子，一邊怒罵他「欺父誤國」，一邊劈頭劈腦的就打。

然而，「稱帝」的路走到這兒，已是騎虎難下，回不了頭了。而且，據說袁世凱曾經找過人看風水，又給他算命，都說他有「九五之尊」的氣象。袁世凱也曾追問，有多長的時間？命理師不肯具體說明，只用手指比了個八，又比了個二。

袁世凱心想：「就算八十二年，也足夠傳三代了！」

有這念頭存在心裡，所以明知外間物議，還是咬著牙硬撐下去。

他再也沒想到，從登基到退位，不是八十二年，甚至不是八十二個月，是八十二天！而且他也因此活活氣死，結束了他罪惡的一生。

袁世凱死後，被軟禁的袁克文才得到釋放。他等於又一次品味到了「國破家亡」的滋味。他過去在被哥哥疑慮時，曾要求封他「皇二子」，以表示沒有野心。還特意刻過一枚

「皇第二子」的印章，他是書法名家，常有人向他求字。他常在寫好的條幅、對聯上，就蓋上這枚印章。就這時看來，卻格外諷刺。

他喜愛崑曲，常粉墨登場。只是過去他常演「文丑」的角色來逗笑。後來，他最常唱的是崑曲是《千鍾祿》中的〈慘睹〉；演的是明代建文帝失國亡家的故事。一上場，唱的就是失國爲僧逃難的〈傾杯玉芙蓉〉：

收拾起大地山河一擔裝，四大皆空相。歷盡了渺渺程途，漠漠平林，壘壘高山，滾滾長江。但見那寒雲慘霧和愁織，受不盡苦雨淒風帶怨長。雄城壯，江山無恙，誰識我一瓢一笠到襄陽。

當時他一上場，唱出這一段，下面的觀眾無不唏噓落淚；配合著他的身世、際遇，他心境的蒼涼，更無以言說。

從生下來就含著「金湯匙」，他一直任意揮霍他的「榮華富貴」。「政治鬧劇」落幕之後，靠著賣過去珍藏的古玩，和自己的書畫維生。還好，能靠著過去的老朋友，和「青幫」的徒子徒孫們不時「孝敬」，勉強維持生活。

他晚年死了愛女，非常悲痛。自己又染上了嚴重的腥紅熱，卻還不知保養，稍好一點，就外出會詩朋酒友，訪青樓紅粉。原來已控制，不致於死的病情，突然因著不知保養而急轉直下，中、西醫都爲之束手無策。死時才四十二歲。

據說，這生來享有「富貴」的人，身後蕭條：總共只留下了放在筆筒裡的二十塊大洋！最後他的喪事，還是「青幫」的徒子徒孫出錢出力辦的。這類幫派，最講輩份和義氣。出殯時，身穿「重孝」的直系徒子徒孫，就有兩百多人。「青幫」的勢力龐大，葬禮辦得十分風光。

最特別的是：送葬的，除了家屬、朋友，當代軍、政高官，文壇、藝壇名流之外，有一大隊的和尚不稀奇；他本有「佞佛」之名。還有一大隊是青樓紅粉，她們頭上都綁著白頭繩，如喪至親來爲他送行。

他一生風流自賞，處處留情。青樓紅粉中，有名有姓的，就不下十人。他的眼光極高，非才藝、容色雙絕，不入法眼。而且他跟這些紅粉們，也都「好聚好散」。當她們求去，他也絕不倚勢強留，還厚贈禮物送別。至於其他的「露水姻緣」，更多得無法勝數。因此，即使是後來「分手」的「紅粉」們，也沒有人恨他，都還能當個朋友走動。而這些妓女們，組織龐大的隊伍來給他送葬，也算得對他有情有義了！

民國

不幸周郎竟短命，早知李靖是英雄（蔡鍔、小鳳仙）

不幸周郎竟短命，
早知李靖是英雄！

這一副對子，是在袁世凱稱帝後，以「護國討袁」掀起「滔天巨浪」，迫使袁世凱登基八十二天「取消帝制」的蔡鍔將軍去世後，出現在北京中山公園追悼會場的輓聯。對聯中以三國時代在「赤壁」火燒戰船，打敗曹操。保全東吳，卻不幸短命的周瑜。和在隋末，令「慧眼識英雄」的楊素家妓紅拂寅夜私奔，後來輔佐唐室得到天下的李靖來比喻蔡鍔。輓聯未署名，而其中隱喻的小喬和紅拂，都指向一個風塵女子：被稱爲「俠妓」的小鳳仙！

蔡鍔，字松坡，是湖南邵陽人。他出身寒微，可是非常好學，從小就有「神童」之譽。後來留學日本，畢業於日本陸軍士官學校。辛亥革命時，他正在雲南，率滇軍響應，一舉就光復了昆明。而被推舉爲雲南的第一任總督；那時，他才二十九歲！

袁世凱就任大總統，想更進步稱帝。首先就要籠絡這些年輕一代的軍事將領。於是調蔡鍔進京，表面上非常禮遇，授他爲「昭威將軍」，還表示他可能晉升爲陸軍總長；當然，前提就是能「爲他所用」。蔡鍔最初並沒有意識到袁世凱的這份野心，到他看清了袁世凱的眞面目：最終的目的在復辟登基稱帝時，已經入了虎口，在袁的嚴密監視下插翅難飛了！

蔡鍔心中非常苦悶。正好，當時袁世凱智囊之一的楊度，請他到天津去遊說他的老師梁啓超支持袁世凱。他們師生見面密談，梁啓超暗示他：一定要先放下「身段」，讓袁世凱放鬆對他的戒心，才有希望逃出虎口。於是，他回到北京，表示「人各有志」，他無法說服他的老師，但他跟老師的想法不一樣。爲了鼓吹帝制，民國四年八月成立了「籌安會」。一方面，他率先簽名「表態」擁護帝制。一方面，開始進出風月場所：北京的「八大胡同」，「韜光養晦」以示無志。就在「八大胡同」中，他結識了「雲吉班」的名妓「小鳳仙」。

小鳳仙容貌不過中上之姿，在當時的「八大胡同」的美人榜上，其實是排不上名的。與其他名妓不同的地方，是她的才藝出色，又粗通文墨。而且具有識人慧眼，善體人意，所以也有不少人捧場。

「八大胡同」有的是比小鳳仙更美貌出眾的名妓，爲什麼蔡鍔會看上「貌僅中姿」的她？很大的原因，應是她來自湖南；而湖南，正是蔡鍔的故鄉。

小鳳仙原名朱筱鳳，原本出身小康家庭，因此曾受過教育，粗通文墨。後來因爲父親經商失敗去世，迫於無奈，被賣到青樓。輾轉進入了「八大胡同」的「雲吉班」，也在這兒邂逅了蔡鍔。

小鳳仙一開始，並不知道這個不時來她這兒走動的「恩客」，是「昭威將軍」蔡鍔。只覺得這個人氣度不凡，一定不是尋常人；這倒不愧於她「識人」之名！而讓她納悶的是：自從這個人來「走動」，就經常有些鬼鬼祟祟的人，進進出出她所隸屬的「雲吉班」，問東問西的打探。這些人因爲經常進出，把班子裡人員的底細也都摸清了。

相處日久，想來蔡鍔也了解了她的心性，覺得可以信任。以一聯相贈：

自是佳人多穎悟；
從來俠女出風塵！

坦白對她說明了自己的身分、處境，與打算逃出北京的計劃。她也不負蔡鍔的信任，建議由她來掩護。在縝密的計劃之下，蔡鍔先設法讓家眷離開北京，以免後顧之憂。一說，是以太夫人「水土不服」爲由，讓他的兩位夫人陪侍返鄉。一說，則是他的夫人因爲他終日「沉迷聲色」跟小鳳仙鬼混，在家裡大吵大鬧，要跟他離婚。爲了免得家醜外揚，打發她們侍母還鄉。無論如何，先讓蔡家老弱婦孺脫離了羅網。他則留下跟袁世凱周旋。

蔡鍔知道，雖然他已向袁世凱「輸誠」，率先簽名擁護帝制。袁世凱也對他顯得十分親熱，甚至要袁克定拜他爲師。事實上兩方都是「虛以委蛇」；彼此「爾虞我詐」的在鬥智！老謀深算的袁世凱，絕不是省油燈，不會因他表態擁護帝制，和醇酒美人的「韜光養晦」，就放鬆對他的防範！事實上，他家就曾經有「執法處」的人員闖入，翻箱倒櫃的搜索。後來經他抗議，執法處長雷震春聲稱是「誤會」，還槍決了一個人向他陪罪。

時間已非常緊迫；他聽說：當年的十二月，袁世凱就要正式接受帝制，宣布明年改元了！那時，他原本假意的簽名擁護，就會變成「百口莫辯」的口實！於是擬訂了「出走」的計劃；第一步先到天津，然後繞道海上回雲南去！對於他的出走，有許多版本的傳言。其一是後來小鳳仙自己說的。

到了十一月，眞的不能不有所行動了！事有湊巧，「雲吉班」班主過生日，班子裡擺酒、唱戲給他作壽。那一天，除了賀客，外燴打雜的僕役、戲班子裡的演員、班底，都在「雲吉班」裡進進出出。也就是說：那些「特務」們不認識的「閒雜人等」特別多。蔡鍔本來就是每天要去小鳳仙那兒「走動」的，當然也去了。道賀、吃酒、看戲，然後到小鳳仙房裡休息。小鳳仙還特地把簾子捲著，好讓監視的人因能看到蔡鍔，而疏於防範。蔡鍔把懷錶放在桌上，外氅掛在牆上，假意要上廁所。有這兩樣貴重的東西「押」在那兒，特務們也挺放心，認爲他不可能走遠。這時，小鳳仙緩緩放下簾子，蔡鍔急速變裝，換上了雜役的衣服，從後門直奔火車站，隨即上了三等車廂，逃出了北京。

另一說，當天蔡鍔身穿毛皮大氅，戴著帽子，與小鳳仙雙雙坐馬車出遊，到處閒逛，逛進入一家古董店去買古董。早有與他身形相仿的同志躲在裡面，兩人在裡面互換了衣帽，小鳳仙挽著「假蔡鍔」上了馬車，繼續到處遊玩，引開了跟蹤的特務。「眞蔡鍔」則「金蟬脫殼」上了去天津的火車。

當然，他出走的消息一曝光，那些監視的人不會放過小鳳仙。小鳳仙一臉的無辜，反問：她是個青樓妓女，能過問「恩客」的行動？據說，更令他們聽了啼笑皆非的是，她嬌嗔著說：「他的夜渡資欠著，我還沒處追討呢！」

因爲，他等於「包養」了小鳳仙。當時的風氣，像這一種關係，不可能天天付「費」，總是三節（春節、端午、中秋）才「結帳」的。他「中途落跑」，還眞是沒處追討這筆「夜渡資」！使得反對帝制的人聽說，爲之大樂。有人稱她爲「俠妓」，作詩相贈：

當關油壁掩羅裙，女俠誰知小鳳仙。緹騎九門搜索遍，美人挾走蔡將軍。

蔡鍔到底對她有多少「眞情」？還眞的只是放煙幕，逢場作戲？無法探究；因爲，他這一走，再回來時，已是靈櫬了。但不論哪種版本，都無法否認小鳳仙的「掩護」之功！

袁世凱雖然爲蔡鍔的出走心裡有點嘀咕，但那時他自己的「帝制大戲」正等開鑼，也顧不得爲他太費神。沒想到，袁世凱民國四年十二月十二日才在一番裝模作樣之後，表示接受「萬民推戴」；明年元旦，改「民國五年」爲「洪憲元年」，準備登基當皇帝。輾轉返回雲南的蔡鍔，兩週後，於十二月二十五日在昆明宣布雲南獨立，成立了「護國軍」討袁。他鐵錚錚地提出他討袁的理由：「此次舉義，所爭者非勝利，乃中華民國四萬萬眾之人格也！」

並發佈通電，誓師討袁！如他所說，他並沒有得勝的把握。單一個雲南，兵微將寡，物資貧乏，袁世凱也並沒太放在心上。蔡鍔心裡明白：他必須以寡擊眾，好好的打幾場勝仗，才能讓那些擁兵觀望的人「選邊」！他本來就有嚴重的肺結核，而且轉移到咽喉了。人瘦得皮包骨，連聲音都發不出來。卻還是身先士卒的拚死作戰，激勵「將士用命」的去賭這場輸贏！果然！在他取得幾次勝利之後，星星之火成了燎原之勢！

袁世凱一看情勢不妙，準備出兵雲南「平亂」。卻沒想到，他的「老北洋」班底：段祺瑞、馮國璋，都拒絕接受「總司令」的任命，爲他打仗，以致出師不利。而貴州、廣西、廣東、浙江……各地相繼呼應，宣布獨立，令他爲之焦頭爛額。

接著，他眞正致命的打擊來了！他曾派出他最信任的三個心腹：陳宧鎮四川、陳樹藩鎮陝南，湯薌銘鎮湖南，爲他鞏固「江山」。而這三個人竟然相繼倒戈；或主動，或出於無奈的被動，都通電跟他「劃清界線」！至此，他才發現，他已「眾叛親離」，確定「大勢已去」，無可挽回！不得已，在三月二十二日宣布取消帝制，把「洪憲元年」改回「民國五年」。原想：不當皇帝，好歹他也還是「中華民國」的大總統！沒想到：走到這一步，民心盡失，就連「大總統」的位子也保不了！他的北洋舊部馮國璋，明白的告訴他：不「下野」無以平服人心。甚至仿效他當年對清廷「逼宮」的做法，提出「優待辦法」，逼他自己「識相」辭職。

在這種內外交攻的煎迫之下，不久就送了他的命；他的女兒袁靜雪都說：他是活活被氣死的！他死了，幾乎是「舉國歡騰」。文人更是大作文章、寫輓聯諷刺。而公認最精彩的是一副輓聯，是用「中藥名」寫的對子：

起病「六君子」；
送命「二陳湯」！

六君子，指的是發起成立「籌安會」，當時稱「六君子」的名士：楊度、孫毓筠、劉師培、李燮和、胡瑛、嚴復。而「二陳湯」就是臨陣倒戈，讓他「氣死」的「二陳一湯」：陳宧、陳樹藩、湯薌銘。寥寥十個字，寫盡了其中曲折。

讓人遺憾的卻是蔡鍔之死；他原本準備到日本去治病，爲了護國討袁，顧不得自己的身體。等情勢告一段落，再去日本就醫時，已經病入膏肓；他的病已轉爲喉癌，終於不治，得年僅三十四歲。他臨終留下的遺囑是：「我統率滇之護國軍第一軍在川戰陣亡及出力人員，懇飭羅佩金等核實呈請恤獎，以昭公允；鍔以短命，未能盡力爲民國，應爲薄葬。」

消息傳回北京，爲感念他犧牲生命，以挽救國運的事功，北京政府還是給了他應有的禮遇：讓他以「國葬」之禮歸葬湖南故鄉。

國民政府則在中山公園爲蔡鍔辦追悼會。小鳳仙沒有出席（或說悄然素衣出席，行禮後又悄然離去），或許，她不願意在這樣的場合，讓「八卦」分散應該聚光於蔡鍔事功的焦點吧？也可能她寧可「功成身退」。將與蔡鍔的這一段情緣，埋藏在自己心底。除了那一副未署名，盡人皆知只有小鳳仙才夠資格如此自許的輓聯外，會場上又送到了另一副署名「小鳳仙」的輓聯；據說是小鳳仙請人寫的：

> 九萬里南天鵬翼，直上扶搖，憐他憂患餘生，萍水相逢成一夢；
> 十八載北地胭脂，自悲淪落，贏得英雄知己，桃花顏色亦千秋。

寫出了兩人之間雖然「萍水相逢」，她卻因著助成了他的千秋事業，而無愧「紅顏知己」的安慰。

春雨樓頭尺八簫（蘇曼殊）

春雨樓頭尺八簫，何時歸看浙江潮？芒鞋破缽無人問，踏過櫻花第幾橋？

這是民國初年的「詩僧」蘇曼殊的作品，作詩的時候，他人在日本。詩中含蘊著無限思念故國的感傷，卻又寫得非常清麗，讓人讀來只覺「餘香滿口」。

蘇曼殊是一個難以「定位」的人。他是個削髮出家的和尚，他的詩裡卻有相當大比例的「情詩」。又有許多「紅顏知己」；甚至令與他兩情相悅的表妹爲他殉情自殺。他幾度剃度出家，也精研佛典，卻又流連歌台舞榭。但，他雖然喜歡跟青樓的歌姬舞妓們周旋，風流倜儻。卻又被視爲「柳下惠」，坐懷不亂。他喝酒、吃肉，暴飲暴食；跟人打賭吃包子，能吃五、六十個，甚至因暴飲暴食而得了嚴重的胃病，最後也死於胃病！

他是個日本留學生，照說思想應該新潮吧？卻堅決反對成立女校，讓女子讀書。他非常愛國，熱血沸騰。曾在日本參加「興中會」，與革命黨中許多重要的人士都是好友。他以擅長寫詩稱「詩僧」；以一生情孽稱「情僧」；以能書擅畫稱「藝僧」；以一腔熱血參加革命，不落人後，被稱「俠僧」。他的一生雖然短暫，只活了三十四歲，卻多姿多彩，近於傳奇。

蘇曼殊，一九八四年生於日本。本名子谷，號玄瑛。「曼殊」不是他的名字，而是削髮為僧後的「法號」。他的身世可說悲苦離奇；他的父親是個僑居日本的茶商，在日本經商時，與日本女子同居而生下他。後來，父親帶著他們母子回到中國。生母不容於大婦，不久就被逐，留下他回日本去了。因他是個中日「混血兒」，在刻薄的中國人口中，是被視為「雜種」的。因此，從小被嫡母虐待，親友歧視的他，養成多愁善感、偏激衝動的性格。他天資非常聰穎，照佛家的說法，也深具「慧根」。傳說十三歲就「看破紅塵」，到廣東新會的「慧龍寺」出家。卻因忍不住口腹之欲，偷吃肉而被逐出，只好回家。

他家境原來因父親經商，算是相當富裕的。但後來，他的父親經商失敗，因而家道中落。他本來就有日本血統，叔父仍在日本經商。因此，十五歲時，跟隨赴日的表兄到日本「依親」，投奔叔叔，也找到了母親。他留在日本求學，成為「小留學生」。在那一段時日裡，他結識了許多革命黨人，毅然加入「興中會」參加革命。

在日本讀書時，他有一段時間住在生母家裡，與表妹菊子一見鍾情。但蘇家人並不接受他們的這一份感情，他的叔父甚至到菊子家興師問罪，認為他們破壞了蘇家的家聲。

菊子的父母受辱，因而當眾詈罵並責打菊子洩憤。菊子不堪承受當眾受責的羞辱，和必將失去戀情的打擊，當夜跳海自殺。蘇曼殊傷心痛苦之餘，曾寫下《斷鴻零雁記》的愛情小說。一般人認爲：就是以與菊子的愛情故事爲藍本寫的。

經此打擊，他深覺人事無常。萬念俱灰之餘，回到廣東，就到「蒲澗寺」正式出家了。但他是個天生「情種」，還是並不能眞正「看破紅塵」，過「出家人」黃卷青燈的清苦生活。而且還「六根不淨」，一見到心儀的美人，就不免「精神戀愛」一番，又留下不少「情詩」。

最爲世人稱道的，是他再度赴日時，遇到了一個擅長彈箏的日本女子百助楓子。兩人身世遭遇相類，因而一見如故，兩情相悅。但他此時已出家了，也不認爲能帶給楓子幸福，只能抱憾忍情。他的《本事詩十首》，據說就是爲百助楓子而寫的；通常《本事詩》都是有眞實故事爲背景。他也在詩中和盤托出了他的身世與痛苦：

無量春愁無量恨，一時都向指間鳴。我亦艱難多病日，那堪重聽八雲箏。
丈室番茶手自煎，語深香冷涕潸然。生身阿母無情甚，為向摩耶問夙緣。
碧玉莫愁身世賤，同鄉仙子獨銷魂。袈裟點點疑櫻瓣，半是脂痕半淚痕。
淡掃蛾眉朝畫師，同心華髻結青絲。一杯顏色和雙淚，寫就梨花付與誰？

春雨樓頭尺八簫，何時歸看浙江潮？芒鞋破鉢無人識，踏過櫻花第幾橋。
愧向尊前説報恩，香殘玦黛淺含顰。卿自無言儂已會，湘蘭天女是前身。
春水難量舊恨盈，桃腮檀口坐吹笙。華嚴瀑布高千尺，不及卿卿愛我情。
烏舍凌波肌似雪，親持紅葉屬題詩。還卿一鉢無情淚，恨不相逢未剃時！
相憐病骨輕於蝶，夢入羅浮萬里雲。贈爾多情詩一卷，他年重拾石榴裙。
九年面壁成空相，持錫歸來悔晤卿。我本負人今已矣，任他人作樂中箏。

他不僅深於男女之情，也時存故國之思。其中的「春雨樓頭尺八簫」寫的就是故國之思，也是他在日本寫的傳世之作。又名〈憶西湖〉。

佛教主張「四大皆空」，他雖剃度爲僧，卻因爲感情熱烈，「四大不空」。以熾熱的愛國情操參加了革命黨。曾留下一首表明愛國情操的詩：

海天龍戰血玄黃，披髮長歌覽大荒。易水蕭蕭人去也，一天明月白如霜！

他反對滿清政府，也痛恨「保皇黨」的康有爲，還打算去執行刺殺康有爲的任務。因有人反對勸阻，而終未實行。但積極的參與鼓吹革命的文字工作。革命成功之後，成果爲袁世凱所竊取，後來又打算稱帝的種種作爲，也讓他痛恨。尤其刺殺宋教仁一案，更引發了「二次革命」。他也積極以文字投入鼓吹「二次革命」。

他一生悲苦，或也因此養成「憤世嫉俗」的極端性情。雖然出家爲僧，而依然率性任眞，不受拘檢。也因飲食起居無節，而不能永年；最後竟以胃病致命。他留下的最後遺言是：「一切有情，都無掛礙。」倒也眞是「出家人」的「悟道語」，並寫照了他奇特的一生。

因爲他一生飄零孤苦，六親無靠，身後蕭條。他死後，由國父孫中山先生和革命黨的同志們捐錢爲他營葬。他的朋友們將他葬在西湖的孤山北麓；與「南北朝」時「南齊」著名的才女歌妓「錢塘蘇小小」之墓相近。名士、美人倒也相得益彰。也算滿全了他〈憶西湖〉詩中對故國的思念。

國家圖書館出版品預行編目資料

漫漫古典情 3：詩與人的邂逅 / 樸月著 . -- 初版 .
-- 臺中市 : 好讀 , 2019.2 面 ; 公分 . -- (經典智慧 ; 63)

ISBN 978-986-178-481-6(平裝)

831 108020003

好讀出版

經典智慧 63

填寫線上讀者回函
獲得更多好讀資訊

漫漫古典情 3：詩與人的邂逅【唐至民國】

作　　者／樸月
總 編 輯／鄧茵茵
文字編輯／莊銘桓
行銷企劃／劉恩綺
發 行 所／好讀出版有限公司
台中市 407 西屯區工業 30 路 1 號
台中市 407 西屯區大有街 13 號（編輯部）
TEL:04-23157795 FAX:04-23144188 http://howdo.morningstar.com.tw
（如對本書編輯或內容有意見，請來電或上網告訴我們）
法律顧問 陳思成律師

總經銷／知己圖書股份有限公司
106 台北市大安區辛亥路一段 30 號 9 樓
TEL：02-23672044 23672047 FAX：02-23635741
407 台中市西屯區工業 30 路 1 號 1 樓
TEL：04-23595819 FAX：04-23595493
E-mail：service@morningstar.com.tw
網路書店 http://www.morningstar.com.tw
讀者專線：04-23595819 # 230
郵政劃撥：15060393（知己圖書股份有限公司）
印刷／上好印刷股份有限公司

初版／西元 2019 年 2 月 1 日
定價：250 元
如有破損或裝訂錯誤，請寄回知己圖書更換

Published by How-Do Publishing Co., Ltd.
2019 Printed in Taiwan

ISBN 978-986-178-481-6